アクアマリンの神殿

海堂 尊

角川文庫
19797

アクアマリンの神殿　目次

1部　ピアノフォルテ　2018年 春・夏　7
1章　ぼくはピアノが弾けない。　4月8日（日曜）　8
2章　委員長に立候補します。　4月10日（火曜）　20
3章　人生の結末はわかり切っている。　4月14日（土曜）　40
4章　闘わず、勝たない。それが最上だ。　5月16日（水曜）　60
5章　あたしと同盟を結ばない？　7月18日（水曜）　74
2部　悲恋上等。　2019年 春・夏　93
6章　問答無用の義務なのよ。　4月18日（木曜）　94
7章　合宿をします。　4月18日（木曜）　120
8章　てめえのパンチは軽いんだよ。　4月22日（月曜）　138
9章　天才・神倉正樹。　5月17日（金曜）　162

3部　水底のオンディーヌ　2019年 夏・秋　189
10章　悪意の糖衣に包まれた真実。　5月18日（土曜）　190
11章　きみがここにいる理由。　5月19日（日曜）　204
12章　ぼくの存在は世界からはみ出している。　5月24日（金曜）　228
13章　恋する乙女はブルドーザー。　9月2日（月曜）　254
14章　僕の不幸を占ってもらおうかな。　10月19日（土曜）　280

4部　まっしぐらの未来　2019年 秋・冬　305
15章　凍眠八則。　10月26日（土曜）　306
16章　池のさかなは、池の形を知ることはできない。　10月31日（木曜）　328
17章　あなたがあなたであり続けるために。　11月4日（月曜）　348
18章　勇者になりたいのであります。　11月11日（月曜）　370
19章　卒業なんてするもんか。　12月2日（月曜）　388

解説　東海　左由留　405

1部　ピアノフォルテ

2018年　春・夏

1章　ぼくはピアノが弾けない。

4月8日（日曜）

未来医学探究センターは、岬の先端にある。

灯台みたいな建物のてっぺんの部屋には、望楼のようなバルコニーがある。その手すりにつかまって、桜宮(さくらのみや)湾の銀色に輝く水平線をぼんやり眺めるのが好きだった。

だから今日もそうしていた。霞(かすみ)がかった空の下、春の海は単調なうねりを見せている。海を眺めていると、不思議な気持ちになる。退屈で、もう眺めるのはやめよう、と思うのに、いつまでたってもなぜか離れられない。それはきっと、あの水平線の彼方(かなた)にはまだ見ぬ国が広がっているからだろう。

そんな海の呪縛(じゅばく)から逃れるには、何かきっかけが必要だ。ふと、視界に、遠くから黒ずくめの服を着た男性が、この塔に向かって歩いてきているのが見えた。ぼくは、両手を頭の上で交差させるように振りながら、男性に向かって呼びかける。

「西野(にしの)さーん」

男性は顔を上げると右手を挙げ、ぼくの声に応じた。こうして海の呪縛から解放されたぼくは、大海原に背を向けて扉に向かって走り出す。

薄暗い塔の中に入ると、螺旋階段を一気に駆け下りた。

背中で潮騒が遠ざかる。


岬の突端に屹立しているこの建物は、昔ここにあった古い病院をモデルにして建てられたらしい。ぼくがここに勤務するようになって二年が経った。

悪名高い第三セクターの施設で、その業務内容は医療メンテナンスとその記録だ。ぼくはこのセンターの、たったひとりの専属職員だ。そして時々ここに顔を出す非常勤の上司が今、扉を開けて招き入れた、ヒプノス社の西野昌孝さんだ。

西野さんは月に一度、ここを訪れて業務をチェックしていく。優秀だけどいい加減、「人生の結末はわかり切っている」というシニカルな言葉が座右の銘だ。

いつもの業務チェックを始めようとした西野さんは、ふと思い出したように尋ねた。

「そういえば、この前の期末試験は何位だったんだい、坊や？」

西野さんはぼくのことをいまだに坊やと呼ぶ。三年前、初めて会った時には、ぼくの口調は幼稚園児みたいだったから仕方ないけど、ぼくだって明日から、桜宮学園中等部三年生に進級するんだから、いつまでもそんな風に呼ばないでほしい、と思う。

実はぼくは中等部二年の秋に編入したから、この学園には半年しか在籍していない。

中途編入は珍しいらしく一瞬、学園の注目の的になったぼくは、すぐに彼らの注目を失った。

優等生たちは、中間試験での順位が二百人中八十五位という平凡な成績だったので、ライバルに値しないとぼくを切り捨てた。ふつうの学生は、ぼくに大病をした過去があるというウワサを知り、ぼくへの興味を失くした。でも学園は居心地がいい。

そんな学園を選んでくれた後見人の西野さんに、三学期の期末試験の成績を報告しなかったのはぼくの手落ちだ。後見人には成績を報告する義務がある。

「成績表は地下室の机の引き出しに入れてあるから、今すぐ取ってくるね」

立ち上がり、地下室に駆け下りようとしたぼくを、西野さんは呼び止めた。

「いいよ、いいよ。すぐに仕事に入るから、一緒に行くよ」

ぼくの後から螺旋階段を下りてくる西野さんを振り返って見上げる。すると、その肩越しに、塔の中心を望楼まで背骨のように貫いている螺旋階段が聳え立ち、てっぺんの天窓に青空のかけらがセロファンみたいに貼り付いているのが見えた。


螺旋階段の底にある地下室の空気はひんやりしている。窓はないけれど、仕事の関係上、いつも煌々と灯りが点されていて、地下室特有の陰鬱さはない。

ぼくは机の引き出しから成績表を取り出して、西野さんに差し出した。

「ジャスト百位か。ついにやったじゃないか、坊や」

思わずにまにましてしまう。何しろこれは、とても困難なミッションだったのだから。

「せっかくだから、ご褒美に欲しいものを何でもひとつ、買って上げようか」

「ほんと？　何でもいいの？」

西野さんはうなずく。ぼくは一瞬躊躇（ちゅうちょ）したけど、思い切って言ってみた。

「じゃあ、ピアノがほしい」

西野さんは相当びっくりしたのか、珍しく黙り込んでしまった。

やっぱり無茶なお願いだったな、と反省する。でも口に出してみなければ、それが無茶かどうかもわからないのだから仕方がない。

無茶だと思う理由、その一。まず、ぼくはピアノが弾けない。

その二。たぶんこれから先もずっと、弾けるようになる見込みがない。

ぼくのおねだりが叶（かな）うこととイコール、部屋の真ん中に存在意義のない巨大家具が出現することになるから、合理的な西野さんの答えは当然ノーに違いない。

悲観的な予想は、幼い処世術だろう。「こんな願い事が叶うはずはない」と予想しておけば、叶わなくても失望しないで済むのだから。

「高すぎる、よね、やっぱり」

おそるおそる尋ねると西野さんは顔を上げて、陽気に答えた。

「値段はどうってことない。でもなぜピアノなのか、そこを教えてほしいな」

「真夜中に地下室に籠（こ）もっていると、気が滅入（めい）るから、そんな時に楽器でも演奏できれば気が晴れるかな、と思って」

西野さんは腕組みをして言った。

「なるほど、気持ちはわかる。でもそれならピアノである必要はないよね。まあ、本当の理由なんてものはたぶん、深い海の底に隠してあるんだろうけど」

西野さんは、地下室の片隅の銀の棺を見遣って、言う。

「ま、どうでもいいか。どうせ、人生の結末なんてわかり切っているんだから」

決まり文句を口にした西野さんは、唇の端を持ち上げ、シニカルな微笑を浮かべた。

今ではとても信じられないことだけど、そんな西野さんもかつて酒浸りになって人間失格寸前まで行ったことがあるのだという。その自堕落のどん底で出会ったぼくに救われた、なんて真顔で告白したことがある。言われた時は冗談かと思ったけれど、どうやら本音だったらしい。

「まあ、坊やがクリアしたのは、僕が突きつけた無理難題だから仕方がないかな」

西野さんがぶつぶつ呟き、ぼくの唐突なお願いをどうしようか悩んでいる様子を見ながら、ぼくはあの時の会話を思い出していた。

それは桜宮学園に編入した直後の中間試験で、ぼくが中くらいの成績を取って、優等生グループからの注目を失ったと報告した時だった。西野さんは憮然として言った。
「確かにいつも僕は『人生の結末はわかり切っている』なんて坊やに言うけど、それは優秀な人間が手を抜いて安閑としていていい、という意味では全然ないんだけど」

「でも、これはぼくにとって必然なんです。だってぼくは目立ちたくないんですから」

西野さんは腕組みをしてぼくを見た。

「気持ちはわかる。坊やの場合、特殊事情がバレたらハブンチョにされそうだもんな」

「何ですか、ハブンチョって？」

こう見えてもぼくは、特殊な教育システムによって、大学生以上の教養は身につけている。そんなぼくが知らない言葉と遭遇することなんて滅多にないから、思わず問い返した。

　すると西野さんは苦笑して言う。

「出典不明の俗語で、仲間はずれとか村八分とかいう意味らしい」

　ぼくは西野さんの言葉に全面的に同意する。

　ぼくが本気を出せば、中等部の定期考査なんか簡単に満点が取れるだろう。でもそんなことをしたらあれこれ詮索されて、素性がバレてしまうかもしれない。だからテストでは手を抜いたわけだ。

　そんな風に説明すると、西野さんが言った。

「でもさ、解ける問題をわざわざ解かずに低い点を取るのって、結構ストレスだろ？」

「そうなんですよ。思ったよりも精神的な負担が大きくて、これから先、ずっとこんなことを続けるなんて、結構うんざりだなあ、なんて思ったりして」

　すると西野さんは、意地悪を思いついたいたずらっ子みたいな目をした。

「坊やのストレスを一気に解消できるような、面白い企画を思いついたんだけど聞きたいかい？」

ぼくは、うなずこうとして、一瞬ためらう。

西野さんは善意の人だけど、悪意の人でもある。ぼくのことを大切に考えてくれて、いろいろ提案してくれる点では善意の人。だけどその提案はたいてい、達成するために大変な思いをさせられるという部分では悪意の人だ。

今回の件では、西野さんの提案はおそらく、ぼくの〝今の〟ストレスを解消するためには有効な提案だろうけど、同時に〝未来の〟ストレスは今以上に増えるかもしれない。

これまでの経験から、西野さんの言葉に安易にうなずいてはいけない、という心からの警告が聞こえてくる。でも、その提案はあまりにも魅力的すぎた。

仕方なく、ぼくはうなずいた。すると西野さんはあっさりと言った。

「それなら次の定期試験から〝学年順位ジャスト百位〟を目標にするといい」

拍子抜けした。学年トップだって簡単に取れるぼくだから、百位を取るなんて朝飯前だ、なんて豪語すると、西野さんは人差し指を立てて左右に振りながら言う。

「いやいや、ド真ん中の百位を取るのは、トップ取りより遥(はる)かに難しいんだよね」

「そうでしょうか。そもそも、どうして百位なんですか？」

そんなこともわからないのか、と西野さんはあからさまに侮蔑(ぶべつ)の視線をぼくに投げる。

「坊やは『平凡に生きたい』んだろ？　ド真ん中こそが平凡の権化だもの。桜宮学園中等部は一学年二百名だから、半分の順位はジャスト百位じゃないか」

「なるほど、百位の意味はわかりました。でも、どうしてそれが難しいんですか？」

「それは、百メートル自由形の競泳で三位を取れ、という命令に等しいからさ」

首をひねる。さっぱりわからない。一位になるのは大変だけど、三位なら楽勝だろうに。西野さんは不審そうな表情のぼくに向かって、続けて言った。

「トップになるには全力で泳げばいいだけだけど、三位になるためには他のスイマーのスピードをモニタしながら速度を調整しなくちゃいけない。そのためには実力ではレースを凌駕し、冷徹にそのパフォーマンスを遂行できる泳力と精神力が必要だ。同じようにテストでトップを取るには五百点満点目指してひたすら頑張ればいいけど、百位ジャストは五百点満点を楽々取れる実力を隠し持ちつつ、同級生の点数を予測するため、上位の人間の状態把握や人間関係、果ては家族問題まで把握しなくてはならないんだ。ね、やり甲斐はありそうだろう？」

説明を聞きながらぼくは、それなら二万人が参加する青梅マラソンで真ん中の一万位を取れ、というたとえの方が適切じゃないのかな、などと考える。だけどそんなことは口にしない。

迂闊に反論をしたら、怒濤のしっぺ返しがくるのがわかり切っていたからだ。

西野さんがそんな提案で、ぼくを挑発したのが中等部二年への編入直後、今から半年前のことだ。

実際にやってみると、確かにトップ取りよりもずっと難儀なミッションだった。達成するには学年内のあらゆる事象を、テスト問題が配られた直後の一瞬で見通さなければならず、そうするとそれはもはや中等部二年という小コミュニティを完全に理解し、ひいては支配するということにほぼ等しく、人間社会の完全なるシミュレーションに近いけど、そんなことはこの世の中で誰ひとり達成できていないことなのだから。

だからこそ断言できる。学年トップを取るより、ジャスト百位を狙う方が難度は百倍は高い。

二学期の期末は百三十七位、三学期の中間は九十三位と周辺をうろつき、三度目の正直となる今回の三学期の期末試験で、ついに目標を達成した。だから「欲しいものを買って上げる」という西野さんの大盤振る舞いも、ある意味では当然のことだったわけだ。

ぼくの無茶なおねだりを聞いた西野さんは、地下室をぐるりと見回し、螺旋階段を見上げた。

「僕が悩んでいるのは金額より、グランドピアノをここに搬入できるかなってことさ」

塔の中心部には、エレベーターが背骨のようにてっぺんまで通っていて、周りに螺旋階段が蔦のように巻き付いている。でもエレベーターは小型でピアノは乗りそうにない。

「別に地下室でなくてもいいんですけど」

「ウソ言っちゃダメだよ。地下室に置かなくちゃ、意味がないんだろ？」

西野さんは、目を細めてぼくを凝視すると、ふう、とため息をついた。

「一緒に仕事をして二年半ほどになるのに、坊やはまだよく理解していないみたいだね。復唱してごらん、僕たちの約束（ルール）を」

ぼくは小声で答える。

「なにごとも我慢せず、希望はとりあえず口にしてみること」

血のつながりのない僕たちがうまくやっていくにはそうしたルールが必要だ、と言った西野さんは、つけ加える。

「そう、世の中は言った者勝ち。だから規則は大切だ。ただしルールは必要最小限がいい。でないとソイツは怪鳥に化け、僕たちをたちまち食い殺してしまうからね」

西野さんの言葉は意味深で真意を測りかねる場合も多いけど、この言葉はわかりやすかった。

その時、天井からピアノのメロディが降り注いできた。

夜の七時になると部屋に響く、ショパンの〝別れの曲〟だ。

西野さんはいつもの業務チェックに取りかかろうとしたが、最初のページをぱらりと見て、ひとつだけ目についた問題点を指摘すると、リストを机の上に投げ出した。

「今日は気が乗らないから、今月のチェックはピアノが搬入される土曜に延期しよう」

西野さんはそう言い残すと、風のように姿を消した。

テーブルの上に残された書類を見て、ぼくはびっくりした。いつの間にかピアノの購入が決まっていて、売買決済から搬入日決定まですべてが終わっていたのだった。

迅速にして臨機応変。これが西野さんのスタイルだ。


深夜零時。カレンダーがかたりと音を立てて、日付変更線を越えていく時刻。

西野さんが部屋を去ってから、五時間が経った。

深夜の神殿は静かで、ひとりでいると、宇宙空間に投げ出された人工衛星みたいな気分になる。

ひとりきりの世界。でも本当に誰もいないかというと、実はそうでもない。

ぼくの側には、ひとりの女性が眠っている。その人は無口で、一緒にいても何も話してくれないだけだ。ぼくはその人のことを、オンディーヌと呼ぶ。

ぼくの業務はオンディーヌを凝視(みつ)めることだ。

真夜中にひとり目覚めていると、ぼくがオンディーヌを凝視しているのか、オンディーヌがぼくを見守ってくれているのか、わからなくなってしまう。

夜明けは近い。

いつもは夜が明ける前に眠るようにしているけれど、今夜は眠れそうにない。

朝の光に包まれながら業務日誌を書き上げる。最後にもう一度、日付を確認する。業務を始めた頃は、明け方に記載する業務日誌の日付をよく、前日と間違えたものだ。

　それは、夜の時の流れはひとつながりなのに、真ん中に日付の分水嶺(ぶんすいれい)が存在するせいだった。

▼2018年4月9日（月）。晴れ。気温9・5度。風力0。環境温度4・1℃。全身状態良好。ガンマGDP値、2・6ナノグラム・パー・ミリリットル、正常範囲内。スーパーバイザーによるシンプルチェックにてカテコラミン値のフォローが甘いとの指摘あり。今週の土曜日に再度スーパーバイザーがチェック予定。

　業務日誌を書き終えたぼくは、ブレザーの制服を着、鏡に向かって身だしなみを確認する。

　困難なミッションを達成したら、また退屈な毎日が始まる。

　今日から中等部の最高学年になるという高揚感は、全然なかった。

2章　委員長に立候補します。　4月10日（火曜）

桜宮学園は中高一貫、共学の私立校だ。紺色のブレザーに金の刺繍のエンブレム。男子はグレーのズボン、女子はタータンチェックのプリーツスカート。スポーツや文化系の部活が盛んでサッカー場と野球場がある。中学総体に出場するクラブも多い。レベルが高くない授業は退屈で、授業中は居眠りをしている。一番後ろ、窓際がぼくの席だ。

他愛もない会話が苦手で、無愛想と思われている。でも中にはそんなぼくにずけずけ話しかけてくる変わり者もいる。昼休みに売店のパンを食べ終えたぼくに声を掛けてきたのも、そんな変わり者の一人だった。

「よう、シャドウ王子、中等部最高学年に無事に進級できたご機嫌はいかがかな」

振り返ると左頬を風がよぎる。ぼくは頬を掠めるパンチをスウェイでかわす。ボクシング部の同級生、蜂谷一航。得意技はカウンター。

「いつもと同じさ。ご機嫌は、あまりよろしくない」

「あ、その言い方、今日の部活をサボるための伏線だな」

「どうでもいいだろ。どうせぼくはシャドウしかできない出来損ないの部員だし」

「そんなことないぜ。俺は、佐々木の潜在能力を高く買っているんだ。ボクシング部の救世主として、夏の総体で華々しくデビューしてもらいたいぜ」

お世辞でも褒め言葉は嬉しい。ましてやそれが桜宮学園中等部ボクシング部の輝ける星、蜂谷の評価であればなおさらだ。でもぼくは冷静だった。

「悪いけど、期待には応えられないな。入部半年のぼくに試合の出場権はないからね」

ぼくがそう言うと、蜂谷はため息をついた。

「真木ちゃんはストイックすぎるんだ。ボクシングに憧れて入部したのに、ランニングやスクワットだけしかやらせなかったら、誰だって逃げ出したくもなるよ。それならいっそ陸上部に入った方がマシだと考えたとしても当然さ」

顧問の真木先生は基本に忠実で、よほどのことがない限り半年間は基礎トレーニングを積ませてグラブをつけさせなかった。

「でも、ああ見えても真木ちゃんは大学時代はボクシング部のエースで、オリンピック代表候補になったこともあるそうだし、指導力には定評があるってウワサだぜ」

「でも四十代半ばなのにぶくぶくに太っちゃったしなあ。実害も出てるぜ。陸上部の佐野はボクシング部希望で、仮入部で見学にも来たのに、陸上部に鞍替えしたんだぜ」

佐野は蜂谷と並ぶ中等部のスターで、中学総体では短距離百メートル記録を毎年塗り替えていた。確かに佐野がボクシング部に入っていたら状況は変わっていただろう。

「でも見かけに憧れたヤツは辞めても、本当のボクシング好きなら残るだろ」

二年秋に入部したぼくは「今入部しても試合に出られないぞ」と真木ちゃんに何度も念を押された。いいも悪いも、それこそがぼくの希望だった。

グラブを装着してのシャドウ。それがぼくの到達点だ。ぼくにとって入部して一年間は試合に出られないという縛りがあるボクシング部はユートピアだった。

「佐々木は俺の出世記録を破った期待の星だから、つい愚痴りたくもなるんだ」

グラブを装着してのシャドウまでは半年かかるのに、ぼくは入部二カ月で許された。それは異例だったらしい。ちなみにそれまでは蜂谷が一年の時、入部三カ月でグラブ着用を許されたのが史上最速だったそうだから、ぼくは桜宮学園中等部ボクシング部の輝ける星、蜂谷の記録を破ったわけだ。

「佐々木って、変なヤツだよな。欲がないし、妙に余裕があるし。なんだか、俺たちよりもずっと長生きしているって感じがするな」

「ジジむさいって言いたいのか？」

「落ち着きすぎているって意味さ。ジジむさいと言えば、真木ちゃんからの伝言を忘れてた。昼休みに職員室に来いってさ」

壁の掛け時計を見ると、昼休みはあと十分しかない。

「大事なことは最初に言えよ」

ぼくのパンチをかわし、目にも留まらぬ二発のパンチが、ぼくの頬を掠めた。

「わりいね。今のパンチはわざと外したから、これでチャラ、な」

蜂谷はにっと笑うと、席に戻った。ぼくは、急ぎ足で職員室へと向かった。

ノックして、職員室の扉を開けた。まっさきに目に飛び込んできたのは英語の非常勤講師・エドモンドだ。作務衣に包んだ小太りの身体を、金魚柄のうちわでゆったりあおぎながらくつろぐ姿は、青い目の外国人には見えない。

隣にはクラス担任の門間先生の四角い顔。下駄という渾名を本人は知らない。向かいでは、中年の独身女性、生活科の徳島先生が手鏡に向かって化粧直しの真っ最中だ。

目指す真木ちゃんは職員室の隅っこに座っていた。ボクシング部のエースなら、体育教師になればよかったのに、現国を選んだために野放図に太ってしまった。部員にはハードなトレーニングを課しておいて、自分はリングサイドで文庫本を読んでいる。

でもぼくは、真木ちゃんのそんないい加減さは嫌いではない。

真木ちゃんの側に寄って、小声で「お呼びですか？」と言うと、半分目を閉じうつらうつらしていた真木ちゃんは、目を見開いた。

「おお、佐々木、やっと来たか。待ちくたびれたぞ」

その大声に、周囲の先生たちが一斉にぼくを見た。

こうなるのがイヤだったから、わざわざ小声で言ったのに……。

「佐々木、お前、六月の中学総体にレギュラー選手として出てみないか？」

思ってもみなかった要請に、思わず息を呑む。でもすぐさま首を振る。

「無理です。ぼくは入部してまだ半年ですから、出場資格がありません」

ぼくと真木ちゃんのやり取りに耳を澄ませていた周りの先生たちは、ぼくの返事を聞くと興味を失ったように雑談を始める。真木ちゃんは首をひねりながら尋ねる。

「佐々木は試合に出たくないのか？」

「ええ、今のままで満足です」

「才能あるのにもったいないなあ。リングに上がれば世界が変わるぞ。まあ、無理強いはしないが、気が変わったらいつでも言ってくれ。佐々木も知っての通り、今年の二年生は不作でな。お前が出ないと木谷(きたに)が選手になっちまうんだよ」

後輩の二年、木谷の鈍重なフットワークを思い出す。入部してすぐに辞めるだろうという大方の予想を裏切って一年間、続いている。目指すは帝華(ていか)大から霞(かすみ)が関(せき)官僚になることだと公言していて、ダイエットと体力をつけるために日夜頑張っている。

確固たる目標があるのは素晴らしいけど、悲しいかな誰も努力を認めてくれない。

そんな木谷を学園代表としてリングに上げるくらいなら、たとえ資格がなくてもぼくを選手にしたいと真木ちゃんが考えても、誰もヒイキとは思わないだろう。

でもぼくはもう一度、きっぱり首を振る。

「ぼくの気持ちは変わりません。でも、そう言ってもらえたのは、嬉しいです」

昼休みの終わりを告げるチャイムが鳴った。

職員室を退出しようとするぼくの背中を、真木ちゃんの言葉が追いかけてきた。

「佐々木、少しは自分を出してみろよ」

振り返って微笑を返し、真木ちゃんのお節介をやりすごす。

冗談じゃない。

〝自分〟を出したくないから、〝擬態〟をしているというのに。


教室では蜂谷が興味津々という表情で待っていたけれど、すぐに次の授業が始まってしまったので言葉は交わせなかった。その代わり、授業が終わるとすっ飛んできた。

「何だった、真木ちゃんの呼び出しは？」

隠す理由もないので正直に答えると、蜂谷は手を打って喜んだ。

「さすが真木ちゃん、見るべきところは見てるねえ。これで今度の総体は……」

「ちょっと待った。ぼくはその打診は断ったんだ」

「断った？　なんで？」

もっともな疑問だが、簡単には答えられない。

その挙げ句、ぼくは、今日は部活を休むと伝えた。我ながらひどい部員だ。

「まさか、受験のために部活を辞めたい、なんて言い出すつもりじゃないだろうな」

ぼくの中に欠片(かけら)もなかった考えだったので、思わず「はあ？」と声が裏返る。

確かに桜宮学園は進学校だが、レベルは高くない。だからここが物足りなくなった連中は、高等部に進学する際に、外部の超進学校を再受験することも多い。

まさかこのぼくがそんな風なヤッだと思われていたなんてびっくりだ。無視して教室を出ていこうとすると、蜂谷が両手を広げて通せんぼをする。

「納得できる欠席理由を説明しろ。でないと新キャプテンとして絶対に認めないぞ」

中等部三年は、中高一貫校だから卒業ぎりぎりまで部活を続ける。なので三年生の引退は春休み前になり、旧二年生が三年に進級した今日から、蜂谷が新キャプテンだ。

チャラい外見とは違い、ボクシングに関しては熱血だ。こんな風に言い出したら、コイツは引かない。仕方なく、ぼくは小さなウソをついた。

「実は今日、家にピアノがくるから、留守番をしなくちゃならないんだ」

「マジかよ。佐々木はピアノが弾けるのか。すげえなあ」

蜂谷はころっと口調を変えた。何事にもこだわらないのがコイツのいいところだ。

「いつか『別れの曲』を弾いてみたいんだ。今は弾けないけどね」

ぼくは少し気恥ずかしかったけど、どうせ告白するのなら徹底的にしようと思って、本当のことを言ってみた。するとぼくの右斜め四十五度から高く澄んだ声が響いた。

「初心者のクセして難易度Fの『別れ』を弾きたいだなんて、佐々木クンって結構無謀なヒトだったのね」

この角度からの不意打ちは危険だ。

暗黒領域に首をめぐらせると、声の主である少女の姿がひかりの中に現れた。

「あ、いや、弾けるようになるとは全然思ってないけどさ」

しどろもどろで答えたぼくを見て、少女は三日月のように目を細める。

これって笑顔なんだ、と理解した時には、彼女は音もなくぼくたちの傍を離れていた。

麻生夏美のことは、以前から気になっていた。

学年百番取り計画のため観察している級友たちは中学生らしく、いろいろな思惑を剝き出しで生きていた。でも麻生夏美には得体のしれないところがあって性格を把握しきれなかった。ミッションのための分析の一番のノイズは、実は彼女だった。ただ成績は中の下なので、致命的な障害にはなりそうになかった。

そんな彼女の後ろ姿を見送った蜂谷は、目を丸くして、言う。

「びっくりしたなあ。いつの間に佐々木は麻生と仲良しになったんだ？」

「冗談だろ。話しかけられたのは今のが初めてだ」

転校して半年、口を利いたこともなかった相手とのファーストコンタクトにしては、シュールな会話だったな、と思いながら思い違いを訂正すると、蜂谷は肩をすくめた。

「ま、いっか。理由は納得できたからな。では本日は佐々木のバックレを許可する」

蜂谷の顔を見ていたら胸が痛んだ。ピアノ搬入日は四日後の土曜だったのだから。

蜂谷は口笛を吹いて教室を出ていった。

その後ろ姿を何人かの女生徒が熱い視線で見送っていた。竹を割ったような性格のボクシング部の新キャプテンは、女子に大人気だという事実を、本人は自覚していない。

翌日の一時間目、ＨＲ（ホームルーム）の時に、担任の門間先生、通称ゲタがぼくたちに告げた。

「三年初めのＨＲに当たり、クラス委員長を選びたい。日野原（ひのはら）、司会を頼む」

現委員長の日野原奈々（なな）は担任の指名に応じて立ち上がる。真ん中の列、前から五列目。教室のど真ん中という座標とクラス委員長という肩書が彼女の指定席だ。

成績はあまりよくないが担任のお気に入り、いわゆるティーチャーズ・ペットだ。絵に描いたようなお嬢さまで、十八世紀フランスはロココ調、マリー・アントワネットを模倣したかのような巻き髪は、毎朝、セットに一時間はかかりそうだ。

日野原奈々は、長い髪を揺らしながら、よく通る声で言った。

「クラスの委員長選出の前に申し上げます。わたくし、日野原奈々は、おそらくこれからわたくしが受けるであろう委員長への推薦を辞退します」

教室にざわめきが広がった。担任のゲタの動揺した声が教室に響いた。

「何を言うんだ、日野原。お前以外にこのクラスをまとめられる人材がいると思っているのか？」

中等部は三年間、クラス替えもなく担任も替わらない。生徒と担任の関係は、領主と農民のようなものだ。そして日野原奈々は、領主のゲタが二年の歳月をかけて築き上げた王国の、要石（かなめいし）だった。

だから、日野原奈々の突然の委員長辞退宣言は、ゲタにとっては寝耳に水だった。

クラスメイトたちも予想外の事態に驚いた。ただし彼らはその宣言をあっさり受け止めた。誰がクラス委員長になっても大して違いはない、と達観していたせいだ。

日野原奈々は舌足らずな声で答える。

「二年間、委員長を務めさせていただき、このままわたくしが委員長を続けることは、このクラスにとってよろしくないのではないか、と思ったんです。このままだと門間先生が危惧された通り、他の方たちのリーダーシップが育たなくなってしまいます」

クラスメイトは一斉に白けた表情になる。こんな茶番劇はどうでもよかったからだ。

「じゃあ、日野原の後継者は誰にやらせればいいんだ……」

動揺したゲタが漏らしたひと言で、クラスの自主運営とはゲタの傀儡政権だったことが露呈した。日野原奈々は、その失言をさりげなく微修正しながら代案を口にする。

「委員長が辞任したら、副委員長が昇格するのが当然ではないでしょうか」

そのひと言で突然のスポットライトが、日陰の存在の副委員長に当てられた。

彼はずりおちそうになる黒縁眼鏡をもち上げた。

豊崎豊。〝上から読んでも豊崎豊、下から読んでも豊崎豊〟というキャッチフレーズをことあるごとに繰り返す野暮天。ユーモアには賞味期限があって、一度はウケても繰り返せば逆効果になる、という機微がわからない鈍感坊や。副委員長としての功績は、遅刻者の名簿管理を二年間、水も漏らさぬ緻密さで実施したことくらいだ。

内申書の成績向上が生き甲斐(がい)の視野狭窄(きょうさく)少年が、ビン底眼鏡の底から目だけぎょろつかせ、遅刻者の名前をメモしている様は深海魚のチョウチンアンコウを思わせる。

豊崎豊は突然の指名に「いえ、僕なんてとても」と一応は謙遜(けんそん)してみせた。

日野原奈々は、ここぞとばかりに声を張り上げる。

「豊崎クンは有能です。わたくしが委員長を務められたのは、豊崎クンのおかげです」

豊崎豊は、難問の解答を黒板に書き上げた時に見せる、得意げな表情で言う。

「身に余る大任ですが、委員長のご指名ですので、前向きに検討させていただきます」

内心大喜びなのは丸見えだ。豊崎が委員長を引き受けるメリットはただひとつ、内申点アップしかない。ゲタは安堵(あんど)してうなずき、周囲を見回す。

「他に推薦はないか？　なければ……」

これで決まりだな、と誰もが思ったその時、凛(りん)とした声が響いた。

「あたし、委員長に立候補します」

挙手された右手、ぴんと伸ばした細い指先にクラスメイトの視線が集中する。

日野原奈々が委員長推薦を辞退した時には教室はざわめいたが、今度はどよめいた。

麻生夏美がクラス委員長に立候補するなんて、誰も予想していなかったのだ。

委員長という肩書が似合わないという点で麻生夏美の右に出る者はいない。成績は日野原奈々より少しいいから、成績不良は不適格条件ではない。テストの終了時に解答用紙を回収する〝答案集め係〟をしていることも、名前だけ麗々しい風紀委員や美化委員も内実は大したことがないのだから、マイナス条件にはならない。

彼女が不適切と判断された理由は不遜な態度と白黒きっぱりしすぎる性格にあった。授業中に居眠りはするわ早弁はするわ宿題を忘れるわ「忘れてました」としか言い訳しないわ。お世辞にも可愛げがあるとは言えない。つまり彼女は〝生意気な女子〟だった。

女子という単語には甘美な響きがあるけれど、そこに〝生意気な〟という形容詞をひとつ加えただけで、印象も評価も逆転する。そんな形容詞をつけられてしまうことこそ「麻生夏美ほど委員長にふさわしくない人材はいない」と断言されてしまう理由だ。

もちろん彼女にも美点はある。切れ長で大きな目。睫毛は長く、髪はさらさら、唇はさくらんぼのように赤く、鼻は少し上向きだけど、それが他のパーツの完璧さを中和していた。制服姿で街角に佇めば、道行く男性が百発百中振り返ることは間違いない。

そう、麻生夏美は正真正銘、正統派の美少女だった。

でもとびきりの美少女でも選挙戦に有利に働くわけではない。

〝美少女〟という属性が効力を発揮するのは、日常会話では絶対に使われることがないけれど、入試英語では必須のフレーズ「彼は一目で恋に落ちた」という慣用表現の一部である〝アット・ファースト・グランス〟が当てはまる、ごく短期間だけのことだ。

このふたつの設定を合わせると、麻生夏美のクラス内評価は次の一文でこと足りる。

――黙っていれば最高なのに。

麻生夏美の立候補という事態はゲタと日野原奈々にとって大誤算だった。

豊崎豊の人望のなさ、不人気はわかっていたから、選挙になったらどっちに転ぶかわからない。

そこでゲタは、ちらりと時計を見て言った。

「選挙となったのだから、まずは所信表明演説が必要だな。副委員長の豊崎から演説をしてもらうが、あまり時間がないから、演説はできるだけ短く、ポイントだけで済ませるようにしてもらいたい」

ゲタは、できるだけ豊崎に有利な差配をしたつもりだった。

演説は最初の方が新鮮だし、演説時間を短く設定して豊崎のヤツのボロが出ることも未然に防いだのだから。

ところが豊崎のヤツはゲタの意図を見事に読み損なった。その上、クラスの空気も読めなかった。だから、自分が考えていることをそのまま口にしてしまった。

「僕が学級委員長になった暁には、取り締まりを厳しくして遅刻撲滅に邁進します」

言い切った豊崎豊は黒縁眼鏡をずりあげ、満足げな表情で着席した。

途端にクラスの空気は冷え冷えとした。本当にこんなことを口走って学級委員長に当選できるとでも思っているのだろうか。美味しい公約をたくさん並べておきながら、当選したら全然逆のことをやって、俺が民意だ、とふんぞり返る、国会議員の横柄な態度を少しは見習った方がいい。

　そんな豊崎豊の姿を横目で見ながら、麻生夏美はすらりと立ち上がる。

「あたしが委員長になったら、遅刻取り締まり係を廃止します。そして、クラスの雑用はあたしが責任をもって片づけさせます」

　演説を聴いて、クラスメイトたちは全員、麻生夏美の突然のご乱行の真意を悟った。

　遅刻常習者の麻生夏美は、豊崎豊のゲシュタポチェックに誰よりも多く引っ掛かっていた。その豊崎が委員長に昇格したら、陰険チェックはさらにエスカレートするだろう。

　だから麻生夏美は、出たとこ勝負で無謀な立候補に打って出るしかなかったわけだ。

「いい加減にしろ。遅刻を容認するような公約など、絶対に許さん」

　気色ばむゲタに、麻生夏美は涼しい顔で答えた。

「あたしは遅刻容認なんてしません。遅刻取り締まり係の廃止を提唱しただけです」

「それは遅刻を容認することと同じだろうが」

「全然違います。あたしたちは中等部の最高学年、来年は高等部です。大人になるべき時期に、時間厳守という基本的なことを取り締まらなければできない方が問題です」

　一番の遅刻魔のクセによくまあしゃあしゃあと正論を吐けるものだ、と呆れ果てる。

　だがゲタは麻生夏美の正論攻撃に口ごもってしまう。どうやら麻生夏美のディフェンスは鉄壁のようだ。なのでゲタは仕方なく、もうひとつの公約を攻撃した。

「では雑用を全部自分がやるという、できもしない公約はやめろ」

麻生夏美は、対戦相手の豊崎豊とその後見人の日野原奈々を見ながら、淡々と続ける。

「それも違います。あたしは、雑用をやるなんて言っていません。クラスの雑用を全部、責任をもって片づけさせると言っただけです。クラスの雑用を片づけさせる、つまり他の人に仕事を割り振るのは、クラス委員長という役割の、本質的なお仕事だと思います」

滔々と屁理屈をまくし立てる麻生夏美を、日野原奈々が上目遣いに睨んでいた。

こんなことなら引退宣言するんじゃなかった、と後悔している様がありありとわかる。

麻生夏美の反論に何も言い返せなくなってしまったゲタは、仕方なく宣言した。

「では投票に移る。豊崎か麻生、どちらかの名前を書くこと。日野原、開票を頼む」

投票用紙がリレー式に後ろの席に配られると、名前を書いてふたつ折りにした用紙を麻生夏美が後ろから前へ往復して回収する。

こうしてみると、麻生夏美の業務は単なる答案用紙回収係ではなく、よろず用紙回収係だったわけだ。投票用紙でいっぱいになった箱を、麻生夏美が開票係の日野原奈々に手渡した。そして日野原奈々が読み上げ、豊崎豊が黒板に線を引くという共同作業による開票が始まった。

「麻生さん、麻生さん、麻生さん……」

穏やかだった日野原奈々の読み上げ声に、次第に苛立ちが含まれるようになる。その口調はどんどん速まり、投票用紙を取り上げる手も粗雑になっていく。

「麻生麻生麻生麻生麻生麻生麻生麻生……豊崎クン」

ようやく豊崎の名前が読み上げられた時、得票数を「正」の字で書き記していた豊崎は、自分の名前の下に初めての長い一本の横棒を引いた。得票は数じゃない、長さだと言いたげだ。

日野原奈々は開票する手を止め、担任のゲタに言う。

「麻生さんの得票が過半数に達しているので、開票をやめてよろしいでしょうか？」

その提案は合理的判断というより、これ以上麻生夏美の名前を読み上げるのがイヤだという、日野原奈々の個人的感情に思えた。原則死守派のゲタは震える声で言った。

「選挙制度は先達が血を流し獲得した、民主主義の要諦だから、どんなにささやかな選挙でも、決して一票を粗末に扱うことは許されない。最後の一票まで開票しなさい」

さすが社会科の先生だけのことはある。

そこから先は日野原奈々と豊崎豊にとっては拷問だった。最後の一票を日野原奈々が読み上げ、豊崎豊に三票目が入ると、教壇の上に並ぶふたつの紙の山を見る。

正確に言えば、ひとつの紙の山と、その傍らに置かれた三枚の投票用紙だ。

副委員長にして選挙開票臨時係をおおせつかった豊崎豊は、黒板に書かれたたくさんの正の字、そしてその隣にある、自分の名前の下に書かれた出来損ないの正の字を呆然と眺めていた。それは三票目の横棒が少しヘタれてちょうど〝下〟という字にそっくりだった。

やがて自分に注がれているクラスメイトの同情に満ちた視線を感じたのか、顔を伏せてそそくさと壇上から降りた。

日野原奈々は最後の威厳を以てゲタに言う。

「ご覧の通り、次期委員長は麻生さんに決まりました。委員長引退の辞と選挙結果の報告、そしてこれからの三年C組のクラスメイトのみなさんへの希望などを総括して、最後にひと言ご挨拶させていただきたいのですが、よろしいでしょうか」

ゲタがうなずくと、日野原奈々は麻生夏美を見ずに、クラス全体を見回した。

「門間先生のおっしゃる通り、民主主義の精華、直接選挙制度は、先達が血で贖って手に入れた大切な制度であり権利です。でも同時に無責任な人気取りが横行する、危険な制度にもなります。それを防ぐためには少数意見を尊重することが大切です。そこで新委員長に、前任者のわたくしからひと言申し上げます。対立候補は三票も獲得しました。その事実は、こんな堕落したクラスにも、わたくしと豊崎クンの他にも、まやかしに騙されなかった人がいたということです。この一票は新体制への批判票だという事実を、真摯に受け止めてほしいのです」

一気にそう言い終えると、日野原奈々は肩を上下させながら自席に戻った。

なんだか仰々しい話だなあと思っていたら、おずおずと挙手した者がいた。

「あのう、豊崎君の三票目を入れたのは、実はあたしなんですケド」

「バカなこと言わないで。そんな発言で批判票を無効化しようだなんて許されないわ」

日野原奈々が眦を決して激怒したのも、もっともだ。何しろ挙手したのは麻生夏美だったのだから。

「みなさん、勇気ある清き一票を入れた方の思いが、権力者の醜い目論見によって蹂躙されようとしています。この票を入れた方は今すぐ名乗り出て、彼女に正義の鉄槌を下してください」

麻生夏美は吐息をつく。

「いるわけないでしょ、そんな人。だってあたしが入れたんだから」

「それなら麻生さんが豊崎クンに票を入れたという、その証拠として根拠を説明してみなさいよ。ここにいるクラスメイト全員を納得させられなければ、この選挙自体を無効にするわよ」

どさくさに紛れて、日野原奈々は選挙の無効を言い立てた。理屈としては滅茶苦茶だが、さすが長年権力の座に就いていた実力者だけあって、このあたりの反射神経は大したものだ。

麻生夏美は、ぽりぽりと頬を指先で掻いた。

「あたしが豊崎クンに入れたことを説明できないと選挙が無効になるという、日野原さんの理屈はよくわかんないけど、あたしがその投票をした理由なら説明できるわ。あたしが一番信用できないのはあたし自身だから、あたしを委員長にするくらいなら他の人がなった方がマシだと思ったの」

「それなら、麻生さんは立候補すべきじゃなかったということよね」

ごもっとも。クラスメイトが息を呑む中、麻生夏美は淡々と答えた。

「仕方がなかったの。だって豊崎君が委員長になったら、あたしがなるよりもずっとひどいことになっちゃうことが丸分かりだったんだもの」

「でも、あなたはそんな豊崎クンに投票したんでしょ。おかしいじゃない」

「それはあたしの個人的な良心なの。クラス委員長に立候補したのはクラス全体のことを考えて、公的な見地からだから、公私のふたつの判断がばらばらでもおかしくはないのよね。要するにあたしは、委員長としては自分のことは全然評価できないけど、対立候補と比較したらまだマシかな、と判断しただけなの。それならせめて、自分の一票は自分への不信任票にしなくちゃ不誠実かな、なんて思ったのよね」

何だかうまく言いくるめられたようで釈然としない。傍観していたぼくでさえそう感じるのだから、論争相手である日野原奈々には、とうてい容認などできなかっただろう。ところが周囲を見回すと級友たちは麻生夏美の説明にすっかり納得させられてしまったような表情をしていた。

「ついでに元委員長の心配をもう少し減らしてあげましょうか。さっき日野原さんは、少数意見を尊重すべしと言ったけど、その点は心配ないでしょ。その少数者はあたし自身なんだから」

日野原奈々は、すとん、と椅子に腰を下ろし、二度と立ち上がろうとしなかった。

ふたりのやり取りを聞いていたゲタは咳払いをした。

「ということで、新委員長は麻生に決まった。みんな協力して学級運営をしてくれ」

そそくさと教室を出て行こうとしたゲタに、蜂谷が声を掛けた。

「先生、いつもは新委員長の挨拶がありましたけど、今回はないんすか」

ぎょっとしたように立ち止まったゲタは、死んだ鯖のような目をして振り返る。

ゲタにしてみれば麻生夏美の挨拶など、聞きたくもなかったのだろう。だから蜂谷の指摘は余計なひと言だったけれど、指摘されたら担任としては対応せざるを得ない。

ゲタの指名に麻生夏美は立ち上がる。壇上に上がって振り返ると優雅にお辞儀をした。

「公約を守り、明日から遅刻取り締まり係は撤廃します。あと、みなさんにいろいろ協力をお願いしますが、よろしくお願いします」

クラスメイトからまばらな拍手が起こる。ゲタが苦虫を嚙みつぶしたような顔になる。

麻生夏美は、ちろりと舌を出して、席に戻った。

こうして麻生夏美は、ぼくの物語に颯爽と登場したのだった。

3章　人生の結末はわかり切っている。

4月14日（土曜）

神殿の地下室にグランドピアノが搬入されたのは、その週の土曜の午前だ。

朝九時、呼び鈴の音に玄関に出ると、一台のトラックと西野さんの笑顔が並んでいた。トラックから降りた数名の男性はコマーシャルでおなじみの紺色の作業服を着ていた。体つきはがっしりして、びしりと整列している様子を見ているとアメフトのフロントラインを思わせた。たぶん、「屈強」という言葉は引っ越し業者のためにあるのだと思う。

そんな彼らの後ろから、影が薄そうな細身の女性が付き従う。

「ここがこんなに賑(にぎ)やかになったのは、坊やの〝目覚め〟以来だな」

西野さんに言われ、胸に、甘く切ない痛みが突き刺さる。だけど儚(はかな)い痛みも、どやどやと作業に励んでいる引っ越し屋さんの喧噪(けんそう)にかき消されてしまう。

西野さんが心配した通りエレベーターは使えなかったけど、作業服軍団は、グランドピアノをピロティからロープでつり下げてそろそろと下ろしあっさり着地させ、あっという間にピアノを部屋の中央に安置してしまう。

西野さんに確認印をもらうと、敬礼して姿を消した。その後に下りてきた女性は、ピアノの蓋(ふた)や譜面台を外し、ピアノを骸骨(がいこつ)みたいな骨格にした。黒い鞄(かばん)から木製ハンマーを取り出し、ポーン、と弦を叩(たた)く。その音に耳を傾けながら、ネジをきりきりと締めて、ピアノ線をぴんと張ったり緩めたりする。

ぼくはピアノに寄り添い、ピアノの生音に耳を傾ける。ピアノを組み立て直した女性が蓋を閉じると、西野さんが請求書の束を手にして一階へと彼女を案内する。

地下室に、ひとり残されたぼくは、鎮座したグランドピアノの周りをぐるぐると歩き、キャメル色のリンネル布を手に取り、ピアノの表面を磨く。表面に映るぼくの顔。その背後には銀色の棺(ひつぎ)が光っている。蓋を開け、真ん中のCの鍵盤(けんばん)をぽーん、と鳴らす。乾いた空間に反響した音が、床に落ちる。

人差し指一本で音をひろい、ハミングしながらメロディを奏でる。

ドドソソララソ・ファファミミレレド

支払いを済ませた西野さんが階段を下りてきたので蓋を閉めた。ぼくがまっさきに心配したのは、今の初演奏の一部始終を見られなかったかということだった。

だって、記念すべき初演奏が童謡『きらきらぼし』だなんて恥ずかしすぎるんだもの。

だけどぼくのささやかな願いは、西野さんにひと言であっさり叩き潰(つぶ)された。

「初演奏が小学校レベルの童謡だなんて、高い買い物だったかな」

しっかり聴かれていた。こうしてぼくの「ピアノ伝説」は最初でコケたのだった。

それにしても、伝説を作るためには難儀な時代になってしまったものだ。

伝説は、情報不足という衣装を纏った時に光り輝くから、情報過多の現代ではなかなか成立しにくい。クリックひとつで茶の間で見られる伝説なんて安っぽく思える。

だから逆説的に、ぼくの初めてのピアノ演奏は伝説にふさわしいわけだ。

ああ、それなのに……。

人差し指一本での『きらきらぼし』では、さすがに伝説にならない。

そんなことを考えていたら西野さんは、いつの間にか姿を消していた。その時ぼくは、とんでもないことに気がついた。西野さんに御礼を言い忘れていたのだ。

もっとも、ぼくが〝ちゃんとした〟御礼を言ったりしたら、西野さんは照れまくり、まともに受けようとはしなかっただろうけど。

西野さんと話していて想定通りになるのは一割以下だ。想定外の話題で奇襲をかけて、途中まで圧倒的に有利に話を進めていても、いつの間にか隠された前提まで見抜いて、すべてを承知の上で悠然とゲームの盤上に乗ってくる。

そんな西野さんはぼくのことを「とんでもないエゴイスト」と評したりする。

それは過大評価だ。ぼくは自分のことしか考えるゆとりがない未熟者、つまり幼稚なだけだ。でも面と向かって〝エゴイスト〟なんて呼ばれると、大物になったみたいで昂揚感がある。あえてそんな風に評してくれるのが西野さん流のやさしさなのだろう。

そういえば西野さんはある日、ぽつんと言ったものだ。

——善良な一般市民（コモン）は、簡単に情動と情報を会話で垂れ流すものなのさ。

それは同意を求めるような口ぶりにも思えたけど、西野さんにとって自明の理をぼくに相談するはずもないから、たぶんひとりごとだったのだろう。

そんな西野さんだから、相手になる友人はいなくて、「敵」とか「ヤツ」と表現するカテゴリーに、話ができる人種が棲息（せいそく）している。

「男が一歩外に出れば七人の敵がいるというけど、僕は優秀だからせいぜい片手かな」

という西野さんの話を、はいはい、と話半分で聞いていたけれど、西野さんの言葉は案外、正確だった。というわけで、ここで西野さんの、片手分の「敵」を紹介してみよう。

筆頭はゲーム理論の世界的権威でもある「ステルス・シンイチロウ」ことマサチューセッツ工科大学の曾根崎伸一郎（そねざきしんいちろう）教授だ。西野さんの言葉の端々から、二人がいつかバトルすることは決定事項のようだ。けれども西野さんはひたすら逃げ回っているらしい。

実はぼくは曾根崎教授とメールのやり取りをしているのだけれど、そのことは西野さんには秘密だ。もっとも、いくら秘密にしたところで、業務用のマザーコンピューターを使っているわけだから、とっくにバレているのかもしれない。

二人目は、ぼくのもうひとりの後見人、ショコちゃんこと如月翔子（きさらぎしょうこ）。

東城（とうじょう）大学医学部付属病院・オレンジ新棟二階の小児病棟の看護師長である彼女は、いずれこの物語に乱入してくるはずだから、ここでの紹介は、小児病棟で日夜、子どもたちのケツを追い回している白衣の天使、くらいに留（とど）めておこう。

でも、こんな不適切きわまりない表現をしてしまった時は、背後に注意を払わないといけない。

「〝子どもたちのケツを追い回している〟だなんて、それじゃあまるであたしは色ボケおばはんみたいじゃない。ちゃんと目上の女性を敬いなさいよ。ほんっとにクソ生意気になったわね、アッシ小僧わあ」

なんて神出鬼没でいきなり後ろから頭をゴツンと叩きにくるに決まっている。

油断大敵、ショコ降臨。思わず左右を見回す。

でも、さすがに今夜は大丈夫だろう。

三人目はぼくが棲んでいるこの塔、アクアマリンの神殿に眠るオンディーヌだ。

結局はもの言わぬ女神が一番の強敵なのさ、それにしてもこんなチンケな坊やの周りに、どうして勇ましくてきれいな女性ばかりが寄ってくるのかなあ、ほんと、ねたましいよ、とはかつての西野さんの弁だ。でも本気で妬ましく思っていないことは、「妬ましい」という単語を、ひらがなにひらいた口調で言っていることからも丸わかりだ。

オンディーヌは、ぼくの中での比重が大きすぎるので、他の「敵」と同列には語れない。だからここではこれ以上詳しくは説明しない。

四人目。この人はオンディーヌと正反対の意味で座標が違いすぎるので、ぼくには説明できない。オンディーヌについては〝説明しない〟だけど、この人の場合は〝説明できない〟だ。

でもそれは仕方がない。なぜならぼくはその人の名前すら知らないのだから。

西野さんはＩＴ関連会社の営業部員という肩書だけど、実態はトップレベルの研究員で、営業部員の名刺を持ちながら、その枠組みを超えて好き勝手に仕事をしている。人材豊富なＩＴ業界も内実はドングリの背比べだと西野さんは一刀両断するけれど、ちょっとシャクに障る相手がいて、それがアルケミスト（錬金術師）という名のシンクタンクの主任部長なのだと言う。

西野さんが「敵」の優秀さについて語る時、なぜか楽しげだ。ひょっとしたら西野さんは「敵」としか会話できない人なのかもしれない。すると本当は「敵」ではなく「好敵手」かもしれない。大福のアンコだけ取り出すみたいに「好敵手」という言葉から真ん中の「敵」だけつまみ出したようなものだ。ただし、西野さんは特別アンコ好き、というわけでもなさそうだけど。

五人目は自分で言うのも気恥ずかしいけれど、ぼく自身だ。

西野さんはある日ぽろりと、「坊やも僕の敵になれる資格をかろうじて持ち合わせているね」と言ったけど、それはぼくにとっては最高の褒め言葉だった。けれども単純には喜べないのは、西野さんの発言はいつも一筋縄ではいかず、ひねくれているからだ。

でもその言葉を素直に取れば、ぼくも西野さんの「好敵手」に含めていいのだろう。これで西野さんの言う通り、西野さんの「敵」はちょうど片手ぴったり、五人ということになる。

三年前、〝眠り〟から目覚めて半年ほど、ぼくはショコちゃんのマンションに同居していた。西野さんの業務を引き継ぐことになってこの塔に引っ越し、西野さんにいろいろ教えてもらった。最初の一週間は手取り足取りやり方を教えてくれた。次の週は半分、三週目にはほとんど全部を任せてくれた。それから半年、西野さんとこの塔で同居したけど、毎日どこかへふらふら出掛けていき、夜になると戻って来て一緒に食事をした。

三日に一度、ショコちゃんがやって来ると、西野さんは姿を消す。眩しい太陽が現れると姿を隠すドラキュラ男爵みたいだと思ったものだ。

でもその二カ月後、最初のチェック日の西野さんは別人だった。二時間、間断なく厳しい質問が雨アラレと降り注ぎ、その半分以上に答えられなかったぼくは、気がつくと泣きベソをかいていた。

「今日の収穫は、坊やが仕事を甘く考えているとわかったことくらいだな」

西野さんのひと言は、ぼくのプライドをずたずたにした。いたたまれなくなったぼくは、ショコちゃんにすがるような視線を投げた。当然、ショコちゃんはぼくを擁護した。

「もう少しやさしく言ってあげなさいよ。アッシはまだ子どもなのよ」

「やさしく、だって？　そんなことでは先が思いやられる。両親に捨てられた坊やは、一刻も早く一人立ちしなければならないのに」

ショコちゃんは、震えるぼくの肩を後ろからぎゅうっと抱き締めて言う。

「そんな無神経なことを口にできるような人に、アッシを任せるわけにはいかないわ」

仁王立ちして西野さんを睨(にら)みつけたショコちゃんに、西野さんは平然と言い返す。

「僕はそれでも構わないさ。だけど、それを決めるのは坊や自身だ」

そしてぼくとショコちゃんを交互に見つめながら言う。

「僕は坊やに仕事を委託し、坊やは依頼を受けた。その瞬間から一人前に扱っている。この仕事は人のいのちがかかっていてミスは許されない。人さまのいのちを預かるオレンジ病棟の師長さんは、子どもならちょっとしたミスも仕方がないと言うのかな？」

唇を噛(か)んで黙り込んだショコちゃんから視線を移し、西野さんはぼくに向き合う。

「坊やが引き受けた仕事はこういうものだ。無理なら、今すぐここで降りた方がいい」

どうする？　と冷たい視線が問いかけている。

ぼくは一瞬、迷った。

その時、脳裏に、微笑む女性の顔が浮かびあがった。白い歯並びが眩しかった。

次の瞬間、ぼくは、自分でもびっくりするくらいの大声を上げていた。

「やります。次は必ずきちんとやり遂げてみせます」

西野さんがぼくを見る目は冷たく、でも、とても澄んでいた。

腕組みをして目を閉じる。

コンクリートの壁に、時計の秒針が時を刻む音だけが響いている。

やがて西野さんは目を開くと、無言で小さくうなずいた。

あの瞬間ぼくの未来は決まり、西野さんとショコちゃんの犬猿の仲も決定的になった。

ショコちゃんと西野さんがたまに行き合った時の様子を見ていると、前世では親の敵同士なのに、何の因果か現世では協力して、ぼくという厄介者の面倒を見なければならないという苦役を割り振られ、途方に暮れている仲の悪い夫婦者、という感じがする。

ぼくに全ての業務を任せ、月一回チェックするだけにする、と宣言した西野さんは塔を退去する前に、メンテナンス業務を夜間にできるよう設計し直してくれた。

「そろそろ坊やも学校という畜舎に入り、擬態するテクニックを身につける時期が来たようだ」

そう言い残した西野さんの真意は、二年遅れで中等部二年に編入した時に何となくわかった。その時だった。ぼくが西野さんを無条件に、そして徹底的に信頼することにしたのは。

西野さんが去った後はいつも、安堵（あんど）感と淋（さび）しさが入り交じり、センチメンタルな気分になる。それはどことなくお祭りの後の空虚さに似ていた。
ぼくは深呼吸をして気持ちを入れ替える。
立ち上がり、姿見の前に歩み寄ると、ファイティングポーズを取る。右側に広がる暗黒世界にオンディーヌを沈めて、シャドウに集中する。初めはゆっくりと。次第に拳の速度を高めていく。シャドウのポイントはたったひとつ。無駄な力を排し、できるだけ速く相手の顔面に拳を叩き込むような軌跡を描く。ただそれだけだ。

スピードはすべてを凌駕する。

ぼくのシャドウは綺麗だとみんなに褒められる。ぼくの脳髄には理想のフォームがインプットされていて、それをなぞっているからだ。ただし現実の身体との連動は保証されていないので、イメージと実像にズレが生じる。でも、夜間労働者でもあるぼくには膨大な待ち時間があり、その大半を鏡の前のシャドウに費やすことができたから、動作の精度は日ごとに高くなっていった。

鏡の中の対戦相手は最大の難敵だ。実力はまったく互角なのに、絶対に勝てない相手との不毛な闘いを続けているぼくの肉体は発熱し、発汗する。

タイマー代わりのロックが終わると部屋の隅のシャワーで汗を洗う。身体を拭いたタオルを肩に掛け、ハミングしながらPCの前に座る。

西野さんのチェック日の夜は、もっとも安全で、仕事も終わっているのでぐうたらできる、サイコーの晩だ。そんな夜には、国境という概念を失くした電脳世界を彷徨う。

そして、この塔で日々繰り返される音源にたどりつく。

取り壊し寸前のホールで、十九世紀にこの世を去った巨匠が奏でた『別れ』。

そのピアノの音色は、何度聴いても荘厳で華やかだ。

それは、巨匠最後の演奏であると同時にホールが解体されたというエピソードのせいかもしれない。

だからこそ、この演奏は現代では成立し難い〝伝説〟になり得たのだろう。

かつてオンディーヌもこの音源に耳を澄ましたのだと思い、目を閉じ甘美なメロディに身を浸す。それから目を開け、メールソフトを起動して、メールを打ち始める。

宛先は西野さんの好敵手の筆頭、マサチューセッツのステルス・シンイチロウだ。


✉お久しぶりです。今日はクラスで遭遇した場面と独裁政治の最終局面について考えました。前委員長Hさんが突然引退を表明したのです。Hさんは後継者に、補佐役のTクンを推薦し、それを受け、Hさんに目の敵にされていたAさんが立候補しました。その結果はAさんの圧勝でした。ここで思ったのがHさんの権力の座からの降り方はまずかったのではないかということです。Tクンが後継者の座に就くところまで、内々に確定しておくべきだったのではないでしょうか？


三回、読み返してから送信ボタンを押す。しゅるっという乾いた音を立てて、メールは虚空に吸い込まれていった。

その四分十五秒後、返信があった。今宵(こよい)もステルス・シンイチロウは眠らない。

――親愛なるアッシ君。その考えは大筋で正しい。君のクラスで起こったことは、国際社会でも時々起こる、独裁政治と民主主義の相転換の表出だ。留意すべきは、表層の姿と真性とが正反対になっている点だ。一見すると、担任の支持で委員長に就任していたHさんという人物は独裁政治の寵児(ちょうじ)で、クラス選挙で当選したAさんは民主主義の代表者だ。だが本質は逆で、Hさんは民主主義、衆愚主義の象徴で、Aさんは独裁政権の権化のようだ。

ステルス・シンイチロウは前任者をお嬢さん(フロイライン)と呼んで、メールのやり取りをしていた。たまたま後任になったぼくは、マザーに残されたメールを読んで、何食わぬ顔で曾根崎教授にメールをしたら即座に返信が返ってきた。それがこの文通の始まりだった。

それにしても、あれっぽっちの情報から、ぼくが肌身で感じている危惧(きぐ)まで読み取ってしまうなんて、相変わらずすごいものだな、と感心しながら、ぼくは短いメールを返信する。

✉おっしゃる通り、Aさんが当選した過程は民主主義そのもので、最初の公式発言も「一人の反対者がいれば、河に橋を架けるのを止める」などと殊勝だったのに、今やなぜか独裁者みたいな空気を醸し出してもいます。これってどういうことでしょうか？

ステルス・シンイチロウからの返信はいつも、送信後五分プラスマイナス六十秒以内に着信する。息を詰めて待っていると、今回は四分四十五秒で返信が来た。

——民主主義のデフォルトではバカの意見も尊重しなくてはならないから、民主主義は次善の選択でしかない。バカという用語が不適切なら「不適切な判断を、状況を顧みずに断行しヨシとしてしまう、直情径行で思考停止、無原則主義の有象無象」と言い換えてもいい。民主主義は、いつか必ず衆愚社会に堕する。怠惰な無思考は独裁に移行する。一方、民主主義のアンチテーゼである独裁はファシズムに直結するので衆愚政治よりもはるかに危険だ。民主主義が堕落すると衆愚政治に、独裁が進行するとファシズムになる。その意味で衆愚政治とファシズムはコインの裏表だ。

民主主義と衆愚政治、独裁政治とファシズムの四点は互いに相を入れ替え繰り返し歴史の舞台に登場する。ご指摘通りHさんの権力の座の降り方は間違いだ。独裁者を断罪するのは次の独裁者で、その出現を怖れるがゆえに独裁者は永遠にその座を守ろうとする。任を降りる時、過去の不行状は追及されないと確約されるなら、政権交代はもっと滑らかになるが、そもそも独裁者というものは次の独裁者の約束を信じないものだ。なぜなら自分自身がかつて約束を守らなかったのだから。

ステルス・シンイチロウのレスは迅速で、しかも過剰だ。以前もクラス内の出来事について短いメールを送ったら、社会制度に絡めた膨大な考察が返ってきた。何事も普遍化し、過剰に答えるのがクセらしい。ゲーム理論の第一人者だという評価も納得できる。

そんな彼が西野さんの「好敵手」だと、ある日知ったぼくは、西野さんが関わる領域は話題にしないことにした。なのでメールの内容は、ほぼクラス内の話題に限定されてしまったわけだ。

✉Aさんの度量と人物選択眼は素晴らしいと思います。Aさんは選挙に圧勝したのに、Hさん一派の粛清をしようとはしませんでした。でも級友たちは誰も、その大きさが理解できなかったようです。そんなことを考えていると、悲劇の英雄ってこういうものかな、と思ったりします。

三たびメールを打ち、目を閉じる。かっきり五分後、メールが着信した。

——情報が失われない現代社会においては、〝英雄〟という言葉の響きには悲劇が内包されている。

百年前、音声記録と映像記録媒体を手にした人類は、文字でしか伝えられなかった想いに、直接コンタクトできるようになった。だが、それは本当に素晴らしいことなのだろうか。

この瞬間も新しい言葉が生み出されているのに、私たちは慣れ親しんだ古い言葉ばかりを再生し、新しい言葉に接するチャンスを失う。今、私たちがすべきことは、現在の肉声に耳を傾けることではないだろうか。

過去の英雄は完璧(かんぺき)だ。前世紀には紙の中、抽象二次元の世界にしか存在しなかった英雄が君たち若者の前に立ちはだかる。難儀な時代の若者の天敵は、歳を取ったヌエたちばかりではない。

✉おっしゃっていることはわかりますが、ぼくたち若者もその点は結構したたかで、世紀の絶唱や大演説をカップ麵(めん)作りのキッチンタイマーに使ったりもしています。そうでもしないとカップ麵を食べ終わる前に、ぼくたち自身が食い尽くされてしまうような気がするのです。ですのでこれは一種の自己防衛策だということになるのでしょうけど。

——親愛なるアツシ君。ナマ情報は下司(げす)なもので、コモンの呟(つぶや)きや中傷、明日には意味をなくす確認メールまでもがネット世界を漂流している。それは地上のガラス片なのに、時として夜空に散らばる星々のようにきらめいて見える。だがそれは決して夜空の星にはならない。私たちは、星の名前をすべては言えないが、自然が真空を嫌うように、存在には認知された途端名前というレッテルが貼られる。だから天空の星にはすべて名前が、そして名前がなければ番号がつけられている。

この世界の実在には、無名という空白であることは赦されない。そう考えると、実は下司なナマ情報は実在とは呼べないのだ。

君のクラスの新たなリーダーが引用した、「一人が反対したら河に橋を架けるのを止めよう」という、過去の英雄の言葉には「その時には、橋を架けずにみんなで河を泳いで渡ろう」という恫喝が続いている。こうして英雄の言葉は人を動かし、歴史に名前を残す一部の傑物を幸福に、その他大勢を不幸にする。幸か不幸のどちらに落ちるかはなりゆき任せのロシアンルーレットだ。

✉それは何となくわかります。だからこそぼくは、英雄の演説よりも恋歌を愛するのでしょう。マドリガルは個人的な情動のリピートで、愛の言葉を繰り返します。たぶん、何万回でも繰り返せるという、ただそれだけの理由で、それはうたかたの言葉よりも真実に近い気がします。

——真理とはおしなべてそのようなものだ。そして人は呪われた存在だ、ということもまた真理だ。開封を禁じた信書は開いてはならぬ。禁忌に向き合うと本性が露わになる。それは危機的状況の中で、本音が飛び出すのと相同の事象だ。

深夜、こうしてひとりで呟いていると、私の思考は空回りし始め、歯車の軋みが聞こえてくる。

その返信は予言めいて、天から降り注いだ一篇の詩のようだ。

それはいつものお決まりのコースだった。

初めのうちはぼくの言葉に耳を傾け、適切なレスを返してくれているのに、次第に会話が嚙み合わなくなり、ぼくの姿は消え失せていく。

ぼくは、「今夜はもう寝ます。おやすみなさい」というメールを打った。

それはステルス・シンイチロウとの会話を終える暗黙のルールで、このメールに返信があったことは一度もない。

ステルス・シンイチロウはぼくにとって、学問の師であり、深夜の話し相手であり、そして永遠に解けない謎だった。

ぼくは西野さんに内緒で、こうしたやり取りをしていたけれど、ひょっとしたら西野さんはすべて把握していて、ぼくの青臭い主張を鼻で笑い、ぼくに丁寧に付き合う曾根崎教授を呆れ顔で眺めているのかもしれない。

そう、アクアマリンの神殿を司るマザーコンピューターには蜘蛛の巣のように無数のトラップが張り巡らされている。

着任してわずか半年で、マザーの中に潜んでいるニシノ・トラップ（正式名称はたぶん違うだろうけど）の存在に気がついたぼくは、この電脳世界にはできるだけ、自分の言葉を書き記さなくなった。

その唯一の例外が曾根崎教授との交信だった。それ以外は感情を封印し、事実だけを忠実に書き綴（つづ）っている。

たとえばこんな風に。

▼２０１８年４月21日（土）。晴れ。気温９・５度。南の風・風力２。環境温度４℃。午後十時、筋力低下防止のため微弱電流のパルス通電作業実施。オンディーヌの全身状態は良好。

ぼくの周りでは闇がしんしんと深くなり、夜はひたすら更けてゆく。

こういう文章を深夜、ひとりぼっちで綴っていると、論文の構想を練る科学者や、患者のカルテから隠れた疾患を探し出そうと苦心惨憺（さんたん）する医師の心情が共鳴して、いつしか孤独を忘れている。

ぼくは、ぼくの存在を守り通してくれた女性を守るために、ただひたすら単純作業を行なう。

どんな仕事もそうなのだろうが、特にこの仕事では遺漏やミスは絶対に許されない。

だから反動で、業務を終えると音楽に溺（おぼ）れてしまう。

舞台の緊張に耐えきれず、麻薬に走ってしまう、気弱な女優のように。

朝の光が窓から差し込んでくる。

両肘を抱き、ぶるりと震える。

うたたねをしてしまったらしい。

春といっても四月の夜明け前はまだ冷える。

のろのろと立ち上がると、PCの画面をクリックしてユーチューブからハードロックを選択し、リピート設定にする。そして再び鏡に向かう。姿見にシャドウの基本動作を忠実に映し出し、イメージと動作をぴったりと重ね合わせるように努める。

理論は学習済み。あと必要な情報は実戦で相手を殴るときの感触だけ。

でも、ぼくが実戦にたどり着くことは、たぶん永遠にないだろう。

音楽を止め、目を閉じて深呼吸をする。晩春の大気は胸郭の内部に爽やかにしのびこんでくる。首に掛けた、目の粗いタオルで額に浮かんだ汗をぬぐう。

それから鏡の前を離れて、ピアノの蓋を開け、白鍵を人差し指で押さえる。

伸びやかな単音が響く。その音に耳を傾け、ピアノフォルテという楽器が生み出されたいきさつを想う。

この楽器が生まれてから、どれほどの人がこの単音に耳を傾けたことだろう。

でも、ぼくが今、耳にした単音は二度と再生されない。この音はぼくのため、そして部屋の片隅で眠るオンディーヌのためだけに存在する。

ネット世界を漂流し、眠らない世界を駆けめぐる音楽とは、正反対の存在だ。

そんな単音のC音の余韻の中、気がついた。ぼくは自分だけの音が欲しくて、そしてその浪費をオンディーヌと二人きりで共有したくて、ただそれだけのために、西野さんにピアノのおねだりをしたのだ。

なんと贅沢(ぜいたく)な。そして、なんと傲慢(ごうまん)な。

鍵盤の真ん中のCの音が空間に残した余韻をもう一度味わってから、ピアノの蓋を閉じる。

気がつくと、身体が朝食を欲していた。見上げると、天窓の青空のかけらが仄暗(ほのぐら)く、そして妙に眩しかった。

4章　闘わず、勝たない。それが最上だ。

5月16日（水曜）

さて、委員長という地位にうっかり就いてしまった麻生夏美は誤算続きだった。教室の権力者、担任のゲタに反抗したことになったため、ことあるごとにその攻撃対象になってしまったのだ。

それでも当初は麻生夏美はエラーもなく、うまくやっていた。たとえば新委員長就任挨拶（あいさつ）の直後、直ちに補佐役を指名したのも成功例のひとつだった。

副委員長に池村幸司（いけむらこうじ）を指名した時、クラス中がざわめいた。彼の表情からも、このご指名が事前に何の打診もなく、それどころか、そもそも麻生夏美との間には何らの交流もなかった、と思わせるような意外感が読み取れた。

「みなさん、委員長にお困りになったら僕に相談してください」という簡潔な挨拶で対応した池村は、物静かで、歴史研究部に所属し、文芸部の部長も兼任している。

喘息持ちで療養をかねて桜宮に引っ越してきたということは、蜂谷から聞いた。両親は共働きの高級官僚で毎日桜宮から一時間半かけて都心に通っているらしい。

軟弱な優等生だと思い込んでいたけれど、権力者に面と向かって批判にも取れる発言をさらりとやってのけるなんて、案外気骨のあるヤツだな、と認識を少し改めた。

骨のある池村の挨拶に早速反応し、前委員長の日野原奈々がちくりと言う。

「麻生さんって周りの人に仕事を振ってばかりで、自分では何もしようとしないのね」

すると麻生夏美は胸を張って答えた。

「ここにいる誰か一人が反対したら、あたしはこの河に橋を架けるのを止めよう」

麻生夏美の台詞（せりふ）を聞いて日野原奈々が呆（あき）れ声を出す。

「就任早々、委員長の職務を放棄なさるおつもり？」

「これはどこかの偉い人が言った言葉。でも今のあたしの気持ちにぴったりなの」

「誰よ、それ。単なるヘタレじゃない」

日野原奈々は嘲笑（ちょうしょう）に満ちた声で言うと、池村がすかさず立ち上がり、補足説明する。

「原典はＪ・Ｆ・ケネディの演説の一節です。米国の軍産複合体に異議を唱え、改革途上、暗殺された現代の英雄ですが、その評価には異論もあります」

早速、指名された補佐役が適切な対応をした。こうして麻生夏美は、一瞬にして三年Ｃ組を掌握した。だがひとり、承服できない人物がいた。それは担任のゲタだった。

麻生夏美の立候補はものはずみだったが、決断後の判断は適切、行動は迅速だった。

そこに私利私欲はなかった。いや本当はほんのりと私利私欲にまみれていたのだけれど、そこのところは上手（うま）くごまかしてみせたのだった。

ただしこの選挙の本質は、日野原―麻生の闘争ではなく、ゲタに対する謀反の萌芽だと認識していたのは、たぶんぼくだけだっただろう。

麻生夏美が、委員長になれば委員長から注意されなくなると判断したのは正しかった。でも麻生夏美が不幸にならずに済んだ分、ゲタには鬱屈が残された。

衆愚政治を陰で操ろうとしたゲタと、究極の自由人たらんとしたがゆえに独裁者体質にならざるを得なかった麻生夏美。ふたりが衝突するのは宿命だった。

初夏を迎えようとしていたある日、緊張を孕んだ空気はついに臨界点に達した。

それは麻生夏美がクラス委員長に就任してからわずか一カ月後のことだった。


ゲタにとって、素行がよろしくない麻生夏美を標的にするのは簡単だったはずだ。

だがゲタは臥薪嘗胆していた。露骨に新委員長を責めれば、日野原奈々への優遇が浮き彫りになってしまう。そんなフラストレーションが限界を超え、ついにゲタがZ旗を掲げたのは、彼女が委員長になって一カ月あまりが過ぎたある日の午後のことだ。

暴発は突発的だったが、偶然にもそれは、すべてがゲタに有利に働いていたタイミングでもあった。その意味では当初、勝利の女神はゲタに微笑みかけていたのだが……。


二〇一八年五月十六日水曜日、午後二時二十五分四十七秒。

中等部三年に進級して初めての定期試験、中間試験を二週間後に控えたその日その時刻は、麻生夏美の乱の勃発した瞬間として、末永く桜宮学園史に刻まれることになる。

いや、そこまでのこともないか。

窓から吹き込む風は心地よく、昼食後の五時限目のゲタの授業では多くのクラスメイトがまどろんでいた。ぼくもそのひとりだった。

それまで念仏のように、淡々と続けられていたゲタの教科書朗読がぱたりと止んだ。

「そこ、何をしている」

ゲタの叱責が教室に響いたのは、授業終了まであと十分という終盤のことだった。

居眠りをしていた何人かがぎょっとして顔を上げ、ゲタを眺めた。ゲタの視線の先には麻生夏美がいた。うつむいた彼女は机の引き出しに隠した何かに夢中になっていた。

携帯かマンガか、あるいは全然違う何かであったとしても、携帯かマンガと同じくらい授業とはまったく無関係な何かに思われた。

「麻生、机の下で見ていたものを見せろ」

麻生夏美は立ち上がると、本を差し出した。ゲタがその本を取り上げた途端、表情が歪んだ。『室町幕府の農業政策』という表題のその本は、明らかにゲタの授業と密接に関連していて、かつ、その一歩先を行くような新書だった。

ゲタは振り上げた拳を下ろしかねて、言った。

「たとえ授業に関係しているとしても、教科書以外はマンガと同じだ」

正論かもしれない。だけど正論は弱者の遠吠えだ。

麻生夏美は立ったまま、ゲタに言い放った。

「門間先生の授業は聞いていますし、教科書も机の上に開いてあります。参考書を一緒に読めば、教科書をより深く理解できると思ったもので」

「屁理屈を言うな。そんな専門書が授業の足しになるわけがないだろう」

ゲタは真っ赤な顔をしてそう吠えると、対照的に麻生夏美の静かな声が響く。

「先生の授業は、動的史観に乏しく副読本を併用しないと危険です。史実は不変ではなく時代が変われば評価も変わり、かつての学説も通用しなくなりますので」

面と向かって恐ろしいことを……。凛と佇む麻生夏美の姿を、ぼくは呆然と眺めた。

後で思えばこのとき、ゲタが取るべき道は即時撤退か、威嚇射撃をしながら迅速に退却するかのどちらかしかなかった。でもそれはできない相談だった。プライドが高いゲタは引っ込みがつかなくなっていた。そもそも人生におけるたいていの不幸は、自分と釣り合わないプライドの高さに起因する。

自分の授業を正面切って批判されたゲタは、次の瞬間、さらに顔を真っ赤にした。

「お、お前は、そんな調子でクラスの委員長が務まると思っているのか」

支離滅裂だが、ひねくれ者のぼくでさえ、ゲタの怒りはもっともに思えた。

だが麻生夏美は平然と答える。

「授業態度と委員長業務は無関係です。委員長とは結局、クラスの雑用係ですから」

麻生、お前は正しい。

確かに彼女は委員長業務をそつなくこなし、ぼくたちは麻生委員長に満足していた。その後の二人の応酬の聴衆となったぼくたちは、ゲタが何か言えばそっちになびき、麻生夏美が反論すればもっともに思うなどと、振り子みたいに節操なく左右に揺れた。

　このクラスでは珍しいことだが、最終的にゲタの言葉がクラス全員に支持された。

　正確に言えば、騒動を巻き起こした張本人の麻生夏美を除いて、だが。

　ゲタはクラス内部の空気を読みとり、確信に満ちた口調で宣告した。

「麻生の言い分はわかった。ではこうしよう。次の中間試験で麻生が社会科のテストで、クラストップを取ったら何も言わない。ただし一番を取れなかったら自主退学しろ」

　うわあ、なんて滅茶苦茶な。そこには教師としての矜持などなく、侮辱された男性が私怨をぶつける姿があるばかりだった。それを聞いたクラスメイトの誰もが、それは単なる脅しにすぎないだろうと、適切に理解した。

　みんな心配そうにちらちらと麻生夏美を見る。何でもいいからとりあえず謝っておけ、という無言の勧告があちこちから伝わってくる。

　麻生夏美の成績は下から数えた方が早いから、こう言えば泣きついてくるはずだと、ゲタはたかをくくっていた。そして、余裕綽々で周囲を睥睨した。

　そんな中、ゲタと豊崎豊が意味ありげに視線を交わしたのを目撃した。その視線は、トップ取りは任せたぞ、と伝え、豊崎豊はその伝言をがっちりと受け取っていた。

　ゲタは自分が敷いた水も漏らさぬ布陣に自信を持っていた。

だが、肝心のポイントを外していた。水も漏らさぬと言うにはまず、そこには当然ながら、エクストラオーディナリー（破格）な大魚が存在しないという前提が必須だ。規格外の存在があれば、水も漏らさぬ布陣はたちまちにして無効化されてしまう。

ゲタが犯したミスはたったひとつだったが、それは致命的なミスだった。委員長に就任して以来ずっと、隠忍自重していた麻生夏美の見かけにダマされ、迂闊にもゲタは虎の尾を思い切り踏んづけてしまったのだ。

子猫の皮をかなぐり捨てた麻生夏美は、教師の重圧をひと言で撥ね返す。

「門間先生のご提案、お受けします。でもそれでは足りません。条件を、クラス一番ではなく、学年一番と変更してもよろしいでしょうか」

わざわざ自分でハードルを上げるなんて、バカじゃないのか、とぼくは呆れた。

だが、麻生夏美のきりりとした立ち姿を見つめてふと思った。もしこの宣言が達成されたらその時は、この学園における麻生夏美の地位は不動のものになるだろうな、と。

ぼくは、麻生夏美の発言の真意を理解した。

つまり、これはギャンブルだ。当たれば天国、外れたら地獄。でもそれは決して不当なことではない。何せ、この世のできごとはたいていは、不連続な丁半博打なのだから。

ゲタは予想外の麻生夏美の反撃に意表を衝かれてうろたえた。やがてその申し出を受けるしかないと悟ると、屈辱に打ち震えながら答えた。

「麻生がそれでいいのなら、もちろん私に異存はない」

気合で勝負が決するのなら、この時点で勝負はついていた。でもそれはきれいごとだ。気合で成績トップが取れるなら、世の中の学生の苦労の大半は雲散霧消するはずだ。

チャイムが鳴り、授業が終わった。その日は恒例のHRもなく解散した。

ゲタはそそくさと教室を後にした。クラスメイトが息を詰めて注視する中、麻生夏美は教科書を鞄に放り込むと立ち上がって、すたすたと教室を退出した。

途端に教室がざわめいた。どうするつもりなんだアイツ、とか、麻生さん大丈夫かしら、などという、毒にも薬にもならない会話が垂れ流される中、蜂谷が側に寄ってきた。

「さっきはびっくりしたなあ。ところで佐々木は麻生が一番を取ると思うか？」

なんでぼくにそんなことを尋ねるのだろう、と不思議に思いながら、答える。

「九十九パーセント、無理だろうな」

「だよな。そうなると、やっぱり賭けは不成立か」

蜂谷は何かにつけてぼくにギャンブルを仕掛けてくるという、悪いクセがある。だけどまさかこの件で賭けを吹っかけてくるとは思わなかった。

まったく、無節操にもほどがある。

だけどその時、ふと思いついた。

「ちょっと待て。蜂谷は麻生が一番を取れない方に賭けるのか？」

当たり前だろ、と蜂谷はうなずく。確かに当たり前だ。

「それなら受けよう。ただし賭け率は十倍な」

「マジすか。うーん、さすがに十倍は、ちとキツくないすか？　だって俺が勝てば鯛焼き一匹なのに、佐々木が当てれば十匹食い放題なんて、ちょっと格差がありすぎるぜ」

ぼくと蜂谷のギャンブルの対価は、学園裏手の鯛焼き屋『ぶんぶく』の鯛焼きだった。

「でも、それくらいの賭け率で当然だと思わないか？」

蜂谷は腕組みをして考え込んだ。やがてぽつりと言う。

「まあな。確実に一匹おごってもらえると思えばいいのか」

「鉄板だろ。ぼくは新キャプテンに鯛焼きをプレゼントしたい気分なんだ」

でも、ぼくには予感があった。麻生夏美は無謀な賭けは絶対にしない。

それは先月のクラス委員長に立候補した際の言動で、ぼくが下した判断だ。

つまりぼくは、白紙委任状を提出するように、麻生夏美を全面的に信頼したわけだ。

――決断する時は身を投げ出せ。成功すれば大儲け、痛い目に遭えば知恵になる。

西野さんの教えが胸をよぎる。

その時に西野さんがウインクをしてつけ加えた言葉も一緒に、ついでに思い出す。

――ギャンブルは知力を尽くして勝て。ギャンブルを吹っかけられたのは縁、縁をモノにするのが力だ。どちらも、生きていく上でとても大切なことなのさ。

鯛焼き一匹を賭けることが身を投げ出すような決断であるかどうかはともかく、ぼくが蜂谷の賭けを受けたのは、西野さんの言葉に背中を押されたからなのは確かだ。

担任教師とクラス委員長のバトルの二週間後、中等部注目の一学期の中間試験は実施された。そして大方の予想を裏切り、ぼくは蜂谷から十四の鯛焼きをせしめた。

ただし分割払いで、半分の五匹は蜂谷にキックバックした。要するに五日間続けて蜂谷と一緒に一匹ずつ食べたわけだ。

麻生夏美は中間試験の社会科で学年トップを取った。それだけではなく、行きがけの駄賃みたいにして全科目トップの成績を取ってみせたのだ。

それは、これ以上ないほど鮮やかな、優等生デビューだった。注目の社会は百点満点で九十五点、二位の豊崎を十点以上引き離しての圧倒的勝利だった。

二位の点数の低さは、ゲタが本気で試験問題を作ったことを示していた。麻生夏美はその高いハードルを軽々とクリアし、実力を見せつけた。そしてその日から彼女は生ける伝説となり、桜宮学園中等部の不可侵領域（アンタッチャブル）になった。

担任のゲタは不幸のどん底に叩（たた）き込まれたけれど、顛末（てんまつ）の一部始終を見れば自業自得だ。狂犬に手を出せば、その手を噛（か）まれたって文句は言えないのだから。

後日、麻生夏美はしみじみと言ったものだ。

「ゲタ先生の制圧があんな簡単なら、クラス委員長に立候補するんじゃなかったわ」

あれだけの無礼を働きながら、先生という敬称をつけ続ける理由がわからない。

そんな麻生夏美の存在は、解き難い謎として目の前に横たわっていた。

実はこの騒動の後でも、ぼくの麻生夏美への評価は低いままだった。

ゲタとの一件は、ワガママ娘が頭の固い教師をやりこめただけだ。称賛するどころか、下品だとさえ思っていた。優秀な人間にとって頭の固い俗物をやりこめることなんてお茶の子さいさいで、そんなことをしないのが人間の品格なのだから。

ぼくの周りにはそんな〝優秀な〟人間が参集していた。

たとえば……。

――不戦不勝。闘わず、勝たない。それが最上だ。

この件をメールで報告した時に、曾根崎教授からの返信メールにあった一文だ。

同じような機微が、西野さん風味で展開されると全然違う風合いになる。

西野さんにことの顚末を話したら、あっさりしたひと言が返ってきた。

「バカにはとどめを刺すもんじゃない。息も絶え絶えの半殺し状態でほったらかしにしておくのがベストなのさ」

なんだかヤクザの親分が出陣前の鉄砲玉に垂れる訓示みたいだけど、これが曾根崎教授の格調高い警句（アフォリズム）と同一概念だということに気づくのに、ぼくは一週間を要した。

いずれにしても無用な闘いを仕掛けたという、ただその一点でぼくは麻生夏美を見下していた。

だがそんなある日、ぼくの認識を改めさせるような、ささやかな事件が起こった。

麻生夏美とゲタとの中間試験成績バトルが終わった、ある日の休み時間のことだった。

麻生夏美がぼくの側に寄ってきて、耳元でささやくようにしてひと言、告げた。

「佐々木クン、今回の件では、あなたの洞ヶ峠的対応には感謝してるわ」

その言葉が真に意味するところは、近くでたまたま耳にしたクラスメイトでさえも誰一人、理解できなかっただろう。だけどぼくには、ばしりと、しっかり伝わった。

ぼくがテストで手を抜いていたことが、麻生夏美にはバレていたのだ。

洞ヶ峠。京都府八幡市と大阪府枚方市の境にある標高約七十メートルの峠。だけどそんな地政学的な知識はさして重要ではない。洞ヶ峠の名を世に知らしめたのはもちろん、歴史的事実だ。

時は戦国時代の終焉。天下統一にもっとも近かった暴君、織田信長に謀反した明智光秀が、その直後の山崎の戦いで筒井順慶に加勢を求めたところ、順慶は洞ヶ峠より先へは兵を動かさなかったという故事から転じて「有利な方につこうと形勢を窺うこと。日和見」という意味になった。洞ヶ峠に罪はないが、関わった人間が下司だったので不名誉な行為の代名詞にされてしまったわけだ。

でも『ほらがとうげ』なんて『えちぜんくらげ』そっくりな響きで、ぽよんとした語感の成語に組み込まれてしまえば、血腥い裏切りの物語も中和されてしまう。

なので、案外、人間感情に即した言葉の組み合わせなのかもしれないなあ、などと思ったりする。

……話が逸れた。洞ヶ峠についての考察はこのあたりでやめておこう。

ぼくがこの一件で驚いたのは、麻生夏美がぼくの擬態、つまり成績がよろしくない劣等生の一歩手前のフリをしていることを見抜いていた、という事実だ。

麻生夏美は不適切な言葉の用法をすることで、ぼくにそのことを伝えながら、同時にそんなぼくが今回の麻生・ゲタ闘争に参入しなかったことに感謝の意を伝えたのだ。

それはテスト順位百位を目指して周囲から韜晦していたぼくにとって、想定外の洞察力だった。そういうエクストラオーディナリー（破格）な存在は容認できない性質だから、真相を解明しなければ居心地が悪い。

そんな場合は事実を積み上げて考えるのが一番手っ取り早い。

「愚直こそ最速にして最上の道なり」とは曾根崎教授の箴言だ。

まず、麻生夏美の行動原則の理解から始めなくてはならない。そのためぼくは設問を設定し、解答を考えた。そうしてみると、麻生夏美の行動と思想は単純に説明できた。

問一　麻生夏美がクラス委員長になったのはなぜか。
――理屈の通らない、バカな委員長に従いたくなかったから。
問二　麻生夏美が、優等生になったのはなぜか。

――バカな先生から余計な指図をされたくなかったから。

真理はいつも単純で、それゆえに美しい。

麻生夏美はバカが嫌いなだけだったのだ、たぶん。

ステルス・シンイチロウが、いみじくもぼくのメールの断片から見抜いたように、麻生夏美は徹底した独裁者体質だった。それでも麻生夏美の洞察力の根源はわからないままだった。

そんな風にして、いつしかぼくの中で、彼女の存在が大きく膨れ上がっていったのだった。

5章　あたしと同盟を結ばない？

7月18日（水曜）

七月。

一学期の期末試験でもぶっちぎりのトップを取った麻生夏美は、学園内での地位を完全に確立した。これ以降、麻生夏美の悪行三昧（ざんまい）は完全に黙認されることとなった。

麻生夏美は一躍、桜宮学園中等部の輝ける星になり、有言実行のヒロインになった。優等生デビューは三年の初夏。これは中等部の先生たちにとって途方もない福音だ。

入学時から優秀な優等生は教師の手柄ではない。でも麻生夏美は違う。中等部二年の時は真ん中より下、それが三年になって開花した。これこそ教育の賜物（たまもの）だ。

すると、麻生夏美の才能を開花させたのは担任のゲタということになる。皮肉な話だ。そもそも教育者としてのゲタのレベルは大したことがない、と見切られていた。でも更に残念なことに桜宮学園には、ゲタ以外にも教育技術の低い先生はうじゃうじゃいた。

英語の非常勤講師のエドモンドがいい例だ。クイーンズ・イングリッシュを標榜（ひょうぼう）しながら実はひどいブロークン。スペルミスも数知れず、英語は母国語ではない、とまでささやかれている。

エドモンドが東の横綱なら、西の横綱は数学の今野（こんの）だ。サインとコサインを逆さまに書き、調子が悪いと累乗と平方根をごっちゃにする。加減乗除の加減は大丈夫だが、乗除になるとかなりあやしい。これでよく数学の教師になれたものだと感心してしまう。

進学校の教師の教育技術は最低だという、パラドキシカルな現象は、私立学校では時々、出現するようだ。優等生は早々に出来の悪い教師に気づいて、教師の間違いを自分で補正することで落とし穴から逃れる。哀れなのは教えられたことが間違っていることに気づかないまま忠実に鵜呑（うの）みにしてしまう真面目な生徒だ。すると麻生夏美の評判が上がるに伴い桜宮学園中等部の教師の評価が上昇した現状は、よかったのかどうか。

ただ、それは麻生夏美の罪ではない。期末試験が終わると、麻生夏美は早々に内部進学の意思を公言したため、特待生扱いされた。

理由を尋ねられて「だってラクチンなんだもん」と言ったとか、言わなかったとか。

中高一貫の私立は成績がよければ天下御免だ。彼女が望めば今すぐにでも卒業証書さえ発行しかねない。結果がすべて、卒業証書の一枚や二枚なんてほほいのほい、桜宮学園はそういう学校だ。

でも桜宮学園も日本社会に属している以上、それはこの社会の縮図でしかない。

麻生夏美の学園内地位は治外法権的な特権階級となったが、とんでもないことに彼女はその特権をフルに活用する帝王学の素養までも自分勝手に身につけていた。

　ふつうなら優秀な人間は、周囲からの疎外を恐れて、身の丈を低くし必要以上に自分を小さく見せるよう腐心するものだ。そう、ちょうど今のぼくのように。

　でも麻生夏美は見せかけの謙譲さとは正反対の雰囲気を漂わせていた。

　そんな麻生夏美は、中学三年の期末試験も無事に終わり、後は夏休みを待つばかりという七月、周囲が浮かれ始めたある日、ぼくの側に寄ってきてこう切り出した。

「四十七日ぶりに、佐々木クンにちょっとお話があるの」

　ぼくは即座に四十七日前のエピソードを思い出す。例の〝洞ヶ峠発言〟だろう。

　あれが四十七日前だという認識はなく、麻生夏美に言われたからそう思っただけだ。ひょっとして五十一日前かもしれず、四十五日前と言われてもうなずいただろう。

　それはゲタとのギャンブル、三年一学期の中間試験の直後のことしかありえない。なにせぼくはあの日から麻生夏美と会話どころか、接触もしなかったのだから。

「佐々木クンって、どんな授業でも居眠りしているからひそかにソンケーしていたのに、裏切られた気分だわ。病気で診断書を提出したなんて合法すぎるじゃないの」

「何で麻生がそんなことを知っているんだよ」

「保健室情報よ」

「有川(ありかわ)先生が喋(しゃべ)ったのか。患者の個人情報漏洩(ろうえい)は厳罰に処されるんだけどな」

　ぼくが非難の色をにじませて言うと、麻生夏美はあわてて首を振る。

「違うの、保健室で寝ていたら、新任の野田(のだ)先生が佐々木クンの居眠りグセをコボして、保健室の有川先生がぽろっと答えたのが聞こえてしまったワケ。これって、不可抗力でしょ？」

確かに不幸な事故と言えないこともない。でもぼくの個人情報がダダ漏れになってしまったことには変わりがない。そこで、この件に対応せざるを得なくなった。

まず事実を告げた。こういうタイプは真実を伝え妄想部分を縮小させることが重要だ。

「病気じゃないけど夜中の労働をしている。だから日中は睡眠時間を稼ぎたいわけ」

麻生夏美は疑わしそうな表情で一応耳は傾けている。ぼくは周辺状況を追加する。

「嗜眠症（ナルコレプシー）というのは原因不明の、すぐに眠くなる病気だから、ぼくが診断要件を満たしていないのは〝原因不明の〟という部分だけだ。原因はわかっている。夜中に働いているための睡眠不足さ。でも生じた状態はナルコと区別がつかない。つまり状態診断としては仮病ではないんだ」

麻生夏美は目をきらきらさせて言う。

「つまり佐々木クンは夜バイトしていて、しかもそのためにニセ診断書まで書いてもらうなんていうズルをしちゃっているわけね？」

何という的確な理解だろう。そんな風にきっちり理解してほしくなかったから、ねじくれた表現をしたのに。ズルという字面は悪いし、夜バイトもいかがわしく響いて困ったな、と一瞬考えるが、そんな言葉も目の前に佇（たたず）む正統派美少女の唇から発音されると妙に艶（なま）めかしく響くので、まあヨシとしよう、などと支離滅裂な思考に身を委（ゆだ）ねる。

「概(おおむ)ねそんなところかな。ところでお前は、なぜそんなことをわざわざ伝えたんだ？」

ぼくはさらりと麻生夏美のことを〝お前〟呼ばわりしたが、彼女は反応しなかった。以後ずっと、ぼくは彼女を〝お前〟と呼んでいる。あの時はぼくへの言い訳で頭がいっぱいだったから、その非礼をうっかり見過ごしてしまったのだろう。

物事は何事も、すべからく最初が肝心だ。

麻生夏美は両手を胸の前で組む。そしてぼくの質問をまったく無視して唐突に言った。

「ねえ、そういうことなら、あたしと同盟を結ばない？」

「同盟？　何だよ、それ」

「不可侵条約よ。そうすれば守備に割く兵力を減じ、攻撃に全力投入できるわ」

「なんでそんなことをする必要があるのかな。ぼくはお前と違って誰かを攻撃したいと思ったことなんて、全然ないんだけど」

麻生夏美はつん、とすまして答える。

「ゲタ先生との一件のことを言っているのなら、あれは専守防衛でお門違い。でも、あたしと佐々木クンが同盟を組むことには意義があると思うの。サボリやズルという、非合法活動を円滑かつ合理的に実施するには、意気投合できる仲間の存在は大きいもの」

「すごく前向きに聞こえるけど、ぼくとしてはやっぱりそういうのは勘弁かな」

ぼそぼそと口ごもりながらそう言った瞬間、麻生夏美はぼくを睨(にら)み付けた。

それは桜宮学園中等部三年C組の権力を手中に収めた統治者の依頼を無下に断る人間

がいるなど夢にも思わなかった、という感情が噴き出たような、真正直な視線だった。

――うわあ、絶対専制君主って、感情垂れ流しなんだ……。

麻生夏美は、視線が自分の本性をあからさまに剝き出しにしてしまったことに気がついたのか、綿菓子のような微笑を浮かべた。今さら取り繕っても、もう遅いよ。

「そうじゃないの。サボるのに都合のいい環境づくりに協力し合う同盟よ。基本的にはお互い、当たらず障らず、でも、サボりたい時には協調し合う。悪くない話でしょ？」

ぼくの返事を待たず、麻生夏美はさくらんぼみたいな唇で、続けた。

「さしあたってはこころ浮き立つような名前が必要ね。〝ドロン同盟〟なんてどう？英語で〝横着者〟の意味だから、あたしたちにぴったりだと思わない？」

そんな同盟をクラス委員長が率先して提唱するのはいかがなものか、などという感想は脇に置いて、麻生夏美が一方的に滔々と展開する話の奔流に抗おうとする。

それからふと、どうしてぼくはここまで反発するのだろうと考えた。すると答えがわかった。把握できない相手の存在は容認したくないという、個人的なこだわりからだ。

そう思い至った時、この申し出は実はぼくにとっても願ったり叶ったりなのでは、と思えてきた。こうした同盟を組めば、麻生夏美の謎を解明できるチャンスが増えるではないか。すると彼女の言う通り、この同盟を締結するメリットは大きそうだ。

「わかった。ただし合意するにはひとつ条件がある。お互い、身の上の詮索はナシだ」

「それはこちらも望むところよ。それならこれで条約締結ね」

同盟を結びたい一心の麻生夏美の回答は打てば響くようで、蜜のように甘い。

実に惜しい。声優になれそうなくらい可愛い声だし、顔立ちは美少女。

これで性格さえよければなあ……。と、そこまで考えたぼくは自らの不明を恥じる。

そんな風だったら、麻生夏美は今頃、天にましますす我らの神に召されているだろう。

Those whom God loves die young.（神さまに愛されすぎると早死にするで）

その言葉が浮かんだ時、ひょっとしたら例外もあるかもしれないな、とふと考えた。

目の前に佇む少女は、神の寵愛がとても強そうに思えるのに、何だか長生きしそうな気がしたからだ。せっかくなので絶好の機会を利用して、解決しておかなければならない疑問を投げ掛ける。

「ついでにひとつ、聞いておきたい。お前は、ぼくがテストで手抜きしていることを知っていたよな？　まあ、その通りなんだけど、どうしてそれがわかったんだ？」

ドロン同盟成立の一瞬の空隙が功を奏したのか、麻生夏美は無防備に答えた。

「昔、佐々木クンがゲタ先生の超カルト趣味問題を解いたからよ。学年で誰ひとり解けなかったし、たぶん全国模試一位の人にも解けないわよ、あんなオタク問題。あれを見て、この人は絶対、ふだんのテストではわざと手を抜いているんだ、と気付いたの」

説明されて納得した。だけど、そのことに気づくためのハードルは高い。

第一にあの問題がそこまでの難問だと認識するには相当の分析力が必要だ。

第二にぼくがその問題に正解しているという情報を収集するのはとても難しい。

第三にその問題を他に誰も解いていないという情報も、簡単に取得できない学園の機密情報だ。

　こうした二重、三重の情報障壁を突破した上に、深い洞察力を加えなければこの事実にたどりつけない。目の前で、きゃるん、とした笑顔で佇む麻生夏美の、清楚なお嬢さま風の容姿を見遣りながら、ぼくは警戒されないようにさりげなく尋ねた。

「なぜお前は、ぼくの答案の中身を把握しているんだ？」

「あたし、答案集め係で、みんなの答案を見てたからよ」

彼女は、ぼくが試験で手抜きをしていると認識していた。たぶん、そうしている理由が、あまり目立ちたくないからだというところまで推測していた。だがそんなぼくがあのカルト問題を解くという、目立つ行為をした理由がわからなかった。

行動に一貫性がないように感じたから麻生夏美のセンサーに引っかかったのだろう。

用心深いぼくが、わざわざそんな危険を冒したのには理由があった。それは、ぼくがこのクラスで安全に過ごすためにはどうしても必須な手続きだったのだ。

そうした事情を理解してもらうには、若干の補足説明が必要だろう。

話は九カ月前、中等部二年二学期の中間試験結果の判明後に遡る。二年C組に中途編入したばかりの十月某日。この某日という日付は、秘密にしたいという意図ではなく、単に正確に思い出せないし、また正確に思い出す必要もないという、ずぼらな意味での〝某日〟だ。

ぼくは〝試験成績ちょうど真ん中百番獲得プロジェクト〟に取りかかり、過去問を解析しているうち、ゲタの超カルト問題の出題意図が満点阻止と個人的な自己顕示欲の充足だと見抜いた。そこでぼくは二学期の期末試験ではゲタのカルト問題を解く、という危険な賭けに打って出た。優秀な成績で中途入学したのに授業で居眠りばかりしているぼくは、この先、担任の攻撃対象になってしまうかもしれない。でも先手を打って、担任の同情を買っておけば、セーフティゾーンに身を置くことができる。

成算はあった。自己顕示欲の持ち主は、欲を満たしてやれば味方になってくれる。

ギャンブルの効果はたちまち表れた。テスト翌日、ぼくはゲタに呼び出されたのだ。

何しろ中学生ごときには絶対に解けない、ということを前提に作られた問題を、いともあっさり解いてしまってみせたのだから、まあ当然の反応だろう。

そうなるとゲタのようなタイプは、真相を直接問い質すまで、後は一本道だ。

進路指導室でぼくにお茶菓子をすすめながら、ゲタはぼくの答案を取り出した。

「佐々木も学園に大分慣れてきたようだな。ところで念のため確認したいんだが、まさか佐々木はカンニングなんてしないよな？」

正直、驚いた。余韻も前振りもゆとりもない、あまりにも品のない言い方だったから。

「カンニングというと、隣のヤツの答案を盗み見るとか、ですか？」

ぼくが冷静に質問を返すと、ゲタは首を横に振る。

「そうではない。テスト前に問題を盗み見たのではないかという疑惑があるんだ」

「そんなこと、してませんよ。それよりお伺いしたいのは、門間先生は、どうしてぼくに対してそんな疑いを持ったのか、ということです」

「佐々木の答案が不自然に出来すぎていたからだ」

ぼくは肩を落とし、しゅんとした口調で抗議した。

「でも事前に問題を入手していたとしたら、たった五十八点しか取れないなんて、情けなさすぎます」

「む。確かに」

ゲタは黙り込む。事前に問題を知っていたらもっといい点を取るはずだ、という言い訳には説得力がある。まあ、その言い訳を成立させるために、このくらいの点数にしたんだけど。

仕方なく、ゲタはいよいよ本筋の質問をしてきた。

「実は、中学生に解けるはずがない問五を、たった一人、佐々木だけが解いているんだ。『桜宮の豪族、木崎(きざき)一族が五代将軍に下賜された、桜宮市の重要文化財に指定されている品は何か』。正解は『黄金の耳かき』だが、この問題は郷土史の造詣(ぞうけい)が深くないと解けない超難問で、どんなに優秀でも中学生には絶対に解けるはずがないんだよ」

そう言ったゲタはなぜか、小鼻を得意げにひくひくさせる。

「ええ？　先生は、ぼくたち中等部の生徒が絶対解けないような問題を試験に出したんですか？　それってびっくりです。なぜそんなことをされたんですか？」

　ぼくの率直な質問に、口ごもりながらゲタは言う。

「君たち学生にうぬぼれてほしくなかったからだ。どれほど勉強しても決して解けない難問があるという真実を、テストを通じて君たちに理解してもらいたかったのだよ」

　ウソつけ。ぼくは心中で笑う。

　でも四角四面の性格をしたゲタの、とっさの切り返しにしては、まあまあいい出来だ。

「ま、とにかく、解けるはずのない問題を君はあっさり解いた。どうしてかな？　事前に問題用紙を手に入れたんじゃないのか？」

　思ったとおりの展開に、ぼくは鞄(かばん)から一冊の本を取り出す。表題は『桜宮の郷土史』。

「その本は……」

　驚愕(きょうがく)の表情を浮かべたゲタに向かって、ぼくは暗記していた台詞(せりふ)を、棒読みにならないように注意しながら口にする。

「父は生前、桜宮学園に素晴らしい本を執筆した先生がいると言ってました。ぼくはその教えを忘れていましたが、先日、偶然にもこの本が棚から落ちてきたのです。試験期間だったのに、すっかりこの本に夢中になってしまいました。そのせいで今回のテストの成績はかなり悪くなってしまいました。でも、ぼくは試験問題を見て驚きました。この本に書かれていたことが出たのです。その瞬間、きっとこれは天国の父からのメッセージだったんだ、と思ったんです」

効果覿面、悲惨な境遇に負けずに健気に振る舞うぼくを見て、ゲタは洟をすする。

結局、気のいい先生なんだろう。本当は父は離婚して、ぼくの親権を投げ出したロクデナシだけど、世の中を真実で満たす必要なんてない、と思う。

世の中の半分は、いや、ひょっとしたら七割くらいはウソで出来ているんだから。

ぼくに同情したゲタはその些細な、だが致命的なウソを見過ごした。ひょっとしたら西野さんが、学園に入学するときに、そうしたことをうまく隠してくれていたのかもしれない。けれども、今のぼくにとって目の前のゲタの疑惑をやり過ごすことさえできれば、そんなことはどちらでもよかった。

ぼくは続けた。

「さらに読み続け、分担執筆者に門間先生の名前を見つけて、びっくりしました」

ゲタは遠い目をして、吐息をついた。

「君の言う通り、これは私の郷土史研究の集大成だ。実は私の指導教官の下平教授はこの本の企画が持ち上がった時、まっさきに私にお声を掛けてくださり、私の手を握りしめてこうおっしゃったんだ。『門間君がウンと言ってくれるなら、この企画を受けようと思う』。身に余る光栄に、私は桜宮学園に就職してからも、東京の研究室に週末ごとに通い、この本を完成させるために心血を注いだんだ。この本を出版して一年後、下平教授は急逝された。あれから十年が経ったのか……」

　このままでは回想シーンがどこまで延々と続くかわからないので、ぼくは緊急動議を提出した。

「よろしければ、この本にサインをしていただけませんか」

　喜悦の極みには人は表情筋が弛緩しぬりかべみたいになるということを初めて知った。

　やがてゲタはこほん、と咳払いをして、厳かに言う。

「下平教授に無許可で、分担執筆者にすぎない私がサインをするわけにはいかないな」

　自著にサインするという甘美な依頼にゲタは抗った。どこまでも建前を尊重する、その姿勢は大したものだ、と感動したぼくは素直に、書籍を鞄にしまおうとする。

「わかりました。あつかましいお願いをしてすみませんでした」

「ま、待ちなさい」

　ゲタはぼくの手をはっしと押さえる。せっかく師匠の顔を立て、共著本へサインするのを我慢したのに、根が自己顕示欲溢れる小市民なので、こんな誘惑をやり過ごせるはずがなかった。

　ゲタは思わず自分が取ってしまった、はしたない行動に気づいて、あわてて手を離す。

　それからおもむろに腕組みをすると、天井を見上げて、しばし考え込んだ。

　しばらくの間、虚空に視線を投げていたが、やがて何やらぼそぼそ呟き始める。

「は。そうですか。いやしかし、それは申し訳なく。いやそんな。でも、そうですか」

　ぼくは笑みを噛み殺す。

ゲタが今、誰と会話しているのか、すぐにわかったからだ。

やがて透明な存在と会話を終えたゲタは、笑顔になる。

「すまんすまん。たった今、偶然にも恩師、下平先生がそこを通りかかったものでね」

「下平先生がたまたま偶然、今そこを、ですか。ふうん」

皮肉っぽいぼくの口調にいたたまれなくなったか、ゲタは早口でまくしたてる。

「天国におわします下平先生は、望まれながら、先生の御心を慮ってサインをしないのは、少年に小さな失望と大きな哀しみを与えることになる、と怒っておられた。常々、青年たちの教育にはこころを砕かれていた方だからなあ」

「わかります。天国の下平教授は絶対に、門間先生がこの本にサインすることを強く望んでおられるはずだと思います」

ゲタは、じいん、とぼくの言葉の余韻を味わっている。やがて大きくうなずいた。

「こうなったら私がサインをしないと収まりがつかないだろうな。下平先生、迷える後学者のため私が今から行なう僭越な行為を、どうぞお赦しください」

書籍に向かい、両手を合わせて南無阿弥陀仏と念仏を三回唱える。そしておもむろに胸ポケットから取り出した黒ペンで、一画一画、力をこめて几帳面に書き上げた。

門間国明。

うわあ、真四角な名前だなあ。

ゲタが大事業を終えたその時、ぼくには安穏とした学園生活が保証されたのだった。

　こんな風にぼくはゲタを制圧した。ぼくには麻生夏美のやり方は容認できない。それはエレガントという形容詞からほど遠かったし、彼女と同盟を組まなくてもやっていけた。でもぼくは麻生夏美と共同戦線を組むことにした。理由は簡単だ。ひとつは麻生夏美の実像を摑むため。もうひとつは麻生夏美の方がゲタより頼もしく思えたからだ。

　麻生夏美との同盟を結んだぼくは、ついでに、ぼくの中で燻ぶっていた疑問を投げた。

「お前はどうして、あんな無謀な賭けを打つ気になったんだ？」

「自信があったの。とっても優秀なシンクタンクに問題予測をお願いしたんだから」

　なんて滅茶苦茶な、と呆れたぼくは、余計と知りつつ思わず言った。

「そんな無茶してると破滅するぞ。知り合いが言うには、シンクタンクの予言ほどあてにならないものはないそうだ。結果の後追いばかりで、うまいのは外れた時の言い訳で、当たっても当たらなくてもカネを取れるんだから、必死に予測なんてしないそうだ」

　西野さんから聞かされている悪口を伝えて忠告すると、麻生夏美は鷹揚にうなずく。どうでもいい領域ではおおらかな対応をする、女王の風格だ。

「その点は心配ないわ。大学入学まではきちんとフォローしてくれる約束だから。それにこの間の中間試験での予想問題的中率は九十五パーセントだったし」

「そんな優秀なシンクタンクがあるなんて信じられないな。何て言う組織なんだ？」

「アルケミスト」

麻生夏美の答えを耳にして仰天する。ヒプノス社の隠れトップ、誇り高い西野さんがマークする唯一の組織。アルケミスト金融を支える頭脳集団、シンクタンク・アルケミストなら、一地方の名門中等部の、中間試験問題予測なんて造作もないだろう。

それにしてもアルケミストとはうまいネーミングだ。現代の錬金術師は紙をカネに変える。アルケミストの真の危険性は経済活動の裏側に隠れたミッションにあるということを、西野さんから聞きかじっていた。彼らの本懐は二次元復権運動にあるが、そのあたりはこの物語から逸脱するので、ここらあたりでやめておく。

麻生夏美は大学に入学するまでずっと、シンクタンクに手取り足取りの上げ膳据え膳で助けてもらうつもりなのだろうか。何だか釈然としなかったので、質問を重ねた。

「そんな優秀なシンクタンクが、お前の試験問題をフォローしてくれるなんて、驚いたな。莫大な費用が掛かるだろうし。お前の家ってそんな大金持ちだったのか」

麻生夏美は頰に人差し指を当てて、考え込む。

「あたしの家が大金持ちかどうかは、大金持ちの基準ラインがわからないからお答えできないけど、経済的な問題は心配ないの。コンサルト料はタダなんだから」

「はあ？　シンクタンクへの相談料がタダだなんて、聞いたことがないぞ」

「なにごとにも例外や抜け道はあるものよ。パパはアルケミストのボスなんだもの。娘の成績向上のためなら無料コンサルタントしたって当然でしょ」

こうして目の前の正統派美少女の出自がいともあっさり判明した。麻生夏美は隠された真相を、問わず語りであけすけに告白し続ける。

「でも、パパのシンクタンクの解析を以てしても、門間スペシャルは予測不能だったから、的中率が九十五パーセントになってしまったのよ」

ゲタのカルト問題は、シンクタンク・アルケミストの解析能力さえも凌駕したわけか、と感心する。考えてみれば『桜宮の郷土史』の出版は十二年前、電子書籍の普及前だからまさにネット社会の申し子、アルケミストの弱点をずっぽり衝いたわけだ。

この件では西野さんはアルケミストに圧勝した。門間スペシャルの過去問を見て出題偏向に気がついた西野さんは、ゲタの経歴から『桜宮の郷土史』を共著で執筆していたことに行き着いた。西野さん情報によれば『桜宮の郷土史』は初刷り五百、うち百部を再版として刷ったらしい。部数が少ない学術出版では時々やられることらしいけれど、一年後、急逝した下平教授の業績をまとめていた弟子たちが、この本を葬儀の記念品として配布しようと思いつき版元に注文した。その際、版元がうっかり再版の奥付の本を渡したため、重版通知がなかったとかで相当揉めたのだそうだ。

まったく、そんなマイナーでカルトな情報を、どうやって収集したのだろう。しかも桜宮学園前の古本チェーン「ブック・ゼロ」で稀覯本を手に入れた。立ち読みしているコミックコーナーの隣、百円本セールのワゴンの中で半年間燻ぶっていたらしい。

さすがにぼくも「ブック・ゼロ」の値札は外した。そんな値札を見たらゲタは怒り狂い、正反対の結果になっていただろう。でも考えてみれば初版五百部の十二年前の本が「ブック・ゼロ」のワゴンにあること自体奇跡的だ。ひょっとしてこの本を中古本市場に流したのはゲタ本人だったりして、などと不埒なことも考えてしまった。

同盟成立には後日談がある。成立後、どこから聞きつけたのか、蜂谷が加入したいと申し出た。スポーツマンというキャラの有用性を認めた麻生夏美は、あっさり蜂谷の入会を許可した。ちなみにその入会に際し、ぼくに事前の相談はなかった。

蜂谷が加入するとドロン同盟は三国同盟になり人間関係の複雑さは倍加した。そこで麻生夏美は四人目の調整役を入会させた。副委員長に任命した右腕・池村幸司だ。

公私混同もいいところだが、判断は適切でドロン同盟は安定期を迎えた。

だがその黄金期は中等部卒業と共に終焉へと至る。四人の要、池村が東京に転校してしまったのだ。池村の進学のため父親が強引に東京への転校を決めてしまったらしい。

その結果、ドロン同盟は再び三人になり、現在に至るわけだ。

これがドロン同盟の縁起由来の物語だ。

かくて三月、ぼくと蜂谷、池村、麻生夏美の四人は揃って桜宮学園中等部を卒業した。

そして四月。ぼくと蜂谷と麻生夏美の三人は高等部へ進学したのだった。

2部　悲恋上等。

2019年　春・夏

6章　問答無用の義務なのよ。

4月18日（木曜）

　四月。ぼくたちは進学して桜宮学園高等部一年、つまり高校生になった。七割が中等部からの持ち上がり進学、残りの三割は外部入学者だ。

　ぼくと峰谷、麻生夏美は同じクラスになった。ついでに日野原奈々と豊崎豊も一緒で、委員長・副委員長コンビに返り咲いた。圧倒的支持を得て当選したのは、日野原奈々の舌足らずなしゃべり方に外部生男子が軒並みノックアウトされてしまったせいだ。

　麻生夏美は立候補しなかった。委員長に注意されたくないから委員長になるという異端の戦略は、もはや無意味になっていたので、その地位に固執することはなかった。

　そんな風に穏やかに高等部の生活が始まって一週間が経った。六限目の授業が突然中止になり、中庭で放課後の解放感を満喫していると峰谷がすり寄ってきた。

「佐々木、高等部でも部活は続けるんだろ？　それなら今すぐ入部してくれよ。高等部の部員は少なくて心細いんだ。でも佐々木が入ってくれると安心できるからさ」

「まあ、そのつもりなんだけどさ、ほら、今は春だから何となく億劫（おっくう）でさ」

　あくびをしながら言うと、峰谷もつられそうになったあくびをあわてて噛（か）み殺す。

「来月十七日、学園の創立記念日の対抗戦で宿敵、東雲高校との伝統の一戦なんだ。だから、それまでに佐々木をボクシング部の一員に認めさせておきたいんだよ」

ふうん、そうなんだ、と生返事をすると、蜂谷は鋭いツッコミを見せる。

「おい、佐々木、お前、俺の話を一生懸命聞いていないだろ」

「ああ、悪い悪い。そんなつもりはないんだけどさ、ぼくには無関係な話だから」

ぼくは何度目かの浮かび上がったあくびを嚙み殺しつつ、のんびりと答えた。

「なんでだよ。桜宮学園高等部のボクシング部の未来なんて、どうでもいいのか？」

まあ、ぶっちゃけ言うとそうなんだけど……。

ぼくは竹を割ったようにまっすぐな蜂谷を刺激しないよう、穏やかな口調で言う。

「どうせ試合に出られないから、対抗戦に合わせて入部を急ぐ必要はないってことさ」

「そんなことを言うなよ。高等部のボクシング部には、佐々木の力が必要なんだよ」

自分を高く評価してもらえるのは、嬉しいけれど、ぼくのボクシング人生にはガラスの天井があるから、あまり熱心になられても困ってしまう。

そんなやり取りをしていると、麻生夏美がぼくたちの前にきゃるん、と姿を現した。

中等部と制服は同じなのに、目の前の麻生夏美はいかにも女子高生、という雰囲気を漂わせていた。いつもはぼくと蜂谷に高飛車な命令口調で指図する麻生夏美なのに、今日は様子が違っていた。ぼくの顔を見ると、小さくため息をついてモジモジし始めた。

コイツにモジモジ、だなんて優柔不断な形容詞をつけるのは初めてだ。

「あの、ね、こんなこと、今さら面と向かって聞きにくいんだけど……」

隣では、蜂谷が興味津々、麻生夏美が遠慮がちに口を開く様子を見守っていた。

背中に変な予感がもぞもぞとはい上がってくる。

これってひょっとして？

次の瞬間、麻生夏美が発した言葉は、まあ、ある意味ではお約束の台詞でもあった。

「あのね、佐々木クンには今、個人的にお付き合いしている人って、いたりする？」

脳神経の電気伝導路がショートした。これって、なんの取り柄もない落ちこぼれ男子が、みんなの憧れの美少女に一方的にコクられる、という黄金パターンではないか。

いやいや、冷静になれ、アッシ。そもそも相手はあの麻生夏美だぞ。

黙って佇んでいれば引きこもり男子の憧れの的、だけどひとたび口を開けば、気弱な男子たちは蜘蛛の子を散らすようにして逃げ出してしまうという、あの麻生夏美なのだ。

ぼくはおそるおそる尋ねた。

「あのさ、その質問にお答えする前に、ひとつ教えてほしいんだけど」

「却下します」

とりつく島のない即答に呆然とする。麻生夏美はすぐに補足する。

「質問に対してはまず回答を。それはレディに対する礼儀でしょ」

ごもっとも。だけど考えれば考えるほど妙な話だ。なぜぼくがコイツに、自分のプライバシーを明かさなければならないのか、さっぱりわからない。

もちろんぼくには、麻生夏美の「却下します」に対応する「ノーコメント」という、最強の回答をすることもできた。でもなぜか、そうしたくなかった。

だから、ひとまず話題を変えてみる。

「お前の質問に答えるのは、決してやぶさかではないんだけどさ」

この瞬間、「やぶさかでないなら、とっとと答えれば」という無敵のツッコミを防止すべく、息継ぎをせずに、後に続く長い台詞を一息で言う。

「それに答えることは7並べで7を持ちながらパス権を使うみたいで、男らしくない気もするけど、7並べに勝つにはたとえ男らしくなくてもあえてそうしなければならない時もあると思うんだ。だからちょっと考えさせてもらいたい」

わけのわからない言い訳に思えたけれど、わけがわからないのも道理で、口にしている本人でさえ何を言っているのか、わかっていなかった。でもその論理が非論理的展開であるがゆえに、時間稼ぎくらいにはなるだろうという、ぼくの考えは甘かった。

麻生夏美は、ぼくの迂闊な煙幕発言の弱点を即座に把握し、的確に反撃してきた。

「佐々木クンは今、とっても正しいことを言ったわ。7並べでは、最初に強制的に提出させられるから、7にはパス権はないの。だからあたしの質問に答えるのは、7並べで最初に7を出すのと同じことで、問答無用の義務なのよ」

なんということだ。

麻生夏美の反論は完璧だ。ぼくは7ではなく6か8と言うべきだった。でも7並べの6か8というと短い文中に三つも数字が出てきてわかりにくすぎる。だから脊髄反射的に忌避してしまったわけだ。正直言えばそこまで理詰めで考えたわけでもないけど。

そのやり取りを聞いていた蜂谷が言う。

「つまりあのゲームは〝7以外並べ〟なんだな。7並べだと、ゲームを始めようぜ、おう、で、最初に7が四枚並んだ時点で終わっちまうからな」

〝7以外並べ〟なんて秀逸なネーミングを思いつくなんてさすがカウンター使い。でもいずれにしてもぼくの譬えは自分の行く末を閉ざしてしまったようだ。もはや抵抗の余地はないし、麻生夏美がそんな質問をした真意を知りたくなったのであっさり答えた。

「今、付き合っている相手はいないよ」

答えた途端、麻生夏美の表情が和らいだ。

「ああ、よかった。それじゃあね、それじゃあね……」

何なんだよ、それじゃあね、って。少しは、はにかむべきだ。

「ちょっと待て、今度はぼくの質問に答えてもらおう」

麻生夏美は小首を傾げて、「なに？」って言うみたいにぼくを見つめた。

麻生夏美の大きい目でそんな風にじっと見つめられ、思わずどぎまぎしてしまう。

「いや、その、あの、なんだ、つまり今お前がぼくに、その、そういう気持ちを抱いていたりするとしたら、それはちょっとぼくとしても……」

麻生夏美にしては辛抱強く耳を傾けようとしていたが、やがてぼくが何を言わんとしているかを察知した途端、すうっと瞳を細めて、にいっと笑う。

「ひょっとして、あたしが佐々木クンに惚れちまったただなんて心配してる？」

うわ。

いきなりど真ん中に直球を投げ込まれて呆然としたぼくは、思わず口ごもる。

「いや、そういうわけじゃないけど……」

「なんだ、がっかり。それじゃああたしの胸に溢れる、切ない想いの行き場は……」

上目遣いで恨めしげにぼくを見つめ、思わせぶりに言葉を途切れさせる麻生夏美。

まさか、その目は本気でぼくのことを？

しばらくして、麻生夏美は、再び目を細める。

「なんて、んなことあるワケないでしょ」

ぼくはほっとして、でもほんの少しがっかりして、そしてがっかりした自分を発見して驚いているのを隠すため、つっけんどんに口の中でもごもごと言い訳をした。

「ぼくも、もちろんわかってたけどさ、こういうことは一応きちんと確かめておかないと後でこんがらがったりするもんなんだよ。それなら本題に戻るけど、どうしてお前は、いきなりそんなことを知りたくなったんだよ」

すると麻生夏美は振り返って、中庭の植え込みに声を掛けた。

「よかったわね。佐々木クンには今、彼女らしき人はいないって」

その声に応じて姿を現したのは、鼻の頭にそばかすをまぶした、小柄な少女だった。

「キミは、ええと……」

名前が出てこない。でも、同じクラスの娘だということはかろうじて思い出せた。

少女は麻生夏美に背後霊のようにぺたりと張り付くと小声で言った。

「北原、野麦、です」

そう言って黙り込む。小柄な少女は背が低い、というのが第一印象だけど、それは同一情報を繰り返した冗語表現だ。ナンクロで言えば、マス目を埋めた数字が他に影響を与えない、孤立数字を当てた時みたいな虚無的な気分になりながら、改めて北原野麦の立ち姿を見遣る。

三つ編みでやせっぽち。背が低くて影が薄い。

でも、どれほど多様な表現を試みても、まっさきに頭に浮かんだ単語はひとつ。

地味。地味すぎる。地味の権化。

どんな形容を重ねても、必ず〝地味〟という単語が接頭語的にくっついてしまう。

地味で三つ編みでやせっぽち。地味で背が低くて影が薄い。

北原野麦は、照れ屋のもぐらみたいに麻生夏美の背中に隠れたままだ。

「北原さん、池村クンの遺言だから、こんなみっともない質問を、このあたしがしてさしあげたのよ。後は自分で何とかしてちょうだいね」

ぼくは蜂谷と顔を見合わせる。次の瞬間、蜂谷が大声を上げていた。

「ちょっと待て。死んじまったのか、池村のヤツは？」

麻生夏美は髪を手で梳いた。そして空を見上げた。

つられてぼくと蜂谷も空を見る。

春、かすみがかかっているのどかな風景。ああ、無常。

こんな風景の中、若い生命が、こんな風に突然、あっさり失われていただなんて。

すると麻生夏美は、ぽん、と手のひらを叩いた。

「いっけない、遺言じゃなくて伝言ね。ま、どっちでもあまり大差はないけど」

冗談じゃない。遺言と伝言は、竹トンボとジャンボジェット機くらい違う。でも一体、どっちが竹トンボでどっちがジャンボ機か、なんて不毛な議論はやめておこう。

何しろぼくはたとえ話が苦手だと、7並べの件で弱点を露呈したばかりなんだから。

というわけで中庭の白日の下に引きずり出された北原野麦に対して、ぼくが尋問する。

「キミは、ぼくが誰かと付き合っているか、麻生に聞くように頼んだの？」

北原野麦はため息をつくと、二時間ドラマ終了十五分前のヒロインがするみたいに、もうすべてを諦めました、観念いたしました、と言わんばかりにこくりとうなずく。

「こんなこと聞くのは野暮だけど、どうしてそんなことが気になるのかな？」

我ながら本当に野暮だ。これはひそかに自分を想う相手に、強制告白させるシチュエーションでしか用いられない台詞だ。

北原野麦はごにょごにょと小声で答えたけれど言葉の体を成していない。

「え？　よく聞こえないんだけど」

北原野麦はびくりと身をすくめる。それから顔を上げ、ぼくの目をまっすぐ見た。

北原野麦は、ここまでの経緯から考えるとおそらく精一杯の大きな声で告げた。

「私、佐々木先輩のことが、好きなんです」

居合わせた三人がそれぞれため息をつく。

ま、そんなことだろうとは思ったけどね、とクールに思いながらも、突然の告白を直接聞かされたぼくは動揺してしまった。それがぼくのため息の理由。

野次馬のふたりのため息は多少色合いが異なっていた。

交通事故は日々起きているけれど、現実に遭遇する機会は滅多にない。告白現場に居合わせるということは交通事故を目撃するのと同じくらい滅多にない出来事だ。

麻生夏美と蜂谷のため息には、そんな得難い機会にたまたま居合わせることができたという、自分たちの僥倖に感動したかのような響きがあったように思えた。

内気で一途なタイプに深入りは危険だと、本能がアラームを鳴らしている。

なのでぼくは言った。

「ありがとう。でも、ごめん。今は全然そんな気になれないんだ」

決まった。

とっかかる隙もない、氷の台詞。しかも既視感アリアリ、手垢のついた決まり文句。

決まり文句というヤツは使用頻度が高いからこそ決まり文句と呼ばれるわけで、既視感があるのはいかんともし難い。ところがこの決まり文句というヤツは、使ってみると使った当人の心までフリーズしてしまう、非人道的で冷酷非情な台詞だということをつくづく実感した。間違いない。こんな台詞を吐けるようなヤツは男のクズだ。

再びため息。今度は野次馬のふたりのため息のデュエットだ。

あれ？　ひとり分、ため息が足りない。

てっきり、ため息の三重奏になると予想していたぼくは、意外な展開に顔を上げる。

ため息をつかなかったのは、告白した本人、北原野麦だった。

まっすぐにぼくに視線を注ぎ続けていた北原野麦は、よく通る声できっぱり言った。

「たとえお返事がどうであろうと、さっきの告白を撤回するつもりはありません」

「すごいじゃないか、佐々木。これって男冥利だぜ」

蜂谷が無責任に言う。うんざりして事の発端を作った麻生夏美に非難の視線を送る。

すると麻生夏美は肩をすくめて、ぼくに封筒を手渡した。

「まったく、池村クンたら余計なことしてくれたものね」

俺にも読ませろ、と蜂谷がぼくの手から信書を奪い取ると、声を上げて読み始める。

「なになに、みなさまお元気ですか。調整役の私がいなくなり、さぞお困りと拝察します。つきましては高等部に進学した暁には、この封書を持参した北原野麦嬢を新メンバーに推薦します。中等部文芸部という由緒正しきサークルで、私が部長をしていた時の副部長だった彼女のまっしぐらな性格は、きっとみなさんのお役に立つと思います」

勝手に引き受けた朗読という大役を無事果たした蜂谷は、手紙を麻生夏美に投げ返す。

「何なんだよ、コレ」

ぼくも、まったく同感だった。

池村は完全に補佐役体質なので、自分から何かをするタイプではない。そうなるとこの手紙は、依頼されたものだ。その依頼主は北原野麦以外にはありえない。

だとすると彼女に対する認識は根底から改めなければならない。要はこの手紙は北原野麦をグループに入れろ、という命令書に等しいのだから。

「これはドロン同盟への参加要請だから、ぼくへの告白とは全然無関係じゃないか」

ぼくがそう指摘すると、麻生夏美は手紙を鞄にしまい込みながら、言う。

「この手紙の件をうっかり保留していたら、佐々木クンに片想いしちゃったので仲間に入れてほしい、と北原さんに直談判されちゃったワケ。恋に恋する乙女のお願いと、かつての右腕からの要請書が重なった今の状態は、いわゆるチェックメイトってヤツね」

北原野麦は、ぼくを手に入れるために池村経由で女帝・麻生夏美を手駒に使おうとしたわけだ。そんな大それたことを思いつくなんて末恐ろしいヤツ。

北原野麦は小声で麻生夏美に反発する。

「恋に恋しちゃうだなんて、そんな甘ったるいエクレアの乙女心でも、メレンゲみたいにハンパな気持ちでもありません。私のハートはもう誰にも止められない、一方的にひたすら希って懸想するという恋の終着駅にまで行き着いてしまっているんですから」

突然、北原野麦の口から怒濤の修辞が溢れ出した。さっきまでここにいた、無口なモジモジ少女はどこへ行ってしまったのだろう、と思えるくらいの豹変振りだ。

なんなんだ、コイツは？

啞然としているぼくの顔を見て、麻生夏美は、説明という名の〝言い訳〟を始める。

「あまり乗り気じゃなかったんだけど、この娘が佐々木クンに会わせてくれさえすればあとは自分で何とかするだなんて言うもんだから、その一途さにほだされたのが運のツキ。あたしの判断ミスね。北原さんがこんな鉄面皮少女だなんて思いもしなかったの」

それならふだんの暴君ぶりを思う存分発揮して、自分勝手に却下してくれればよかったのに、と思いつつも、麻生夏美の謝罪に、ぼくは首を振る。

「構わないさ。この調子ならこの娘とは、いつかどこかでバッティングしたさ」

そして北原野麦にまっすぐに言う。

「悪いけど今のぼくの気持ちの中には、キミの入り込む余地なんてまったくないんだ。だからあきらめてほしい」

一直線に、ばっさりと。手がかりひとつ残さない、完璧な拒否。

ああ、何てヒトデナシな言葉。

告白を断られれば傷つくだろうけど、世の中は作用反作用の法則で、断った方にも同じくらいダメージがある、ということをご存じないお歴々が多すぎる。

などとひそかに嘆いているぼくの視界の中で、北原野麦はうつむいた。

泣くよなあ、コイツ。だから女の子ってのはさあ。
ところが鉄板であるはずの、ぼくの予想は見事に外れた。
北原野麦は泣かなかった。そしてうつむいていた彼女は、突然顔を上げた。
その顔は……、
笑っていた。

その微笑は完成間近にうっかり倒したドミノみたいで、ぼくの中でこつこつ積み上げてきたものが、かたかたと音を立てて崩れていく。凛とした声が鼓膜に刺さる。

「完璧な拒否、それこそ私の望むところです。だって私は、悲恋をしたいんですもの」

「あのね、輝かしい青春を悲恋に捧げるなんて、そんな馬鹿げたことは止めた方がいいよ。だってそれって、青春のムダ遣いだもの」

うわ、我ながら何てジジむさい発言。でも北原野麦はメゲない。

「青春のムダ遣い、そんなものがあるのなら、それは中等部時代の私。愛しい人に名前も覚えてもらえない空気みたい。ううん、空気ならなくなったら大騒ぎされるからずっとマシ。あの頃の私は、黒板の側に置かれた青いチョークみたいなものだったんです」

蜂谷がすかさずフォローした。

「中等部時代の北原さんと掛けて、青いチョークと解く。そのこころは？」

「そのこころは、あってもなくても、誰も気にしない」

北原野麦の答えは、文芸部の副部長だったにしてはお題に対して語呂が悪すぎる。

でも、こうしたやり取りの中から、北原野麦の手強さがうっすら見えてきた。

要は、コイツは弱っちいターミネーターだ。コイツに打ち倒される気はしないけど、コイツをやっつけるというイメージも浮かばない。仕方なく、別角度から彼女を説得しようとした。それには、コイツと同じ土俵に乗るしかない。

「実を結ばない恋ほど無意味なものはない。それは青いチョークどころの話じゃない。黒板拭きで拭き取られたチョークの粉みたいなものだ」

「さて、新たなお題がととのいました。北原さんが、叶わない悲恋に突っ込んでいく無謀な姿勢と掛けて、黒板拭きで拭き取られたチョークの粉と解く。そのこころは？」

〝そのこころは〟とみんなが唱和した。北原野麦本人までが声を揃えている。

そこはお前が言うところじゃないぞ、と心中で非難しつつ、ぼくは、北原野麦に引導を渡すべく、冷ややかに言い放つ。

「書かれた言葉は叩かれ飛び散り塵となり、虚空に消え失せてしまうでしょう」

「うわあ、佐々木クンって、サド」

麻生夏美の適切なツッコミ。隣で、うっとりとぼくを見つめた北原野麦は、両手を胸の前で組み、震える声で言った。

「素敵すぎます。永久凍土みたいに冷ややかな言葉の弾丸にズキューンと、野麦の小さな胸は撃ち抜かれてしまいました」

ああ、こうなってしまったらもはや何をやっても逆効果だろう。

そうした熱情は、ぼくにも身に覚えがある。でも、ぼくには、こんな熱狂はなかった。こころに沁みいるような、そしてどこか懐かしい。そんな静かな感情だった。

北原野麦はそんなぼくの儚い回想を乗り越えて、ひとり勝手に突き進む。一輪の可憐な野の花を、無骨な戦車のキャタピラが踏み潰してしまうかのように。

そう、これが現実だ。

「悲恋上等。どん底にまで貶められ、立ち直れないような酷い仕打ちを受けた私はある日、一篇の物語を書くでしょう。その小説のタイトルは……」

「タイトルは？」

つられた蜂谷が絶妙の合いの手で尋ね返す。

「私の処女作『木枯しに抱かれて』」

耳を澄ましていたぼくたち三人の間を、春なのに一陣の木枯らしが吹き抜けていった。

木枯らしに抱かれて、ということはつまり、ぼくは木枯らし、というわけだな。

いや、まてまて、北原を抱くのは既定事実じゃないぞ。

あぶないあぶない。いつの間にか北原野麦の術中にハマってしまっているではないか。

ひょっとしたらこれが受け身の能動性というもので、実はこうしたポジショニングは最強かもしれない。

「素晴らしいタイトルだけど、気をつけてね。タイトルには著作権がないからパクリ放題だけど、中身には著作権があるから」

北原野麦は、麻生夏美のアドバイスに敏感に反応した。

「すでに存在しているタイトルだったんですか。それなら考え直さないと」

「知らないのか。キョンキョンの有名な懐メロだぞ。出逢いは風の中、恋に……♪」

蜂谷が口ずさむ。ぼくはともかく、コイツまで知っていたとは、そっちの方が驚きだ。

するど、麻生夏美が蜂谷の歌を途中で制止する。

「ストップ。それ以上引用するといろいろ面倒なことになるから、そこまでよ」

「今のが『木枯しに抱かれて』の冒頭の一節ですか？　まあ、何という偶然でしょう。私と佐々木先輩の出逢いそのもの、まさに私の作品の冒頭と丸かぶりしています」

「それなら中身を変えるついでにタイトルも変えたら？　あなたの作家人生はこの先まだまだ長いんだから」

手練の編集者を前にした新人作家のように、北原野麦はこくりとうなずく。

「それならこれはどうですか？『野麦畑でつかまえて』」

その瞬間、脳裏に不朽の名作『ライ麦畑でつかまえて』が浮かんだとしても仕方がないだろう。こういうのはパクリじゃなくて、ええと……、

「それはオマージュね。でもデビュー作のタイトルをオマージュにしちゃうと、作家としてのクリエイティビティが乏しいと見なされてしまうけど、いいのかしら？」

敏腕編集者になり切った麻生夏美のリプライに、北原野麦は眉を寄せる。

「それは困ります。でもこのタイトル、気に入っちゃいました。英訳すると、今の私の気持ちにぴったりすぎるんですもの。『ザ・キャッチャー・イン・ザ・ノムギ』、直訳すれば『野麦捕獲人』。それは一体誰のことかしら」

北原野麦は口に手を当て、ちらりとぼくに視線を投げ、勝手に照れまくる。

絶句するぼくにとどめを刺すように、北原野麦はうっとりと言う。

「佐々木先輩にになら、野麦、一生捕獲され続けても文句は言いません」

——そんなこと、絶対にしません。

そんなことをするくらいならいっそお前を野麦峠に監禁して、一生紡績女工として従事させてやろう、などと思って、あ、今、我ながらうまいことを思いついたなと思う。

でもそんなことを口にしたら北原野麦の野望を追認することになるので、泣く泣く会心の一撃は封印せざるを得なかった。

北原野麦は舞台の上の主役のように、両手を広げる。

「私の名前、そして身なりは、どうしてこんなに地味なのかしら」

身なりはぼくたちと同じブレザーで、胸に燦然と輝くエンブレムなどファッショナブルだと評判だ。対抗意識丸出しの東雲高校の連中さえ、制服の派手さだけは敵わないと素直に認めている。

だが北原野麦は端役に与えられた唯一の見せ場、とばかりに朗々と謳い上げる。

「変わりたい。地味人間という役はもうたくさん」

『ライオン・キング』か、はたまた『レ・ミゼラブル』の一場面か。

ちなみに、どっちも未見だけど。

「地味人間って、ハイパーマン・バッカスの地底人間みたいでカッコよくね？」

派手な蜂谷が空気を読まずに言う。北原野麦は蜂谷を睨むが、悪気がなく鈍感な蜂谷には、視線じっとり攻撃は通じない。北原野麦は両手を組み、ぼくをまっすぐ見つめた。

「踏みにじられても立ち上がる、嗚呼、私は野麦、踏まれ踏まれて強くなる」

最後は演歌歌手のコブシみたいだ。このままだとお前の未来は文壇の緋毛氈の上ではなく、場末のキャバレーのステージになりそうだぞ。

「個人的な感情問題はひとまず棚に上げておいて、まずは池村クンの手紙の件を解決しましょう。佐々木クンはどうしたい？　北原さんのドロン同盟加入を認める？」

答えは重々承知のクセに、と言いたくなる。黙り込んだぼくを見て蜂谷が言う。

「俺はメンバーにしてもいいいと思う。池村の推薦もあるし。アイツの判断で間違ったことはなかったよな」

蜂谷の言う通り、池村の判断にもたれる手はある。ぼくはたくさんの判断を、そうやって他人に丸投げしてきた。だから自分で判断することに慣れていなかった。

あれこれと思い悩んでいるぼくを見た北原野麦は、ぽつんと言った。

「佐々木先輩を説得するには、やっぱり海の底に眠るお姫さまにお願いするしかないのかしら」

その言葉に蒼白になる。そんなぼくを見て、麻生夏美は、ちらりと北原野麦を見た。そして北原野麦をまっすぐに見て、言う。

「仕方ないわね。それじゃあやっぱり、あたしが決めてあげる」

北原野麦は裁判の判決を待つ被告人のような顔で、両手を胸の前で組む。

「あたしの決定は条件付き承認。その条件はひとつ。北原さんがなぜ佐々木クンの個人的なヒミツを知り得たのか説明すること。それが合法ならメンバー入りを認める。でも、情報獲得ルートが許し難いものなら、却下」

北原野麦は、思いもしなかったであろう条件に、目をぱしぱしさせた。

ぼくにとっても予想外だった。でも彼女の判断は適切だ。ここで北原野麦のメンバー入りを却下したら、彼女の情報入手ルートを突き止める機会をなくしてしまう。それは、自分の事情について厳しい情報コントロールをしているぼくには致命傷だ。

つまりぼくは、麻生夏美の機転に助けられたわけだ。

北原野麦は少しの間、考え込んでいたが、やがてあっさり答える。

「それが条件ならお話しします。非合法なやり方で知ったわけでもありませんし。でもこれしきのことで、佐々木先輩があんなに驚くなんて、私の方がびっくりです」

告白されるという状況に動揺して聞き逃していたけれど、コイツはさっきからずっと、同級生のぼくのことを先輩呼ばわりしている。

なぜだろう、と混乱しているぼくを見て、北原野麦は、おそるべき言葉を口にした。

「私、知っているんです。佐々木先輩は地下室の眠り姫にゾッコンなんでしょう？」

周囲の穏やかな時の流れに、急ブレーキの音と共に、ストップモーションが掛かる。

心臓の鼓動が止まる。疑問がぐるぐると渦巻く。

どうしてコイツがそのことを知っているんだ？

麻生夏美の、きっぱりとした声が響いた。

「ストップ。そこまでよ。他人には干渉しない、というのがあたしたちの基本ルール。それ以上のお喋り（しゃべ）りを控えないと、審査で落とすわよ」

北原野麦は麻生夏美を睨み返す。

「麻生さんが言えって言ったから、言っただけなのに……」

「あたしはそんな指示はしていないわ。北原さんが佐々木クンのプライバシーを知っている理由を言いなさいと言っただけ。中身を暴露しろなんて言ってないわ」

「過去を知ったいきさつの説明と、プライバシーを話すことって違うんですか？」

麻生夏美は、処置なし、という表情で肩をすくめた。

「その違いがわからないなら、やっぱり北原さんはドロン同盟の一員にはなれないわ」

北原野麦の目に涙が溢れた。次の瞬間、目の縁で留（とど）まっていた涙が決壊する。

「そんなこと私、全然思っていなくって」

「でしょうね。北原さんって鈍感そうだもの。でもそんな風に泣いてもムダよ。あなたの入会ポイント、あたしの中では赤丸急降下中なんだから」

しゃくりあげようとするのを強制的に止め、目を凝らす。驚いたことに滂沱と流れていた涙がぴたりと止まった。

うわあ、女の子の涙って損得勘定で加減乗除が自由自在なんだ、と唖然とする。

「北原さんみたいな子がいるから、女子がナメられるのよ。自覚してほしいわ」

そう言い放った麻生夏美は、ぼくと蜂谷を交互に見る。

「北原さんにここまでキツいこと言ったあたしは審査決定権者の要件を満たさないわ。でも佐々木クンも恋愛対象の当事者だから、まともな判断はできそうにないし……」

どさくさに紛れてなんてことを。ぼくは断じて北原野麦の恋愛対象ではない。被害妄想文学少女が、周りと毛色が違う変わり者にちょっとのぼせただけ、それは思春期の入口で誰でもかかるハシカみたいなものだ。

麻生夏美は不服そうなぼくを一瞥し、攻撃の矛先をぼくに転じた。

「何なら、佐々木クンを第一判断権者に戻してもいいわよ。でも佐々木クンのことを、ここまで一途に慕って犬コロみたいに足元にまとわりついてくる北原さんを、一刀両断に斬り捨てるなんて、佐々木クンにできるかしら」

その言葉を聞いていると、つくづくぼくが酷薄非情で意志薄弱などうしようもない男に思えてくる。でもぼくがこれからやろうとしていることは、標準偏差二・五パーセントの範囲内でほぼ麻生夏美の言う通りなのだから仕方がない。

意地悪なヤツだけど、麻生夏美の表現はフェアだ。

北原野麦は上目遣いにぼくを見つめる。泣き濡れたその目はとても綺麗で、ぼくがここでばっさり斬り捨てたら、朝な夕な枕元に化けて出てきそうなくらい、切羽詰まった表情をしていた。

　そんなぼくの様子を黙って眺めていた麻生夏美は、「仕方ないわね」と言うと、視線をもうひとりの手下である蜂谷に向けた。

　蜂谷はすっとんきょうな声を上げる。

「え？　俺かよ？」

　三人中二人が不適格なら残りは誰かなんて、小学生でもわかりそうなものだけど。でも蜂谷は反射神経だけがモノを言うカウンター使い、だから考え事は苦手だ。

　蜂谷はぼくの様子を窺ってから、ちろりと北原野麦を見た。

　もはや失地挽回はないと諦め切った北原野麦は、ふてくされた顔で蜂谷を睨んでいる。

　地味で気弱だと思っていた少女が、ボクシング部の元キャプテンの蜂谷にガンを飛ばしている光景はなかなかシュールだった。その現金さに半ば呆れ、半ばほっとした。

　これならぼくにボロ雑巾のように捨てられても、といってもぼくはコイツをそんな風に扱うつもりはないし、そもそも個人的なお付き合いをするつもりがないからそんな風になることは百パーセントあり得ないけど、それでも世の中に百パーセント絶対なんてないから断言もできない。いずれにしても万が一ぼくが百パーセント近くやりそうにない行為にコイツが遭遇したとしても世を儚んだりすることは絶対ない、と断言できる。

ちなみに蜂谷のメンタルは体育会系だから、先輩をナメるヤツは絶対に認めない。

こうなると北原野麦に対する処遇は決まったも同然だ。さあ、カウンター・ビーよ、北原野麦の願いを、得意のカウンター一閃で、ばっさり斬り捨てるがよい。

自分が下手人にならずに済んでほっとしていたぼくに向かって、蜂谷は確認した。

「ほんとに、俺が決めてもいいんだな？」

ぼくと麻生夏美はうなずいた。すると蜂谷は自分を睨んでいる北原野麦に言った。

「じゃあ、北原の仲間入りを認める」

ひどいひどいわあんまりです一方的すぎます横暴ですどうしてそんなご無体なこと鬼畜すぎますミゼラブル、などという非難の散弾銃の撃鉄を起こして一斉射撃を準備していた北原野麦は、その発射直前に蜂谷の言葉を耳にして、シャックリをし始めた。

たぶん、あわてて体内に呑み込んだ言葉の散弾が暴発したのだろう。

「マジかよ蜂谷、お前、気は確かなのか？」

隣で同じ台詞を言いかけたが、ぼくが言ったからラッキーと思っているのがあからさまな麻生夏美とぼくの顔を交互に見ながら、蜂谷は言う。

「俺が決めていいんだろ？　イヤなら第一決定権者に差し戻してもいいけど？」

「そうじゃなくて、どうして北原の仲間入りに賛成したか説明してほしいんだ」

「俺は使いっぱが欲しかったんだ。それによく見るとコイツ、ちょっと可愛いし」

そんな浅はかな理由で、こんな危険人物を仲間にするなんて。

そう言えば蜂谷は最初、軽い調子で池村の意思を尊重して北原を仲間入りさせようぜ、なんてほざいていたことを、今になって思い出したけれども、もはや手遅れだ。

北原野麦は裏返った声で感謝の言葉を洪水のように言い募り、蜂谷を埋め尽くす。

「実は蜂谷さんて素敵な方だなって、思っていたんです。ボクシング部のカウンターのレジ係をされているってお話、友人から聞かされていたんですもの」

蜂谷は微妙な笑顔になる。

北原野麦は鮮やかだ。これまで蜂谷を意識したことなど一度もなくて、ヤツの得意なボクシングにもまったく興味がなく、だから蜂谷の価値など全然わかっていないということを、たったひと言で露呈してみせたのだから。

ボクシング部の、カウンターの、レジ係。

何と言うおそるべき言葉の順列組み合わせなのだろう。

ボクシングにおける至高のテクニック、カウンターにレジを置いてしまうだなんて、真のボクシング音痴でなければ絶対思いつかない。まさに言葉のブービートラップだ。

蜂谷は鳩尾（みぞおち）にトリプルクロスカウンターを食らったかのように口をぱくぱくさせる。

北原野麦をメンバーにしてしまった蜂谷の軽率さが、あっという間に本人に災厄として降りかかった光景を、ぼくと麻生夏美はひとごとのように眺めていた。

早くも後悔し始めた蜂谷をひそかに笑っていた傍観者であるぼくと麻生夏美に、北原野麦は追い打ちを掛ける。

「本当にうれしいです。これで私も〝ドロロン倶楽部〟の一員ですね」

「ドロロン倶楽部じゃないぞ」「違うわよ」

麻生夏美とぼくの抗議は、延々と続く北原野麦の感謝の祝詞に覆われ封殺された。

天真爛漫な甘え口調を聞きながら、ひょっとしたら北原野麦こそ、麻生夏美の天敵にして最終兵器になり得るのかもしれない、と思う。

こうして新しいパワーバランスの下、ドロロン倶楽部、じゃなくて、ドロン同盟は新たなる船出をすることとなった。

グループ内の地位再編を含む展開から始まったが、そこはさすが麻生夏美、独裁者の地位を失いかける危険を察知したのか、ころりと話題を転換する。

「弱みを握られ交際を強要されるなんて、佐々木クンってへなちょこアイドルみたい」

メンバーとなった安心感からか、北原野麦は堂々と麻生夏美に反論してきた。

「私は佐々木先輩に交際を強要したりなんて、していません。ただ一方的にお慕い申し上げているだけです」

うう、それはそれで鬱陶しいぞ。

しかもその言葉は麻生夏美の癇に障ったようだ。

「それなら善意の押し売り強制執行五秒前、と表現すればいいかしら。でもそれは有言実行したのはひとまずご立派という、北原さんへの再評価の障害にはならないわね」

北原野麦は、麻生夏美の婉曲迂遠な貴族趣味的当てこすりを理解できず、でも何やら当てこすられているらしいという気配だけは敏感に嗅ぎ取ったようで、ぷつんと黙り込んでしまう。

　麻生夏美はぼくに言う。

「ごめんなさい、佐々木クンに迷惑をかけるつもりなんて、全然なかったのに」

　こんな風に素直に麻生夏美がぼくに謝罪するなんて初めてだったので、すっかり面食らってしまった。

「あ、いや、ぼくがこれまで自分の事情を言わなかったのは、言う必要がないと思っただけで、特に隠していたわけでも……」

　首を振って言いかけると、麻生夏美は目を猫のように細める。そして、驚愕の提案をしてきた。

「でもこれも、あたしたちはもっと互いに親交を深めるべきステージに到達した、というひとつのサインかもしれないわね、きっと。ちょうどドロン同盟の活動概要を見直そうと思っていたところだったから、ちょうどいいタイミングだったわ」

　何を言い出すのか、ぼくが緊張する中、麻生夏美は高らかに宣言した。

「ドロン同盟で、合宿をします」

7章　合宿をします。

4月18日（木曜）

麻生夏美の言葉にいち早く反応したのはカウンター使いの蜂谷だった。

「合宿？　何だよそれ？　俺たちがやってきたドロロン倶楽部（クラブ）ってのはさあ……」

「ドロン同盟、よ」

麻生夏美が訂正する。新参者の北原野麦に誘導された新名称は、いつの間にかぼくたちの心を侵食し始めていた。北原野麦の呪縛（じゅばく）恐るべし、と思いつつぼくは口を開く。

「合宿をする理由と、その目的について五十字以内で簡潔に述べよ」

「理由なんて、あたしが何かやるときには必要ないわ。以上、二十四文字」

規定字数の半分以下できっぱり自分の意思を適切に伝える、麻生夏美の言語能力の高さと、説明責任を果たそうともしない、清々（すがすが）しいまでの傲慢（ごうまん）さに唖然（あぜん）とする。

目を丸くしたぼくを見て、麻生夏美は目を三日月みたいに細めて笑う。

「でも、一応説明して、一般大衆の理解を得るための努力はしてみるわね。この合宿は桜宮学園高等部の新秩序のために必要なの。これはそもそも、私の誤算に端を発したことなの。まさか日野原さんが委員長に返り咲くだなんて思いもしなかったのよね」

「どうして日野原がクラス委員長になると、ドロン同盟の合宿が必要になるんだよ」

「日野原さんは猫をかぶっているけど、そのうちあたしに復讐の牙を剝き出しにしてくる。だからこの合宿で、秋の文化祭でのドロン同盟の出し物を決めておきたいの」

「文化祭？　なんでまた、そんな先のことを……」

蜂谷が反射的にそう言うと、麻生夏美は微笑する。

「クラスの権力者として復活を果たした日野原さんは、高等部の文化祭にかこつけて、陰険な仕返しを企むはず。それを回避するには、独自の出し物を企画するしかないの」

日野原奈々が文化祭行事でお気に入りの男子を侍らせ、麻生夏美を下女の如くコキ使う図が目に浮かんだ。ぼくにしてみればコキ使われる相手が麻生夏美か日野原奈々になるだけだから大差はないが、麻生夏美当人にしてみれば天国と地獄だろう。

「クラスの出し物への参加は強制だろうから、それって無駄な抵抗じゃないのかな」

ぼくが言うと、麻生夏美は首を振る。

「高等部では文化祭で自発的に何かやると、クラスの出し物に参加するよりも内申書の評価が高く認定されるの。だから二年生はクラスの出し物はほとんどなくなるのよ」

「なんで麻生はそんなこと知っているんだ？　中等部の頃から高等部に出入りしていたのかよ」

蜂谷の質問に、麻生夏美は再び目を細める。

「そんなめんどくさいこと、しないわ。パパに調べてもらったのよ」

コイツのパパは、順番待ちが数カ月という大繁盛のシンクタンク、アルケミストの所長だったことを思い出す。いや、部長だったっけ？

まあ肩書なんてどうでもいいけれど、そんな天下無双の調査力と解析力を、こんな些細で他愛もないことに使うだなんて、公私混同がひどすぎる。

「悪いけど、ぼくは合宿はパスだ。手を離せない仕事があるから外泊できないんだ」

それが言い訳でないことを三人は知っているはずだ。中等部二年に編入した直後の十月、三泊四日で北海道の極北市への修学旅行があった。潰れた地方自治体の現状を視察する、というひねくれてはいるけれどそれなりに意義深いコンセプトの企画を、ぼくはあっさり欠席した。仕事で家を空けられない、という説明を同級生たちがどう感じたかは、旅行後ほどなくして蜂谷が教えてくれた言葉で、ちょっとしたインパクトくらいはあったようだと察せられた。

——佐々木って偉いヤツだなって、みんな言ってたぜ。

だから拒否は容認されるはずだった。だけどわがままな独裁者体質の麻生夏美の本気を前にしたら、浅慮だと言わざるをえない。そんな初歩的な設定ミスをしてしまったのもひとえに突然出現した不協和音、北原野麦のガリガリ亡者ぶりに幻惑されたせいだ。

「佐々木クンの合宿不参加は認めないわ。だって合宿会場は佐々木クンちなんだもの」

「佐々木先輩のおうちに泊まり込んで合宿、ですって？」

金切り声を上げたのは、北原野麦だった。

「素敵すぎます。もちろん私も参加します。いえ、どうぞさせてくださいませ。たとえ天から槍や斧が降ってきても絶対に、ぜえーったいに参加させていただきますからね」

麻生夏美は、はしゃぎまくる北原野麦をちろりと見て、言い含める。

「この決定は北原さんのためじゃないんだから、そこんところははき違えないでね」

北原野麦はこくこくうなずく。

「もちろんですもちろんわかっていますとも、そんな大それたことなんて初めから、叶うと思っていません今はただ、あの人の側で一夜を過ごすことさえできるのであれば、いいえ、それすら高望み、せめて同じ空気を吸えさえすれば、私の乙女の純情は、夜空の満天の星の輝きになって、暗い地上に降り注いでくることでしょう」

演歌のワンフレーズを歌い上げるような一気読みを聞き流し、ぼくは冷静に告げる。

「せっかくだけど、ぼくの住居は合宿仕様でないから無理だ」

「そんなことないでしょ。合宿ができるくらいの広さはあると聞いているわ」

「広さは関係ない。ウチでの合宿は許可できないんだから」

「心配無用よ。今回は、佐々木クンの後見人の西野さんも承諾してくれたんだから」

ぼくは呆然とした。

「西野さんが合宿を許可した？　ウソだろ？」

「こんなことでウソをつく意味はないでしょう？　佐々木クンの答え方までぴったり予想してた。全部大当たり。すごい人よね、西野さんって」

予想もしなかった人の名を、予想もしなかった相手から、予想もしなかった文脈で、しかも予想もしなかったタイミングでいきなり告げられて、ぼくは思い切り動揺した。

即座に山のようにたくさん浮かんだ疑問を、突き詰めるとそれはふたつに収斂(しゅうれん)した。

一、いつ、どのようにして麻生夏美は西野さんと接触したのか。

二、なぜ西野さんが麻生夏美にあの塔の使用許可を出したのか。

ふたつの疑問を直接、同時にぶつけたら、麻生夏美はあっさり種明かしをした。

「西野さんはあたしのパパのライバルで、時々ウチにお茶しにくるの。パパに合宿所を探してもらおうとしたら、居合わせた西野さんが、佐々木クンのお家(うち)でよければどうぞって言ってくれたの。だから佐々木クンに報告してるわけ。ね、自然な話でしょ？」

なるほど、確かにつじつまは合うし、流れ的に無理はない。

ぼくは麻生夏美の説明を理解したけれど、納得はしなかった。

「たとえ西野さんが了承したとしても、ぼくは承諾しないぞ」

「でもこれで佐々木クンが合宿に参加しなかったら〝参加できない〟のではなくて単に〝参加したくない〟ということがはっきりするわ。だからもし佐々木クンがこの申し出にノーと答えたらその時は、〝ドロン同盟〟は解散しようと思うの」

確かにその決断は整合性はあるけど、そんな重要なことをあっさり決めるなんて……。

空気を読めない鈍感純情可憐(かれん)な地味女(ジミージョ)、北原野麦があたふたする。

「それは困ります。やっとドロロン倶楽部に参加できたばかりなのに」

だから、ドロロン倶楽部じゃないんだってば。

北原野麦は何とかしてぼくを翻意させようとして、ぼくを見つめた。でも、残念ながらぼくにはすでに北原野麦の熱視線に対しては抗体ができていた。

「仕方ないでしょ。北原さんが崇め奉る佐々木クンは、そんな冷酷非情な選択をためらいもなくできるのが唯一の美点なんだから」

麻生夏美は目を細めて言う。いや、それは美点とは言わないだろう。だがこの瞬間、ドロン同盟の盟主は同盟の存続を、一構成員であるぼくに丸投げしたわけだ。

ぼくはこの手の決断が大の苦手だったので、「蜂谷はどう思う？」と尋ねる。

すぐに麻生夏美がぴしゃりと言い放つ。

「今回の決定には、蜂谷クンの意思は関係ないわ。ドロン同盟はあたしと佐々木クンで始めたものだから、一方が継続する意思を失えば解散するだけよ」

小さな痛みが胸を襲う。

ひょっとしてぼくは、この関係が失われることを怖れている？

……まさか。

腕を組み、しばし考え、口を開いた。

「少し考えさせてほしい」

「いつまで待てばいいの？」

一瞬躊躇し、蜂谷をちらりと見て言う。

「来月末、かな」

「その時期まで延ばす理由を五十字以内で簡潔に述べよ」

さっきのぼくの質問をオウム返しにした麻生夏美に、真面目な学生のように答える。

「来週、ボクシング部に入ろうと思っているんだけど、東雲高校との対抗戦が来月あるらしいから、せめてそれが終わるまで、かな」

四字オーバー。麻生夏美のようにスマートにはいかない。すると蜂谷が同意する。

「それがいい。因縁の対抗戦が終わるまでは、おあずけにしよう」

「じゃあ五月の対抗戦の後にお返事をちょうだい。合宿したくないと佐々木クンが決めたらその時は、ドロン同盟解散記念のパーティをあたしの家でやりましょう」

あっさりした麻生夏美の言葉に、ぼくはほっとしながらも、一抹のさみしさを感じた。

だけど、そんな感傷も次の麻生夏美のひと言で吹っ飛んでしまった。

「でも、その時は覚悟してね。その瞬間から、あたしたちは敵同士になるんだから」

麻生夏美は目を細めて微笑した。首筋がひやりとする。

顔を上げると、校舎の壁が午後の光の中で白っ茶けていた。

蜂谷とは帰り道が同じ方向だ。マウンテンバイクを引いたぼくの隣で、ジャージ姿の蜂谷がジョギングする。中等部の頃は部活が終わるとこうして一緒に帰ったものだ。

いつもは基礎トレでくたくただけど、身体は疲れていないのに、今日の気分はいつもよりヘビーだった。

「ドロロン倶楽部、やめるつもりなのか？」

おい、蜂谷、また名前を間違えているぞ。

だけど、もはや訂正する気力もなく、返事代わりに足元の石ころを蹴飛ばした。

「ボクシング部には来週、入部しようと思う」

蜂谷は心底嬉しそうに笑って、ぼくの肩をぽん、と叩いた。

「高等部の先輩はいい人たちだよ。対抗戦も近いから今度こそ試合に出てくれよな」

「さっきも言ったけど、試合には出ないからな。それに考えてみろよ。蜂谷が言っていることを突き詰めると、それって同じ階級のお前を蹴落とすことになるんだぞ」

「俺がいる限り、お前をバンタムの檜舞台に上げるつもりはない」

「さっきとは言っていることが矛盾しているぞ」

「そうかも。でも矛盾しているって、何だか俺たちっぽくね？」

「ああ、ぽいな。〝矛盾〟って韓非子の『難』の逸話だからな。楚の武器商人が、どんな盾でも突き刺す矛と、どんな矛でも防ぐ盾を売っていたんだ」

「両方持っていたら、史上最強じゃん」

「ところが知恵者が武器商人に、素晴らしい矛で無敵の盾を突いたらどうなる、と聞いたんだ」

「最強の矛が盾を突き破るに決まってるだろ」

「でも、その盾はどんな矛でも防御するんだぜ」

「じゃあ盾が守りきるワケか」

「その矛は、どんな盾でも打ち破るという売り文句だけど」

「む。それって滅茶苦茶おかしいじゃん」

ぼくは蜂谷の、愛すべき単純さにため息をつく。

「だから矛盾という言葉ができたんだ」

「佐々木って物知りだな。矛盾の語源はわかったけど、それって俺たちっぽいかなあ」

「ああ、ぽいさ。蜂谷は矛でぼくは盾。蜂谷は蝶のように舞い蜂のように刺す、華麗な攻撃型だから矛。ぼくは鏡の前でひとりシャドウに励むネクラな防御タイプで盾」

蜂谷は感心してうなずく。

「なるほど。桜宮学園高等部ボクシング部の矛盾コンビ、ね。ところで現実問題として、桜宮学園高等部ボクシング部の最強の矛で最強の盾を突いたら、どっちが勝つのかな」

話がボクシングのこととなると、蜂谷は途端に明晰さがアップする。

ぼくはあらかじめ用意しておいた答えを話す。

「だから桜宮学園高等部ボクシング部の矛と盾が同じリング上に立つことは絶対にないわけだよ。だってそれこそ〝矛盾〟するからね」

蜂谷はにいっと笑う。

「そんなことわからないさ。同じ階級でチャンプを目指せば、いつかどこかで対戦することになるからな」

そんな他愛のないことを話しながら、ぽくぽく歩いていたら、いつの間にか目の前に、ぼくが住んでいる塔が姿を現していた。蜂谷が言う。

「一カ月後の対抗戦は、先輩たちはもう諦めモードさ。おまけに東雲高にはあの十和田が入部して、天才・神倉さんの虎の威を借りてでかい口を利きまくっているらしい」

「そりゃウザいな」

十和田は中等部時代から蜂谷の天敵で、中等部での対戦成績は蜂谷に勝ち越していた。

「というわけだから頼むぜ、桜宮学園のシャドウ王子。来週月曜に入部してくれよ」

「ああ、頑張るよ」

ぼくはうなずく。安心したのか、蜂谷は、銀色の塔のてっぺんに向かって吠える。

「天才・神倉は俺が倒す」

まさか本気じゃないよね、蜂谷クン？

実戦のリングに上がったことがないぼくでさえ、天才・神倉さんは知っている。学生ボクシングに関わる人間で、その名を知らなければモグリだ。高校総体では負け知らずの五十三連勝中。マットに膝をついたことがない怪物だ。

蜂谷は、呆れ顔で見つめたぼくの肩を、ぽん、と叩くと、軽い調子で付け加えた。

「ついでだけど、麻生のヤツを見捨てるなよな」

油断。

ぼくは、どんな顔をすればいいのか、わからなくなる。

まったく、これだからカウンター使いは油断ならない。

軽やかにジョグをする蜂谷の後ろ姿が、夜の闇の中に溶けていく。その背に向かってさっきの言葉を、自分に言い聞かせるかのように繰り返す。

ぼくがリングに上がる日は絶対に来ない。

門扉を後ろ手で閉めながら、目の前の塔を見上げた。

黒々とした硝子(ガラス)の塔は、冷ややかな光を放っていた。

鞄(かばん)を投げ出し地下室に直行する。定時チェックは午後七時だから三十分遅れだ。トーストにかぶりつきながらモニタの前に座り、木曜夜のチェック項目を確認する。

乱雑さを示す指標・エントロピーは増大し、時の流れを決定する。生命はエントロピーが増大することで、いずれは失われる運命にある。だから生命を維持するには毎日こまめに手を加え、序列を回復し、エントロピーを減少させなければならない。

ぼくは、てのひらからこぼれおちそうになる、儚(はかな)いいのちを守る番人だ。たとえそれがどれほど煩雑な作業でも、うんざりするくらい単調で、一瞬の気の緩(ゆる)みも赦されないものであっても、いや、そんな気を抜けない大切な業務だからこそ、誇りに思う。

でも時々は疲れてしまって、こころが折れそうになることもある。そんな時に絶妙なタイミングで姿を現すのがもうひとりの後見人だ。

ぼんやりしていたその時、一階のピロティから雷のような怒号が響いた。

「くぉら、アッシ。また手抜きご飯して。そんなんじゃあ立派な身体を作れないぞ」

口にくわえたトーストをぶはっと吐き出し、一階を見上げる。幸い齧りかけのトーストは机に置いた白い皿に軟着陸したので大惨事にはならずに済んだ。

目の前に降臨したのは白衣の天使、如月翔子。愛称ショコちゃん。

幼い頃からそう呼び習わした女性が、両手の拳を腰に当てて、ぼくを見下ろしていた。

彼女はいつも、思いもかけないタイミングで目の前に現れる。

実に惜しい。黙っていれば儚げな美女なのに。おしとやか、なんて言葉は金輪際存じ上げません、といわんばかりに、ショコちゃんは滔々と語り始める。

「仕事はちゃんとしているみたいだけど、涼子さんの緻密さにはまだ及ばないわね」

「仕方ないだろ。涼子さんはプロ中のプロだったんだから」

久しぶりのご対面なら、季節の話題あたりから入るべきだと思う。だけど春の挨拶は紋切り型の形式主義になりやすいから、あえてすっ飛ばしたのかな、とも思う。

ショコちゃんはたぶん、そんなことは全然考えていないのだろう。

銀の棺の周りをぐるぐると逍遥するが、これほど逍遥という上品な言葉が似合わない美女も珍しい、というぼくの思いを一気に飛び越えて、いきなりぼくに抱きついてきた。

「ほんと、久しぶりねえ。また背が伸びたでしょ？」

　どぎまぎする。トウが立ったとはいえ、ショコちゃんはグラマラスな別嬪だから、いきなり抱きつかれたら思春期の男子には刺激が強すぎる。なのに委細構わずぼくの頬に自分の頬をすりすりすると、ショコちゃんは身体を離し、ぱしりと言う。

「ビタミンB2とカロチン不足ね。明日からニンジンを食べること」

　肌をすりすりしただけでわかるのかよ、と心中で毒づきながらも、ショコちゃんには逆らえないぼくはうなずいた。ニンジンは嫌いではない。でも、ニンジンだけもりもり食べる自分を想像すると、馬になったみたいな気分になってしまう。

　ショコちゃんは唐突に紙袋を手渡した。

「これ、高校の入学祝い」

「開けていい？」

「もちろんよお」

　ぼくはショコちゃんが、ぼくに何かしてくれる時に浮かべる得意げな笑顔が大好きだ。実際にしてくれたことより、ショコちゃんのそんな表情の方が大切に思える。

　もちろんそんなこと、照れ臭くて本人には絶対に言えないけど。

　がさがさと紙袋を開けると、純白のバスローブが中から出てきた。なにこれ？

「あのう、このバスローブには一体、どういう意味があるんでしょうか？」

　ショコちゃんはあけっぴろげの笑顔で、ぼくの質問に答える。

「これは、アッシが問題を起こすことなく、名門・桜宮学園高等部に進学できたという奇蹟に対して、感謝の意を込めた、天へのお供えものよ」

そんな大袈裟な。ぼくが成績優秀な天才少年だということを知っているクセに。

そう抗議すると、ショコちゃんはにい、と笑う。

「学業不振の順位は中途退学理由の第三位よ。二位は家庭の経済的理由。そして……」

そこで言葉を切って、ドゥラララ、とドラムが連打される音をボイパで言う。そして両手を広げて、ジャーン、と言いながら結果を発表する。

「栄えある第一位、それは素行不良、でした」

栄えある、という形容はおかしくないですか、と聞き返したくなったけど、ショコちゃんは無邪気に続ける。

「あ、アッシは今、それなら大丈夫って思ったでしょ？　甘い、おおアマの甘夏蜜柑よ。授業中に寝っこけるのは立派な素行不良よ。特に桜宮学園みたいな進学校ではね」

「でもぼくは病気だし、診断書もあるし」

「学園の先生はダマされても、このあたしには通用しないわ。どうせ診断書は田口先生に書いてもらったんでしょ？　いい加減で適当だもんね、あの先生」

「そんなことないよ、いい先生だよ、田口先生は」

「いい先生だと思うのであります、だったわよね？」

子どもの頃の口癖を引っぱり出してくるなんて反則だ。

でもショコちゃんはフットワーク軽く、ころころと話題を変える。

「ねえ、今度ここで合宿するんですって？」

なぜ知ってるんだ？　ぼくが告げられたのはついさっき、学園の中庭でだから、まだ他には誰も知らないはずなのに。そう尋ねるとショコちゃんはあっさり言った。

「真ッ黒クロスケもたまにはいいことを考えるわね。実はあたしも思ってたの、そろそろアッシは引きこもりの貝殻から顔を出さないといけないわよねってね」

衝撃のひと言。まさかショコちゃんが、西野さんとツルんでいたなんて。

西野さんはいつもたいてい、黒ずくめの服を着ている。だからショコちゃんが真ッ黒クロスケとかクロスケと言えば、それは西野さんのことを指している。

それにしても……。

西野さんとショコちゃんの関係は食い合わせの悪い梅干しとウナギ、西瓜（すいか）と天ぷらみたいなものだから、ふたりがひとつのコトにあたるなどありえないと思い込んでいた。

呆然とするぼくを見て、ショコちゃんはまたころりと話を変える。その量子跳躍（クオンタム・ジャンプ）についていけずに、ぼくはショコちゃんの姿を見失う。

「アッシは何でも忘れちゃうのね。どうしてこんな話をしているのか、そもそも聞きたいことは何だったか、もう忘れてるし」

そう言いながらもショコちゃんの視線がしきりにバスローブを指し示すので思い出す。

そうだ、なぜに高校進学のお祝いがバスローブか、という質問だった。

誘導されてやっと思い出した質問を繰り返すと、ショコちゃんは嬉しそうに言う。

「アッシは高校でもボクシング部を続けるつもりなんでしょ？」

質問の答えになっていないぞと思いながらも、「うん」とうなずく。

「そう思ったから、リングに上がったときにボクサーが着ている服があればかっこいいだろうな、と思ってね。で、そのガウンをプレゼントすることにしたの」

手に持って広げたタオル地のバスローブを見遣る。

まさかこれをガウン代わりに着せようだなんて……。

でもショコちゃんの無邪気な笑顔からするとジョークではなさそうだ。

仕方なく、御礼を言う。

「ありがとう。遠慮なく使わせてもらうね」

ただし風呂上がりにこの部屋でね、と小声でつけ加えた言葉は、もうショコちゃんの耳には届かない。ショコちゃんは、ととと、と歩み寄り、ぼくの肩をぽん、と叩いた。

「これは高等部進学のお祝いと、エラーなしで四年間、システムを維持したご褒美よ」

改めてそう言われると、胸が熱くなる。

そうか、システム責任者になってもう足かけ四年か。やって当たり前のことを褒められると照れてしまうけど、そういうことを褒められるのはとても大切なことだと思う。

部屋の片隅に置かれている銀の棺は透明なメディウムで満たされた小宇宙で、ぼくの手が届かない永遠の聖域だ。

だから……

だからこそ、自分のすべてを懸けて、些細なエラーもしないよう、あらゆる注意力を集中させて守らなければならない。

ショコちゃんは、伸びをして、そんなぼくの目を覗き込む。

「たまにはオレンジに顔を出しなさい。佳菜ちゃんがさみしがっているわよ」

懐かしい名を耳にして、一瞬、鋭い痛みが胸を貫く。ぼくはうなずいた。

「来月、ボクシング部の対抗戦が終わったら必ず行くよ。佳菜ちゃんにそう伝えて」

「はいな」

ショコちゃんは、軽やかに階段を駆け上る。階段のてっぺんで振り返ると、にっこり笑う。その笑顔がとびっきりだったおかげで、いつも言わなくちゃと思いつつも言えなかった言葉が、さらりと口を衝いて出た。

「いろいろ、ありがとう」

ショコちゃんはにっこり笑うと、ぴょん、とジャンプして視界から消えた。

手の中のごわごわした感触を確かめ、真っ白なバスローブを紙袋に突っ込み、モニタに向かう。ぶっきらぼうな数値をコピペして、無味乾燥な報告レポートを作成する。

▼2019年4月18日（木）。晴れ。気温14・5度。北北西の風・風力1。環境温度4℃。全身状態極めて良好。カテコラミンの3・6ナノグラム・パー・ミリリットル、

クレアチニンはコンマゼロゼロのレベルで検出不能。本日検索したすべてのデータは正常範囲内。

業務日誌を保存すると、ユーチューブからハードロックを選んでフルボリューム。

演奏時間はジャスト二分。その後、一分間のインターバルを置いて七回リピートするプログラムだ。姿見の前に立つ。イントロで息を整えている間に、脳裏で知恵の輪がかちりと音を立ててつながった。

文芸部か……。

佳菜ちゃんの姿を思い浮かべた瞬間、暗い闇が明け、一瞬、すべてを見通せた。

なのに迂闊にも、流れ出た音楽に気を取られ、その糸口を手放してしまった。

顔はわかるのに名前を思い出せないようなもどかしさを覚えながら、見る見るうちに記憶の底に沈んでいくイメージを追い求めながら、ぼくはシャドウの動作に没頭した。

8章　てめえのパンチは軽いんだよ。

4月22日（月曜）

週明けの月曜、ぼくは高等部のボクシング部に入部した。そしてひと月後、ぼくの運命は大きく変貌を遂げる。

月曜の放課後、ぼくは蜂谷と一緒に体育館に向かった。

授業が終わる前から興奮した蜂谷がうるさいので一緒に行くことにしたけど、寸前、課題提出が遅れていた蜂谷が担任に怒られ、なぜか一緒にいたぼくにまでお説教が飛び火した。そんなわけで、一番乗りするつもりが、部活に三十分も遅刻してしまった。

高等部の校舎の裏手にある第二体育館の扉を開く。ロープが風切る音や、サンドバッグを叩く響きが溢れ出すかと思ったら、ざわざわしていて運動している気配がない。

見ると体育館の一角に人が集まっていた。

そこにはブレザーの制服姿も可憐な乙女がふたり。でもよく見ると、麻生夏美と北原野麦が椅子に座り、周りを部員が取り巻いていたのだった。

蜂谷が動揺した声を上げる。

「ど、どうしたんだよ、お前たち」

その声に振り向いた長身の男子生徒が言う。

「どうしたんだ、とはこっちの台詞だ、蜂谷。お前こそ、どうして遅刻したんだ？」

「あ、いえ、菱木キャプテン、すみませんでした。担任に呼び出されまして……」

しどろもどろで蜂谷が言い訳をする。その隣のぼくを見て、北原野麦が小さく手を振り、麻生夏美は無愛想な表情でちらりとぼくを見た。

菱木キャプテンは体つきを確かめるようにして、ぼくの肩をぽんぽんと叩いた。

「キミがウワサの佐々木クンか。この身長だとライト級かな？」

「いえ、バンタムど真ん中です」

「その身長でバンタムとは華奢だな。バンタムは激戦区だから、少し太って上の階級にしたらどうかな。何しろバンタムにはあの天才、神倉がいるし」

「次代の星、蜂谷一航がいることもお忘れなく」

蜂谷がつけ加える。菱木キャプテンは、そうだなと答える。どうやらいい人のようだ。

「そう言えば真木ちゃんはキミのこと、シャドウ王子と呼んでいたんだってね。心強いよ。ウチは三年が抜けると、来年から五人制の試合が組めなくなってしまうからね」

北原野麦の視線が背中に痛い。お願いだからこれ以上、コイツの妄想を賦活化させないでほしいものだ、と思ったぼくは、場のムードを変えようとして質問した。

「何ですか、五人制の試合って」

中等部での総体は三人制だから、思わず聞いた。

「東雲高との対抗戦だよ。伝統の一戦で五人制の勝ち抜き戦なんだ」

蜂谷が割り込んで質問する。

「勝ち抜いたら最大で一日五試合やるんすか？　全日は一日一試合しかやってはいけないルールなのに大丈夫なんすか？」

「桜宮学園・東雲高校の対抗戦は公式戦じゃないし、終戦直後から始まった伝統行事だから、全日のルールは関係ないんだ。でも君たち一年生のおかげで、対抗戦前の助っ人として女子マネがふたりも来てくれることになったからありがたいよ」

ぼくは呆然と二人の女子を見た。北原野麦は、三年前からずっとマネージャーでした、という顔をして、その言葉にうなずいた。麻生夏美はすかさず言う。

「誤解しないでくださいね。あたしはマネージャーとして部員のみなさんに奉仕するなんて気持ちはさらさらありませんので」

「じゃあどうしてこんなところにいるんだよ」

蜂谷のツッコミに麻生夏美はさらりと答える。

「北原さんのつきそいに決まってるでしょ」

麻生夏美が視線を投げると、北原野麦は飼い主に頭を撫でられた犬のように尻尾も振りそうな勢いだ。ふたりの関係は、つきそいなどという生やさしい表現ではなく、雑種犬と凄腕ブリーダーという表現の方がふさわしい。

菱木キャプテンは手を叩いて、ふたりの乙女を取り巻く部員たちに言う。

「練習を始めようか。東雲高との対抗戦まで残り一カ月を切った。いざ鍛錬せよ、桜宮健児よ。母校の勝利のため共に戦わん」

健児だの鍛錬などという古くさい言葉が似合うキャプテンの傍らで「今さら鍛錬してもなあ」という濁った呟き(つぶや)が聞こえた。その澱(よど)んだ呟きは幸い、菱木キャプテンには聞こえなかったようで、流れるような指示が続く。

「蜂谷は佐々木クンの着替えの面倒を見ろ。着替えたら後半の基礎トレから参加。他の部員は、リングでスパーリングを五ラウンド」

その声に、部員たちは一斉にリングに散った。


更衣室で身支度を始めると、蜂谷が感心したように言う。

「佐々木って、バンデージを巻くのが速くて、しかも綺麗(きれい)だな」

両手のバンデージを巻き終えた時、蜂谷はようやく左手を巻き終えたばかりだった。

蜂谷が巻き終えるのを待って、第二体育館に戻る。漂う革の匂いを深く吸い込む。

とうとう戻ってきたんだな、と思う。

リング上の先輩たちのパンチのスピードは中等部より数段速い。

ブザーが鳴り、スパーリングが終わると、先輩たちはリングから降りた。

菱木キャプテンが号令をかける。

「一ラウンド休憩のあとシャドウ、サンド、ロープのトリオを二クール。一年も入れ」

一瞬迷ったけれど、シャドウから始めることにした。ロープをまたいでリングに立つ。背中に感じる北原野麦の視線を振り払うようにして、パンチを虚空に放つ。いつの間にかタイムキーパーに成り上がった北原野麦がホイッスルを吹く。

シャドウ開始。つま先をひねり方向転換すると、マットがきゅきゅきゅっと悲鳴を上げる。ここのマットとは相性がよさそうだ。

先輩たちがちらちらとぼくを見ている。額に汗の粒が浮き上がる。

ホイッスルが鳴る。呼吸を整えながら部屋の隅を見ると、麻生夏美が退屈そうに欠伸を噛み殺していた。少しは北原野麦を見習え、と言いたくなる。

初日としてはヘビーなメニューだったけど、こなせないこともないというぎりぎりのラインで、菱木キャプテンの指導力が窺えた。

意外だったのが北原野麦だ。ぼくにまとわりつくかと思いきや、ホイッスル係を嬉々としてやり続け、時間を見落としたら世界が破滅してしまうかのようにストップウオッチを真剣に睨んで、正確にホイッスルを吹いていた。よもやこいつがボクシング部のカウンターのレジ係などという暴言を吐いた少女だとは、誰も夢にも思うまい。

どんな場所でも臨機応変に適応できる女性だと評価が急上昇中だ。コイツの弱点は男の選択眼が悪すぎることだけだ。だけどそれは致命的で、よりによってぼくなんぞを選ぶだなんて、最低を通り越して最悪だ。

愛嬌を振りまく北原野麦の隣で、椅子にふんぞり返り周囲を睥睨している麻生夏美。

ふたりの佇まいは対照的だった。

先輩たちは六ラウンドをこなした後、再びスパーリングに入った。

ノルマを終えたぼくは麻生夏美に歩み寄る。北原野麦はマネージャー業に夢中で、ぼくと麻生夏美の接近には気づいていない。

麻生夏美はリング上の先輩のスパーリングを見ながら、言う。

「興味深いスポーツね。意味なく殴り合うなんて、本能を昇華させる儀式みたい」

その儀式を傲然と眺めるお前は、コロシアムで殺し合う奴隷を冷ややかに観戦している女帝みたいだぞ、と言いかけたが、やめた。ぼくはリングを見ながら言った。

「北原のつきそいなんて、嘘だろ。わざわざこんなところに見学に来た理由は何だよ」

麻生夏美はぼくを見上げ、うっすら笑う。

「対抗戦が終わったら、佐々木クンの返事を一刻も早く聞きたいからよ」

やっぱりコイツはとびっきりのエゴイストだ。

結局、ふたりのマネージャー候補（正確に言えばマネージャー志願者とそのつきそい）の部活参加は三日坊主に終わった。翌日には麻生夏美は顔を出さなくなったし、北原野麦も木曜の夕方に退部届を持ってきた。といっても正式に入部したわけではないので、わざわざ断る必要もなかったのだが。

それでもふたりとも対抗試合には応援に来ます、とちゃっかり約束していった。

高等部ボクシング部の狂い咲きの春はあっさり終わったけど、菱木キャプテンも先輩たちもがっかりしていないようだ。初めからそうなるのでは、と予想していたようだ。染みついた負け犬根性が見え隠れしている気がするといったら言いすぎだろうか。

北原野麦の欠点も露呈した。ずばり持久力不足だ。でもそれはぼくには福音だった。北原野麦の、ぼくへの思慕もそんな風にあっさり終わる可能性が見えたからだ。

とまあそうこうしているうちに、東雲高校との対抗戦の日を迎えることになった。

五月十七日金曜日。ついにその日がやってきた。
この日は桜宮学園の創立記念日なので学校は休みだ。その日を祝し、半世紀以上も前に開催されるようになったのが、伝統の東雲高校ボクシング部との対抗戦だという。桜宮学園高等部ボクシング部のトランクスはブルーの地に桜の花が刺繍(ししゅう)されている。
レギュラーのトランクスを、ぼくも穿(は)いた。五人制は補欠も入れて七名がメンバーだけど、桜宮学園高等部のボクシング部部員はぼくも入れて六名なので、選択に余地はなかった。試合のリングには上がれないぼくにとって初体験だ。ひょっとしたらぼくにとって一世一代の晴れ舞台になるかもしれないので、トランクスにランニングシャツというユニフォームの上にショコちゃんからもらったバスローブを羽織ることにした。

笑われるかな、とも思ったけど、先輩たちはみな思い思いの上着を着ていたし、菱木キャプテンはぼくと同じようなバスローブ姿だったので、ほっとした。

麻生夏美と北原野麦の差し入れはおにぎりだったが、作ったのは北原野麦だろう。菱木キャプテンが「ふたりともいいお嫁さんになれるよ」などと無責任に太鼓判を押すと、北原野麦は頬を赤らめ、麻生夏美は憮然（ぶぜん）とした顔をした。

昼食が済むと宿敵、東雲高のメンバーを迎え撃つ気分が高まってくる。先輩たちはシャドウをしたりバンデージを巻いたり、思い思いにテンションを高めている。

半世紀以上も連綿と続いた由緒正しい対抗戦は二ラウンド、五人制の勝ち抜き戦だ。ウエイトを考慮しないフリー戦を成立させるため、グラブは十六オンスと重い。野蛮なルールを継続できるのは伝統の力だろう。直近二十年の対戦成績は、我らが桜宮学園が大きく負け越して五勝十五敗だという。特にここ二年はまったく歯が立たないらしい。

この勝ち抜き戦という対戦システムでは、天才がひとり登場すると不敗のチームが出来上がる。そして二年前、ひとりの天才が東雲高に降臨した。

彼の名は神倉正樹（まさき）という。

対抗戦は午後二時開始だ。午後一時、リング上でスパーリングをしている蜂谷は調子がよさそうだ。シャドウを終えたぼくはリングサイドでバンデージを巻き直す。

その側に、スパーリングを終えた蜂谷が寄ってくる。

「佐々木のシャドウを見れば、東雲高の連中はみんなビビるぜ」

「そこは正確に言わないと誤解されるぞ。東雲高校の天才、神倉を除けば、だろ?」

ぼくが軽口を叩くと、蜂谷は微笑した。そして何か答えようと蜂谷が口を開きかけた瞬間、蜂谷の答えに取って代わるようにして、背後でがらがら声がした。

「神倉さんを呼び捨てにするんじゃねえよ、ボケ」

顔を上げると、詰め襟のホックを外した青年が立っていた。五分刈りで顔全体が鷲のように尖っている。その五分刈り学ラン野郎は蜂谷の肩を馴れ馴れしく抱くと言った。

「元気かい、中学チャンプ？　蜂谷ちゃんが優勝できたのは俺が出場停止だったからだってこと忘れてないよな。どっちにしてもその気取った兄ちゃんの発言は許し難いな」

上目遣いに言うソイツを見て、これが三白眼というヤツかと心のメモ帳に書きとめる。

五分刈り学ラン三白眼野郎は、声を低める。

「今の発言で許せないリスト・その一、神倉さんを呼び捨てにしたこと。その二、神倉さん以外の東雲高のメンバーがへなちょこシャドウにビビるなんて勝手なことを言ったこと。オレさま的には後の方がムカつくぜ」

歪めた頬にうっすら傷がある。五分刈り学ラン三白眼頬傷野郎は、蜂谷を睨む。

「それじゃあどう言えば気が済むんだ？」

「東雲高が誇る大天才・神倉さんと超新星・十和田さまを除けば、と言い直せば、赦してやってもいいぜ」

五分刈り学ラン三白眼頬傷大口野郎がにやりと笑う。

そいつの顔をまじまじと見た。そうか、コイツが十和田か。

中等部では試合を見に行かなかったので、十和田の顔を見たのは初めてだった。カウンター使いの蜂谷とファイターの十和田はガチで噛み合うらしい。実際、十和田が出場停止だったおかげで蜂谷はラクに中学チャンプになれたと、かつて蜂谷も言っていた。

「なんでお前だけのこのこ先に来るんだよ。試合開始までまだ一時間もあるぞ」

十和田は五分刈りの頭を掻(か)いた。

「実は集合時間を間違えてよ」

「そんなおっちょこちょいの十和田クンは、東雲高で無事レギュラーになれたのかよ」

「ナメるなよ。俺は先鋒(せんぽう)を任されて、桜宮学園を五人抜きしろと命令されてるんだぜ。でもさすがに五人抜きはしんどいかな、と思ったから、ちょっとスパイしに来たんだ」

「卑怯(ひきょう)だぞ、そんなことしていいと思ってるのか」

蜂谷の抗議に、十和田はざらついた笑みを浮かべる。

「一応、おたくのキャプテンに許可はもらったぜ。ダメモトで聞いてみたら、ふたつ返事でOKだぜ。いい人だよなあ、おたくのキャプテンは。でもよ、いい人ってことはボクシングでは意味がないからな」

「マジかよ」と蜂谷が呟く。

振り返ると菱木キャプテンは黙々とアップに励んでいる。

スパイしてもいいですか、と正式に許可をもらおうとする十和田も十和田だが、〃はい、いいですよ〃なんて即答で許可してしまう菱木キャプテンもあんまりだと思う。

「てなわけでスパーを見学させてもらったけどよ、蜂谷ちゃんは相変わらずカウンター一辺倒で、中学校時代からちっとも進歩してなさそうだから、安心したよ」

蜂谷が何か言い返そうと口を開いたその時、体育館の後ろの扉が開いた。スポーツバッグを肩に掛けた詰め襟軍団が入ってくる。談笑しながら歩く姿に風圧を感じる。集団の中から声がした。

「十和田、調子に乗りすぎだ」

「押忍、すいませんでした、宮城主将」

十和田は蜂谷の肩を叩くと、東雲高の列に溶け込んだ。

宮城主将と呼ばれた長身の男性が、視線を巡らせ、菱木キャプテンに歩み寄る。

「菱木君たちとの対戦も最後かと思うと、しみじみするね」

菱木キャプテンがぶっきらぼうに答える。

「今年はウチが勝たせてもらう」

「まあ、頑張れよ。お互い、いい試合にしよう」

突っ張った言葉を突きつけたわりに、菱木キャプテンの声は少し震えていた。対する宮城主将の態度にはゆとりさえ感じられる。

勝利の女神が微笑む相手は、幼なじみの許嫁みたいに、闘う前から決定済みのようだ。

宮城主将はメンバー表を差し出した。受け取りながら菱木キャプテンが言う。

「先に渡していいのか？　それを見て順番を変えてしまうかもしれないぞ」

「それくらい、ちょうどいいハンデだろ？　それより着替え室に案内してくれよ」

菱木キャプテンはちらりとぼくを見た。

「佐々木、更衣室に案内してさしあげろ」

ぼくの後に続く東雲高ボクシング部部員は総勢十名。十和田が一番、ガラが悪い。

更衣室に到着すると、一斉に着替え始める。失礼します、と言って部屋を出て行こうとすると、背後からささやくような声が聞こえた。

「キミのシャドウ、とってもきれいだったね。感激したよ」

まったく気配のなかった接近に、思わずびくり、と振り返る。

声の主の細身の男性は、指先で細くしなやかな髪先をくるくるといじりながら笑った。

東雲高校は短髪なのに、ひとりだけ目立つ長髪だったのでずっと気になっていた人だ。

鼻筋が通ったノーブルな顔立ちは、顔面を打たれたことがなさそうに思えた。

「実はさっき、僕も十和田と一緒に覗き見していたんだ。中学チャンプが一目置く選手がいるというから一目見てみたくてね。キミの名前は？」

「佐々木っていいます」

反射的に敬語になってしまう。その人は蕩けるような笑顔でぼくを見た。

「ふうん。今日はよろしくね」

「失礼ですけど、あなたは？」

膨れ上がる予感を確かめるため、念のため、尋ねてみた。

「ごめんごめん、自己紹介を忘れていたね。僕、神倉っていうんだ。今日は大将だけど、十和田が頑張るそうだから出番はないらしい。ねえ十和田、そうだよね？」

「押忍。桜宮学園高等部ボクシング部の連中ごとき、自分ひとりで充分っす」

十和田は、さっきと打って変わった丁寧な言葉遣いで答える。

ぼくは頭を下げ、更衣室を出ていく。

穏やかな、だけどうっかり触れたら切れそうな、ナイフみたいな笑顔。

こころがざわめいている。


自軍のリングサイドに戻ると、菱木キャプテンが蜂谷と揉めていた。

「新入生は実績がないからダメだ」

「先輩たちは二連敗中でしょ？　それなら俺たち新人に経験を積ませてほしいんす」

部員は二年生が二人、三年生もキャプテンの菱木さんと副キャプテンの小郡さんの二人だから、蜂谷も当然レギュラーだ。何をムキになっているのだろうと不思議に思ったぼくの耳に、驚愕の言葉が飛び込んできた。

「ですから、今日は佐々木を使ってほしいんです」

なんてことを。何が〝ですから〟なんだよ、一体。

蜂谷の要請は、レギュラー陣の実力から言えば、三年の小郡さんをレギュラーから外して、代わりにぼくを出せと言うに等しい。二年あまりトレーニングを積んできた先輩を差し置いて、入部して一ヵ月も経たないぼくが試合に出ていいはずがない。それにぼくはワケありで試合には出られない身だから、蜂谷の要請は二重に意味がない。

ぼくが口を開こうとした時、やり取りを聞いていた小郡さんが言った。

「菱木、その一年坊の案で行ってみようや」

「何を言うんだ、小郡。今日は俺たち三年生の集大成じゃないか」

小郡さんは、力なく笑う。

「話を聞いていたら、来年のため一年坊に経験を積ませた方がいいかも、と思えてきた。どんなに俺が頑張っても大将の神倉どころか、副将の宮城も引っ張り出せない。でも聞けば佐々木は、真木ちゃんが中等部の掟(おきて)を破ってまで総体に登録しようとした逸材だそうだ。それなら俺が出るよりも可能性がありそうだ」

ちょっと待って、ぼくにも事情があってですね、と言いかけた時、体育館の扉が開いて、外光が差し込んでくる。その光と共に東雲高レギュラー陣が姿を現した。

赤いトランクスに黒いランニングシャツ、その背には昇り龍(りゅう)の銀刺繍。

見るからに強そうだ。

一方、桜宮学園の桃色ランニングシャツのモチーフはトランクスとお揃いで散る桜。

これでは闘う前から勝負あり、だ。

「これは桜宮学園と東雲高校の誇りを懸けた、伝統の対抗戦なんだ。菱木、正直に答えてくれ。俺のボクシングがあの連中に通用すると思うか？」

小郡さんの言葉に、腕を組んだ菱木キャプテンの表情が苦しげに歪んだ。

うつむいてじっと見つめていた床の一点には、黒い染みがあった。汗だろうか、それとも血だろうか、などと考えていたら、菱木キャプテンがきっぱり言う。

「小郡がそこまで言うなら、蜂谷の提案通りメンバー変更しよう。確かに二年間敗け続けた俺たち三年が今さら雁首並べたところでナメられるだけだよな」

菱木キャプテンはさらさらとメンバー表を書き直し、ぼくに手渡した。

「これを宮城に渡してきてくれ」

ぼくは紙を見て、キモを潰した。

「菱木キャプテン、いくら何でもこれは……」

「いいからとっとと渡して来い」

怒濤の流れの中、ぼくの拒否権は口に出すことすらできずに剝奪されてしまった。

途方に暮れながら、メンバー表を眺める。

先鋒・菱木（三年）、次鋒・幕下（二年）、中堅・徳永（二年）、副将・蜂谷（一年）、
そして大将は……。

そこには黒々とした太いペンで、ぼくの名前が書き込まれていた。

リングの反対側の東雲高の宮城主将にメンバー表を渡すと、宮城主将の顔に苦笑が浮かんだ。たちまちこちらの意図を見抜かれてしまったようだ。

神倉さんは、ぼくに手を振った。

「こんなに早く願いが叶うなんて嬉しいな。大将同士、リングで相まみえようね」

十和田がすごい目をしてぼくを睨みながら、神倉さんに言う。

「そんなことは百パーないっす。自分は五人抜きして、神倉二世を襲名するんで」

「うーん、じゃあ今朝の指令は変更しよう。十和田、相手の大将には負けるんだよ」

「押忍、あ、いや、いくら神倉先輩の命令でも、これぱかりはお断りっす」

「やれやれ、困ったな。口は災いの因、か」

天才・神倉さんは肩をすくめて笑う。

ナメられている、とは思わなかった。この無邪気さは天才の証だ。

メンバー表を渡して戻ると、菱木キャプテンが檄を飛ばす。

「勝つぞ」

「おう」

打てば響くような蜂谷の声。隣でぼくに選手の座を譲ってくれた小郡さんが言う。

「どうせ俺が出たって負けるんだ。勝敗は気にせず、のびのび闘ってこい」

涙が出そうになる。三年生最後の対抗戦なのに。

このひと言を耳にしてしまったぼくは、拒絶の機会を失ってしまった。

リングの反対側では東雲高校のメンバーが並んだ。マネージャーがホイッスルを吹くと、一斉にロープワークを始めた。ひゅんひゅんと風切り音だけが体育館に響く。

一分経過のホイッスルが鳴ると宮城主将が声を上げる。

「倍速」

ロープの回転数が二倍になった。その中でひとり、神倉さんだけが何もしないで佇んでいる。だが、よく見るとそうではなく、神倉さんの身体が微動もしないから佇んでいるように見えただけだ。

ホイッスルが鳴る。みながロープを止める中、神倉さんの声が響く。

「三倍速」

風切り音も消えた。神倉さんは透明な繭に包まれているみたいに数ミリ、地上から浮き上がっている。長髪はまったく揺れない。

ホイッスルが鳴る。神倉さんは両手を広げると、流れるような一連の動作で透明なロープを片手に持ち直し、手の内にしまいこむ。その額には一筋の汗も流れていない。

天才はグラブもつけず、ロープパフォーマンスだけでぼくたちを圧倒した。

「行くぞ」

東雲高の宮城主将が声を掛けると怒号が応じた。

桜宮学園高等部ボクシング部の面々は言葉を失ったが、蜂谷の声が響いた。

「リベンジしましょう」

「よし、こっちも行くぞ」

一瞬、息を呑んだ菱木キャプテンのかけ声に応じ、身体中から熱風が吹き上がる。

振り向くと北原野麦が真っ白なタオルを握り締めていた。視線を転じると、麻生夏美と目が合った。くん、と胸を反らし、行きなさい、という命令口調が聞こえた気がした。

五人対五人がリング中央に整列する。東雲高の先鋒は十和田（一年）で、次鋒・猪瀬（三年）、中堅・鴇田（二年）、副将・宮城主将（三年）、大将は天才・神倉（三年）。

三年中心のメンバーで、東雲高が本気で勝ちにきているのがわかる。

先鋒の十和田が、リング中央で黒いランニングシャツを脱ぎ捨てて上半身裸になった。

レフェリー役の小郡さんが注意する。

「キミ、ランニングシャツを着て」

「自分はこれでいかせていただきます。将来はプロ志望なもんで」

「でもこの試合は学生ボクシングのルールだから」

レフェリーの小郡さんに、宮城主将が言う。

「学生ボクシングは一日一試合が原則なのに、この対抗戦は一日五試合やる可能性がある。それと比べればランニングシャツを着ないくらい、大したことではないだろ」

十和田がにやにや笑いながら応じる。

「五人相手に勝ち抜いて十ラウンド。未来のＷＢＣチャンプの俺には全然足りないっす。というわけで多少の変更くらい大目に見てくれませんかね、レフェリーさん」

小郡レフェリーは視線で菱木キャプテンの意思を確認し「わかりました」と答える。

「でかい口利いて、途中でヘバるなよ」

蜂谷が十和田に野次を飛ばす。十和田は副将の蜂谷と大将のぼくを交互に睨む。

「すぐにそんな場所でエラソーにふんぞり返っているお前らを叩き潰してやるぜ」

殺気立ったやり取りの中、リングの下から穏やかな声が響いた。

「おいおい、十和田、僕が言ったことを覚えているかな？　大将は残しておくんだよ」

神倉さんが髪を指先でもてあそびながら言う言葉を、もはや十和田は聞いていない。

五分刈り学ラン三白眼頬傷大口野郎の十和田が裸の胸を拳で叩いて、吠えた。

両チームの面々が闘う男の顔になる。いくぞ、おお。勝つぜ。口々に気合を発し、青コーナーに東雲高、赤コーナーに桜宮学園のメンバーが散っていく。

第一戦。先鋒は菱木キャプテン。来年のため終盤のプレッシャーを経験した方がいいと、一年生コンビのぼくと蜂谷を後ろに据え、自分は切り込み隊長を買って出てくれた。

ゴングが鳴り、リング中央でビッグマウス十和田と菱木キャプテンはグラブを合わせた。次の瞬間、十和田の身体が沈み低い体勢からラッシュ、見境なしの特攻だ。

十和田の繰り出す重量級のパンチに菱木キャプテンは防戦一方だ。ガードがみるみる下がり始め開始わずか一分、十和田のパンチが堅いガードを粉砕し、ボディに炸裂した。

次の瞬間、菱木キャプテンはがくりと膝をついた。小郡レフェリーはカウントも取らず両手を交差させ、テクニカル・ノックアウトを宣言する。

遠目にも、パンチの重さがわかる。まるで重戦車だ。

駆け寄った部員の肩を借り、菱木キャプテンが帰還する。笑顔が弱々しい。

「わりい、一ラウンドも保たなかった」

グラブで蜂谷の胸を突いて、言う。

「お前の言ったとおりだった。俺たち三年生ではダメだ。お前たちに希望を託すぞ」

対角線上の青コーナーの柱にもたれ、十和田が傲然とぼくたちを見下ろしていた。


次鋒と中堅の二年生も一分も保たなかった。

一気に三人抜きを果たした十和田が、リング中央で拳を天に突き上げる。

「三人合わせて一ラウンド分じゃ、ウォームアップにもならないぜ」

「十和田、行儀が悪いぞ」

宮城主将がたしなめる。十和田はロープにもたれながら振り返る。

「押忍。でも、敗者は徹底的にいたぶれ、が自分のモットーなんで」

「それって無用な敵を増やすだけだから、やめた方が賢明だと思うんだけどね」

敬愛する先輩、天才・神倉さんに忠告され、十和田は一瞬黙り込む。

その二人のやり取りを聞きながら、グラブを付けた蜂谷が立ち上がると、言う。

「ご心配なく、神倉さん。今の言葉、きっちり十和田に倍返し、してやりますから」

「いっぱしの口を利くようになったじゃん、さすが中学チャンプ様だな」

蜂谷は赤コーナーの柱に寄り掛かり、ぼくを振り返る。

「んじゃ、あの大口を黙らせてくる」

「頼む。ぼくはああいう粗暴なタイプは苦手なんだ。だからお前がやっつけてくれ」

蜂谷は笑顔でうなずくと、ゴングが鳴った。

グラブをぶつけながら、蜂谷がコーナーを出ていく。

中央でグラブを合わせる蜂谷と十和田。青と赤のトランクスが交差する。

長髪と五分刈り。アウトボクシングとインファイター。対照的なふたりがリング中央で相まみえる。十和田は勝ち抜き四人目だが、三人合わせても一ラウンド分も闘っていないのでスタミナのハンデはない。

グラブを合わせた途端、十和田の身体がゆらりと沈む。超低空の爆撃体勢だ。

ステップバックし初弾を躱す。二弾、三弾と立て続けに空を切る猛攻を蜂谷はひらりひらりと避け続ける。その目は冷徹に十和田のスタミナゲージの残量を測っている。空振りのダメージは大きいが、一発当たれば終わりという恐怖は蜂谷のスタミナも削る。

蜂谷は十和田のパンチを食らわないと確信し、十和田は自分のパンチが蜂谷のボディを捉えることを信じて疑わない。

どちらの確信が上回るのか。息を呑み、猛牛と闘牛士のダンスを見守る。

ラスト三十秒、という声を合図に、ふたりのギアが同時に跳ね上がる。

十和田のパンチの回転数が上がり、蜂谷の脇腹の皮膚を掠めた次の瞬間。ボディばかり狙っていた十和田のナックルの軌跡が変化し、蜂谷のテンプルにヒットした。

ぐしゃ、と鈍い音がして、蜂谷の身体がロープまで吹っ飛び、もんどり打ってマット
に沈む。一撃だった。

きゃあ、という北原野麦の悲鳴が響く。

駆け寄って試合終了を宣言しようとしたレフェリーを押しのけ、蜂谷は立ち上がる。

「こんなんで止めたらぶっ殺す」

グラブを拭こうとしたレフェリーの身体を左腕で押しのけ、青コーナーにふんぞり返
る敵を上目遣いに睨み付け、よろめく足取りで十和田に突進する蜂谷。

野獣のような咆哮を上げて、腕をぐるぐる回しながらコーナーから歩み出る十和田。

ふたりは再びリング中央で対峙した。

その時、ゴングが鳴った。

ゴングを左耳で聞いた十和田は、蜂谷の背中に言葉を吐きかけた。

「命拾いしたな、中学チャンプ。公式戦なら今ので一発ストップだぜ」

長い二分が終わり、よろめきながらコーナーに戻ってきた蜂谷の呼吸が荒い。

「油断した。でも、あそこで倒し切れなかったから、もう十和田は終わりさ」

「何も喋るな。口の中が切れてる」

対角のコーナーでは十和田が、宮城主将の指示にうなずきながら、にやにや笑ってい
る。蜂谷はそんな十和田を睨み殺すようにして、唇を噛みしめている。

たった一発のパンチがチャラ男の虚飾を引き剝がし、獰猛な本質を剝き出しにした。

ホイッスルが鳴る。立ち上がった蜂谷の背中に、声を掛ける。

「蜂谷、気付いたか？　さっきのフック、カウンターのタイミングにどんぴしゃだぞ」

振り返った蜂谷はにい、と笑い、とんとん、とーんと跳躍した。

着地した瞬間、ゴングが鳴った。

蜂谷はまっしぐらに相手コーナーに飛び込む。

十和田が面食らったように顔を上げたところに蜂谷のパンチが炸裂する。

ぱあん、と華やかな音がして十和田の顔面が浮きあがる。そこにアッパー一閃。十和田は天井のライトを眺めるポーズ。とどめはボディにストレート。

たまらずに十和田はうずくまる。

ゴングが鳴ってわずか十秒。

うずくまった十和田にレフェリーのカウントの声が響く。

ファイブで立ち上がり、ファイティングポーズを要求するレフェリーを押しのけ、怒声を上げながら猛進する。

「てめえのパンチは軽いんだよ」

十和田は低空パンチを繰り出し続ける。ボディ、ボディ、ボディ。

蜂谷の皮膚のぎりぎりを掠める。蜂谷の細い身体を吹っ飛ばすほどの威力の重量級のパンチを見ていると、リングサイドのぼくでさえびびってしまう。

低空パンチに対応して、蜂谷のガードが次第に下がっていく。

このままでは一ラウンドの再現だと危惧(きぐ)したその瞬間。

十和田のパンチの軌跡が変わり、蜂谷のテンプルにフックが炸裂した。

いや、炸裂したかのように見えた。

次の瞬間、十和田は蜂谷の身体にもたれ、しがみつきながら、スローモーションのようにずるずるとマットに沈みこんでいった。

超低空爆撃に紛れこませた成層圏ランダムフック。

十和田の必殺パンチを蜂谷のカウンターが迎撃した。

ごろりと仰向(あおむ)けになった十和田はぴくりとも動かない。

レフェリーが両手を頭の上で交錯させ、ゴングが鳴り響く。

蜂谷は、マットに転がっている十和田を見下ろして、言った。

「てめえのパンチはのろいんだよ」

蜂谷は右腕を高く掲げて自陣に凱旋(がいせん)すると、ぼくの胸をパンチで突いた。

「蜂谷一航は約束を守るいい男、だろ?」

ふと脇を見ると、北原野麦が白タオルを握り締め、蜂谷の背中を凝視していた。

9章　天才・神倉正樹。

5月17日（金曜）

宿敵・十和田をマットに沈めた後は蜂谷の独壇場だった。十和田の快進撃のフィルムを逆戻しで見ているみたいに、東雲高の次鋒と中堅を瞬時に沈めた。

絶好調の蜂谷は、ついに副将、宮城主将を引っ張り出した。

菱木キャプテンの応援の声のトーンが高くなる。その様子を忌々しげな表情で見遣りながらリングに上がった宮城主将に向かって天才・神倉さんが言う。

「宮城クンのおかげで雑魚とグラブを交えずに済んだから、感謝しているんだ」

「改まって何を言うんだよ、神倉」

振り返った宮城主将に、神倉さんは続ける。

「宮城クンと僕は高校団体戦では不敗だよね。その勲章が大切なら副将を代わろうか」

「俺があの一年坊に負けるってか？　闘う前に変なことを言うなよな」

神倉さんは両手を広げて肩をすくめると、それ以上は何も言おうとしなかった。

宮城主将はリングに上がると蜂谷に言った。

「四人連続だから、少し休憩をとってもいいぞ、一年坊」

「ご心配なく。ようやくアップが済んだところです」

蜂谷の即答に、宮城主将は笑う。

「それなら始めるか」

ゴングが鳴った。中央でグラブを合わせた次の瞬間、パンチが同時に炸裂し、ふたりの身体が左右に散った。

宮城主将は蜂谷と同じカウンター使いだ。同じタイミングで前に出、同時にステップバックする。かと思えば蜂谷が出て宮城主将が下がる。宮城主将が突進すれば蜂谷がいなす。ふたりは最初の挨拶の直後以降、互いの身体に一度も触れていない。

一ラウンド終了のゴングが鳴った。コーナーに戻ってきた蜂谷は疲弊していた。

「一発ももらってないのにバテバテだ。十和田より合い口が悪い」

天才・神倉さんの強力な輝きの前に忘れられがちだが、主将の宮城さんのボクシングセンスも評価は高い。東雲高校の鉄壁、と呼ばれているのも伊達ではない。

「勝てそうか？」

「わかんね」

その時、白いタオルを握りしめた北原野麦が駆け寄ってきた。

「蜂谷さん、頑張ってください」

蜂谷はびっくりして北原野麦を見つめていたが、無言でこくこくうなずいた。相当驚いたらしい。まあ、ぼくもだけど。

ホイッスルが鳴った。蜂谷は立ち上がり、言う。

「サイアクでも引き分けてくるわ」

ぼくはその肩を掴んで振り返らせる。

「それじゃあダメだ。だってお前はあの天才を倒すんだろ？」

指さした先には、リングのポストに両手を重ね、その上に顎を載せ、悠然と試合を見守っている神倉さんの姿があった。蜂谷の目がぎらりと光る。

「忘れてた。思い出させてくれてサンキュ」

ゴングと共にリング中央にダッシュした蜂谷は、両足を踏みしめ身体をアルマジロみたいに丸める。フットワークを封印し、カウンター使いの宮城主将を迎え撃つ姿勢だ。

「ナメるな、一年坊」

宮城主将が怒号を上げ、中央で足を止めた蜂谷に襲いかかる。

一皮剥けばボクサーはみんな餓狼だ。宮城主将がテンプルに左ストレートを放ったかと思えば、次の瞬間アッパーがチンを狙う。左ジャブがテンプルからボディ三連打で襲来する。蜂谷はガードを固めて耐えるが、それでも少しずつ被弾していく。

時々、顔が跳ね上がるがすぐにピーカブー・スタイルに丸まって耐える。

リングサイドに北原野麦の声が響いた。

「ラスト一分」

その瞬間、蜂谷は両手を鳳凰のように広げ、ノーガードになった。隙だらけの構えに吸い込まれるように、宮城主将の右ストレートが顔面に叩き込まれた。

まばたきの次の瞬間、スリッピングと同時にクロスカウンターになる蜂谷のフックが、宮城主将のこめかみを捉えた。空気が凝結する。

目を見開いた宮城主将は、音もなくマットに崩れ落ち、二度と立ち上がらなかった。

ゴングが鳴り響く。東雲高の選手がリングに駆け寄り、主将の身体を抱き起こす。

その様子をぼんやり眺めていた神倉さんは、立ち上がるとガウンを脱ぎ捨てた。打ち砕かれた東雲高校の鉄壁がうなだれてリングを降りていく様子を見つめて呟く。

「あーあ。だから忠告したのに……」

孤高の天才、神倉さんは長い髪を掻き上げた。そしてたったひとりの一年坊主にぼろぼろにされてしまった自分のチームを振り返る。

「桜宮学園にリードを許すなんて、僕が入学して以来初めてだね」

その言葉の響きはこれまで聞いたことがないくらい、冷ややかなものだった。

陽気な天才、神倉さんの提案で五分間の休憩になった。

最初は蜂谷は申し出を拒絶したけれど、さすがに高校ナンバーワンボクサーとはベストコンディションで闘いたいと思ったのか、五分の休息を受け容れたのだ。

蜂谷の周りには先輩たちが集まり、火照った身体をタオルで扇いだり、スポーツドリンクを差し出したりしていた。特に菱木キャプテンの興奮の度合いはすごかった。

「二年前、新人として対抗戦に登場した神倉は先鋒を任され、桜宮学園高等部の黄金期との呼び声も高かった先輩たち五人を全員秒殺した。それがヤツの高校デビューで、以後ヤツは無敗街道を突っ走っている。去年は二年生ながら大将に座ったヤツをリングに引っ張り出すことすらできなかった。鉄壁・宮城が立ちはだかったんだ」

「宮城さんに勝てたのはマグレっす」

息を切らしながら蜂谷が言う。本当に紙一重だったのだろう。

誰も口にはしないが期待は最高潮に達していた。

あとは天才・神倉を倒しさえすれば。

いや、倒す必要はない。引き分ければ大将のぼくを残してチームは勝つ。

東雲高校のリングサイドでは、アポロンのような彫像が端然と佇んでいた。

神倉正樹。

バンタム級の高校チャンプ。二年間、不敗。ダウンどころか、顔面にクリーンヒットを食らったことすらないという生ける伝説。その彼が、対抗戦で二年ぶりにその勇姿をリング上に現す。

ぼくはリングサイドで身体が震えてくるのを止めることができなかった。

意気上がる赤コーナーの桜宮学園とは対照的に、青コーナーの東雲高校陣営は、しんとしてお通夜みたいだった。そんな中、神倉さんの声だけが朗々と響いている。

「これが総体じゃなくてよかったよ。あ、でも総体ならあの一年に一敗するだけでチームは勝てるのか。相手をナメたとは思わないけど、宮城クンが不覚を取ったのは事実だよね。せっかくここまで不敗で来たんだから、残りわずかな高校生活、チームも不敗のまま卒業したいんだよね。だから初心に返って一からやり直そうよ、宮城クン」

宮城主将は黙ってうなずく。神倉さんの叱責は静かに、そしてだらだらと続く。その説教の矛先は、今度は自称東雲高の超新星、十和田に向けられる。

「宮城クンはベストを尽くした結果だから仕方ないよね。問題は大口を叩きながら実績を作れなかったヤツさ。十和田、お前のことだよ」

パンチの切れ味は鋭いのに、神倉さんのお説教は歯切れが悪く、延々となまくら刀でなぶられているみたいだ。ひょっとして東雲高の連中は、神倉さんのウザすぎるお説教を聞きたくなくて、勝利に貪欲になるのかもしれないと思ったくらいだ。

「接戦にしたらダメなんだ。次に闘う時、変な希望を持たせちゃうだろ？　すると相手は実力以上のものを出しちゃうわけ。実力差がある相手は徹底的に叩きのめさないと。これからお手本を見せるから、ちゃんと復習するんだよ。わかったかい、十和田」

濡れタオルを右眼に当てていた十和田が名前を呼ばれ、びくり、と肩を震わせる。

「十和田は三年間、みつばちハッチ君にはナメられる。それって結構鬱陶しいよ。ま、ハッチ君は僕が叩き潰してあげるから、後は自分でやるんだよ。いいね？」

押忍、と十和田が小声で答える。すると神倉さんは、声を低めた。

「いつまでも僕に頼れると思ったら大間違いだからね」

ドスの利いた声に、十和田は凍りついたように動かなくなった。

「さて、お説教タイムはおしまい。そろそろ始めようか」

神倉さんの言葉に時計を見ると、きっかり五分が経っていた。

敵味方に分かれているはずのリングサイドの両方から、深いため息がこぼれた。

たった五分なのに、端で聞いている他校のぼくたちでさえ一時間はお説教を聞かされ続けた気分になったから、言われた当人は未来永劫続く無間地獄に思えたに違いない。

神倉さんがレフェリーに言う。

「セットした髪が乱れるから、ヘッドギアはしたくない。どうせ非公式の対抗戦だし、十和田はランニングシャツなしの特別扱いだったんだから、いいでしょ？」

小郡さんは困ったように菱木キャプテンを見る。

菱木キャプテンが肩をすくめたのを見て、小郡さんは言う。

「わかりました。でも、怪我をしても責任は取れませんよ」

「今の言葉、僕に言ったの？　君は知らないのかもしれないけど僕は、高校三年間のボクシング歴で、一度も顔面にパンチをもらったことがないんだよね」

もちろん、誰でも知っている。だからレフェリーはその特別扱いを認めたわけだ。

天才は、わがままだ。

神倉さんはコーナーポストに身体を預け、ぼくに微笑を投げる。そんな神倉さんを横目で見ながら、ぼくは蜂谷のセコンドにつこうとした。すると蜂谷が言った。

「アップしてろ。二人であのモンスターを止めるぞ。身体を温めながらクセを見抜け」

蜂谷は立ち上がると、リングの中央で神倉さんを待つ。神倉さんが悠然と中央にたどりつくとゴングが鳴った。神倉さんがグラブを伸ばし、蜂谷が合わせる。

神倉さんはリング中央で一歩も動かない。蜂谷は凝固しているような神倉さんの周りをぐるぐる回り続ける。

蜂谷はぱあん、とオープニングブローを放ち、華麗なフットワークで距離を取る。神倉さんの四方八方から放つ。神倉さんの身体に、メリーゴーラウンドの早送り映像。刺すようなジャブを神倉さんの四方八方から放つ。神倉さんの身体に、蜂谷のパンチの軌跡がハリネズミのように突き刺さる。そのひとつが顔面にヒットした。

いや、ヒットしたかのように見えた。

だが、蜂谷のパンチは神倉さんの身体をすり抜けた。蜂谷のパンチは当たらず、その軌跡上に神倉さんの身体がある。何だ、これ？

神倉さんの髪が揺れた。次の瞬間、蜂谷の足が止まる。

がくりと膝を折った蜂谷と目が合った。その目は驚いたように見開かれていた。

そしてぼくの視界から消え、前のめりに白いカンバスへ倒れ込んだ。

レフェリーが両手を頭上に振り上げる。ゴングが鳴る。

桜宮学園高等部一年、四人抜きの快挙を成し遂げた蜂谷一航が、天才・神倉正樹にノックアウトされた正式タイムは一ラウンド二十五秒。

リングの周囲を冷気が覆う。中央に佇む神倉さんの視線がぼくに注がれる。

身体の芯が熱い。震える左の拳を右手で押さえつける。これが武者震いというヤツか。

先輩たちに肩を借り、よろめく足で自陣のコーナーに戻った蜂谷は、何かを伝えようと唇を動かすが言葉にならない。唇を水で湿すと、ようやくかすれ声が出た。

「モノが違う。佐々木をアップさせる時間も取れなかったなんて、泣きたいぜ」

「蜂谷には感謝してるよ。こんなことでもなければ一生、リングに立てなかった。せっかくだからせいぜい楽しんでくるさ」

そう答えると、蜂谷は思い出したように言う。

「俺のパンチが神倉さんの身体をすり抜けたのは究極のスリッピングだ。実体はパンチの延長上に絶対に存在していた。それは間違いない」

「そんなことを聞かされても、何の足しにもならないだろ」

蜂谷は「確かに」と苦笑する。

ヘッドギアをかぶりリングに上がる。カクテルライトが眩しい。

リングサイドに目を遣ると北原野麦が、脱ぎ捨てたぼくのバスローブを抱き締めている。隣で麻生夏美が無表情にぼくを凝視している。

ようこそ、華やかなリングへ、という声がして振り返る。

反対のコーナーポストに寄り掛かった神倉さんが微笑していた。

舞踏会のデビュー相手が高校ボクシング界の至宝、神倉正樹だなんてつくづく果報者だ、と無理に思いこもうとしたぼくは、ぎこちなく微笑んだ。

ホイッスルが鳴り、中央に向かう。

どうやってこの天才に挑むべきか、決めかねていた。

リング中央でグラブを合わせる。しなやかな細身。長い髪。

「まさかキミと闘えるとは思わなかったよ。二ラウンド、楽しもうね」

天才、神倉さんにそう言われた瞬間、気持ちは決まった。

ゴングが鳴る。真っ白なリングの中央で足を止め、左半身を前に出す極端な半身（はんみ）、オープンクローズの変形。

これしかない。

相手は天才。高校二年間で、マットに膝をついたことすらない不沈艦だ。

その上、格下のぼくは致命的なハンデを抱えている。ならばこの構えは必然だ。

左半身を前に、視界も左眼中心に。眩（まばゆ）い光に照らされたリングの上、自分が抱える闇を体感する。

神倉さんは、珍獣を目にした子どものように、目を見開いた。

ふうん、なるほどね、と呟くと、ははは、と明るい笑い声を上げる。

その笑い声を耳にしてぼくは、なぜこんな場所に立ってしまったのかと、ひっそりと後悔する。

いつでも引き返せたはずだ。でもぼくはノーと言うチャンスを見逃し続けた。

理由はわかっている。ぼくはリングに立ってみたかった。心の奥底でずっと、いつかこの晴れ舞台に立ってみたいと願っていた。そして神さまは、口に出せず、本当はそう思うことさえも許されないぼくの願いを、最高のかたちで叶(かな)えてくれた。

目の前には高校ボクシング界最強のボクサー。これ以上華やかな舞台はない。

耳元をひゅん、と風切り音がよぎる。次の瞬間、皮膚がちりちり焦げた匂いがする。

グラブ越しに見る神倉さんは綺麗(きれい)に笑う。

ボクシングが本当に好きなのだ、と確信できる無垢(むく)な笑顔。

この人は風だ。いや風の神だ。

ぼくは首をふって、自分の中に湧き上がった、感嘆に似た恐怖心を追い出す。

幻惑されてはならない。パンチのスピードは段違いだが神倉さんだって同じ人間だ。

必要最小限の力で最短距離を最速で拳を移動させる。やっていることはそれだけだ。

神倉さんにできるなら、ぼくにだってやれる。そう考えるのは傲慢(ごうまん)ではなく、絶対的強者に勝つために弱者が採れる唯一の方程式(スタンス)、模倣を磨き上げることだ。

一分経過、一ラウンドの半分が終わる。神倉さんが放った斥候(センチネル)パンチはぼくの輪郭を削り、クセを浮き彫りにして、ぼくはあっという間に丸裸にされた。

一ラウンド後半に入った瞬間、神倉さんの長髪がさらりと揺れる。

右の瞼に革の感触。

ちりちりと焦げ臭い匂いが鼻腔を刺す。身体をステップバックさせるが間に合わない。

神倉さんの姿が陽炎のようにゆらゆら揺れる。右顔面にストレート一発。また寸止め。

突風が襲うたびに小さな金属音が響く。滑らかな動作と共に、トライアングルを打ち鳴らしているような透き通った音色がリングに満ち溢れ、こぼれ落ちていく。

次の瞬間、顎が揺れ、足がぐらつき、カクンと膝をつく。

「ダウン。ニュートラル・コーナーへ」

レフェリーが、神倉さんを指さす。

え？

ニュートラル・コーナーで、ぼくを見下ろす神倉さんの涼しげな顔を見上げた。

カウントを取るレフェリーによろけながら歩み寄る。

ファイティングポーズを取りながら、小声で尋ねる。

「何が起こったんですか？」

「左フックがジョーを掠めた」

レフェリーの小郡さんが小声で言うと、グラブをタオルで拭いて「ファイト」と両手を合わせる。神倉さんがすい、と身体を寄せてきた。クリンチして耳元でささやく。

「右半身の反応が鈍すぎる。どうやら右目が見えていないようだね。だからって手加減するつもりはないけどね」

神倉さんの言葉に、身体は金縛りになる。圧倒的な実力差がある上に、ついに致命的な欠陥まで見抜かれてしまった。

レフェリーに引き離された神倉さんは、再びクリンチしてきて、小声で続ける。

「キミとはもう二度とリング上で会うことはないだろう。だから次のラウンドの前半はキミにあげる。せめて才能の片鱗くらいは見せてほしいな」

一方的な通告の後、一ラウンド残り三十秒で都合三回、神倉さんはぼくの右瞼を触り、ぼくの闇の領域に焦げ臭い匂いを残していった。

やがてリング中央で神倉さんは動きを止める。

ぼくのダメージを測るかのように、冷たい視線で凝視していた神倉さんは、ふっと表情を緩めて、向きを変えた。その背中をゴングの音が追いかける。

疲れ果ててコーナーにたどりつくと、右眼を腫らした蜂谷が待っていた。

「すごいぞ、佐々木。神倉さん相手に一ラウンド保つなんて。神倉さんのクリンチなんて、初めて見たし」

「全然ダメだ。クリンチの時に死刑宣告されてた」

絶望的な気分で微笑する。

絶望と笑顔の間は垣根が低いということを、初めて知った。

そんなことを考えてしまった自分を少しだけ反省して、顔を上げる。

「とにかく一発だけでも当ててくる」

ホイッスルが鳴る。蜂谷がマウスピースを差し出し、ぼくの肩を叩く。

「泣いても笑っても残り二分。精一杯楽しんでこい。相手が高校チャンプ、天才だからってビビることはない。佐々木だってシャドウの天才なんだぞ」

ぼくはうなずくと、マウスピースをくわえた。

リング中央に歩み寄り、上体を立てるアップライトスタイルに構える。

集中。左眼を凝らすと端正な構えの神倉さんの肩がぴくりと動く。

風の渦が巻き、ちりちりと皮膚が焦げる。

トライアングルのような金属音が、滑らかな神倉さんのステップと共に響き続ける。

一瞬、神倉さんの表情が変わった。今の風はもう少しで、肘でブロックできた。

鏡の前のシャドウの時の感覚が起動し始めている。

相手を鏡の中の自分だと思え。鏡には勝てないが、負けもしない。

神倉さんのフォームは理想的で、それゆえ予測は簡単だ。

あとは兆しに目を凝らすだけ。リラックスし、筋肉のインパルスをマックスに調整。

神倉さんの姿が澄みわたり、流れるような動きが軌跡を引いて見える。

一点を捉えた。神倉さんの髪が揺れる。

今度はしっかり、右手首でパンチをはじいた。神倉さんの動作が止まり、通奏低音のように鳴り響いていたトライアングルの音色が途絶えた。

無音になったリングの上で、ははは、と笑い声がした。

「ようやくお目覚めかい、片目のライオン君。それじゃあこっちも本気を出すよ」

神倉さんの残像が陽炎のように揺らめき、フットワーク速度が一段と上がる。次はとどめを刺しにくる。不敗のチャンプはハンデにつけこむような真似はしない。叩き潰すのはぼくの得意の左四十五度領域から。そこまで絞って後は集中。残像が揺れる。感じたことのない熱風。これがとどめだ。

反射的に拳を突き出す。ガラス細工のような空間に、ぴきり、とヒビが入り、左拳の先端で時間が止まる。次の瞬間、神倉さんの身体がもんどり打って倒れた。

ジャックナイフのような切れ味。全身が沸騰し、アドレナリンに励起された、きなくさい匂いが鼻腔に満ちる。

これが人を殴るということか。

仮想空間で幾万遍と繰り返した反復動作が、現実世界で実現された瞬間だった。

静寂に包まれた体育館に歓声が沸き上がる。地響きの中、神倉さんはふらふら立ち上がると、乱れた長髪を掻きあげながら、ファイティングポーズを取る。

右眼の上瞼がみるみる腫れていく。神倉さんの端整なマスクが歪み、笑顔が消えた。

ラスト三十と告げる北原野麦の声。あと三十秒耐えれば勝てる。

最後まで立っていれば高校ボクシング界での快挙だ。

膝が震える。短いはずの三十秒が永遠のように長い。

神倉さんの姿がすい、と右サイドの漆黒の闇に消えていく。

追い詰められたチャンプは、なりふり構わずハンデの闇を徹底的に衝くつもりだ。

卑怯？

いや、違う。

それは勝つために全力を傾注する、帝王の所作だ。

ぼくの全身は恐怖と感動で総毛立つ。ぼくは初めて神倉さんを本気にさせたのだ。

ぼくの暗闇領域の方角から、魔王の息遣いが聞こえてくる。

次の瞬間、天井を見上げた。カクテルライトが眩しい。もうじきすべてが終わる。

背中に冷たい感触。四方に張られたロープの下段が目に飛び込む。

ようやく自分の体勢を理解する。

ぼくは天井を見上げていた、のではなく……、
ぼくの身体は長々とカンバスに寝そべっていた。

遠い世界にゴングの音が響く。四肢は麻痺し、かろうじて頭をもたげると、コーナーポストにもたれた神倉さんが、ぼくを傲然と見下ろしていた。

ああ、なんてカッコいいんだろう。

駆け寄る足音、蜂谷の泣き笑い、北原野麦の心配そうな顔、遥か後ろに麻生夏美のシルエット。顔面に置かれた冷たいタオル。雑多なイメージが渦巻き、闇に溶けていく。

思考停止。完全な闇。そして……。

ブラックアウト。

西向きの窓から見える空は、パステルで塗りつぶしたように茜色に染まっていた。

蜂谷の笑顔。背後で北原野麦が、ぼくの真っ白なバスローブを抱き締めている。

シルエットが目に入り、ガバッと上半身を起こす。枕元には東雲高の天才ボクサー、神倉さんが佇んでいた。痛々しい白い眼帯がその美貌を増している。

まったく、天才ってヤツは何をやってもサマになってしまう。

「君にひと言言いたくて残ったんだ。他の連中は先に帰っちゃったけどね」

神倉さんは微笑して言う。それはたぶん、帰り道で神倉さんのお説教を聞きたくなかったからなのでは、とは思ったが言えなかった。ぼくは蜂谷に尋ねた。

「試合は？」

「ラスト十五秒、ＫＯ負けだよ」

蜂谷の声で結果を聞かされ、ぼくは神倉さんをまっすぐ見つめる。

「完敗、です」

「仕方ないさ。僕は天才だもの。でも、もしもハンデがなかったら、結果は違っていたかもしれないね」

神倉さんはさらりと長髪を掻き上げる。それはぼくにとって最高の讃辞だった。

「ハンデって何のことだい？」

菱木キャプテンの問いかけに、神倉さんはあっさり答える。

「ハンデというものは、他人に気づかれなければ、存在しない影のようなものさ」

神倉さんは謎めいた言葉で質問を煙に巻いた。気取った言い方だけど、事情がわかる人が聞けば、徹底的に誠実な言葉だということがわかる。

「初めて僕からダウンを奪ったボクサーに敬意を表し、伝えたかったことがあるんだ」

神倉さんはぼくの耳元に口を寄せると、ささやいた。

「キミのことは一生忘れない。世界チャンプになっても、今日の闘いは一番の苦戦として僕の記憶に残るだろう」

そう言うとウインクしてステップバック。深々と一礼し、風のように姿を消した。

風神、と渾名される天才ボクサーがＷＢＣに颯爽と出現し、史上最年少の世界チャンプの座に駆け上ったのはそれから一年後のことだったが、彼をその通り名で最初に呼んだのが、彼から唯一のダウンを奪った無名の少年だったことを知る者はいない。

スターが姿を消すと、途端に傷が痛み出した。ぼくと蜂谷は同時に悲鳴を上げる。

「だ、大丈夫ですか」

悲鳴に反応した北原野麦が、冷たいタオルを手に、他の面々を突き飛ばして駆け寄ってきた。

「これで冷やしてください」

北原野麦が差し出した濡れタオルを受け取ろうとしたぼくの腕は空振りした。

あれ？

北原野麦がタオルを差し出したのは、ぼくの隣でうめき声を上げた蜂谷だった。

北原野麦はぼくなど眼中にない様子で、蜂谷の腫れた右眼を心配そうに見つめている。

蜂谷も戸惑いながら、「お、おう」などと答え、まんざらでもなさそうだ。

さっきまで北原野麦が抱き締めていたぼくのバスローブは、椅子の上に放り出されている。いくらなんでも、そのいきなりの心変わりはあんまりだろう。

自分が望んだことなのに、いざそうなってみると何だか釈然としない。

人のこころとは面妖なものだ。でも、考えたら、ぼくと蜂谷は天と地ほど違う。蜂谷は四連勝の後のノックアウトで四勝一敗。ぼくはたった一試合、天才にノックアウトされ〇勝一敗だ。天才からダウンを奪っても、素人から見れば強豪・東雲高校ボクシング部のレギュラー陣から四連続KOを奪ったエースの方がカッコよく見えて当然だ。

その上、忘れてはならないことがある。そもそも北原野麦のボクシングに対する認識は、カウンターのレジ係、というレベルなのだ。

深々と吐息をついた。ふと顔を上げると麻生夏美も苦笑していた。下賤の者はしょうがないわね、と言っているみたいだ。

「新人主体のチームにしてよかった。東雲高との対抗戦は希望ある惜敗だった。来年は蜂谷と佐々木が東雲高校をやっつけてくれ。とりあえずはこの勢いのまま六月の高校総体に突入だ。今度は最初から佐々木をレギュラーにエントリーするからな」

菱木キャプテンは参加同意書をぼくに差し出す。

いつかはリングに上がってみたいという、ぼくの夢は叶った。でも二度目はない。カミングアウトするなら今しかない。

「すみません、ぼくがリングに上がるのは今日が最初で最後なんです」

菱木キャプテンと蜂谷が同時に「なぜだ？」と声を上げた。

ふたりの顔を見つめた。それから周囲を見回し、手近にあった鋏を取り上げると、その尖った先端を右眼に向けてゆっくりと突き立てる。

周囲でぼくの動作を見守っていた人たちが息を呑む。きゃあ、という北原野麦の悲鳴が上がった次の瞬間、ぼくの手許でかちり、と乾いた音がした。悲鳴を上げた北原野麦が、目を隠した指を開いて、その隙間からおそるおそる覗き見る。

一体何が起こったのか、まったく理解できないという表情で互いに顔を見合わせる。

「義眼、なのね」

麻生夏美が、言った。

ぼくはうなずくと、菱木キャプテンと先輩たち、そして蜂谷に説明する。

「幼い頃、病気で右眼の摘出手術を受けたので、ぼくは公式戦のリングには立てません。ですから今日が最初で最後の試合です。神倉さんは試合中、ぼくの状態に気づいて手加減してくれました。ダウンを奪えたのは、その気遣いを利用しただけです。ご期待に沿えず、すみません」

立ち上がり、深々と頭を下げる。

すると小郡先輩が言った。

「病気なら仕方がないけど、部活は辞めるなよ。お前は俺の晴れ舞台を奪って、弱小ボクシング部に希望の種を播いたんだから、最後までその責任は取るんだぞ」

小郡先輩の思い遣りある言葉に泣きたくなる。菱木キャプテンは天井を見上げた。

「ずっと佐々木を見ていたけど、隻眼だったなんて全然気がつかなかった。でも神倉はリング上で数秒、拳を合わせただけですべてを見抜いたのか。やっぱり天才は違うな」

放心したように菱木キャプテンが呟くと、すかさず負けず嫌いの蜂谷が胸を張る。

「でも来年は神倉さんはいません。俺が東雲高をぎたぎたにしてやりますよ」

「その意気だ。頼んだぞ、未来のキャプテン」

菱木キャプテンは蜂谷の肩を叩いて言うと、みんなを見回して続ける。

「すっかり遅くなってしまったな。さあ、後かたづけをしよう。ただし一年生コンビは片付けを免除する。とっとと家に帰るように」

「とんでもないです。一年生は雑用をしないと」

蜂谷が言うと、菱木キャプテンはきっぱり言う。

「ふたりとも打たれ過ぎだ。今夜は家でゆっくり休め。それが一番の手伝いになる」

ぼくたちは反論できず、諸先輩の厚意に甘えることにした。

立ち去る際に振り返ったリングは、ほんのりと夕陽に赤く染まっていた。

ぼくと蜂谷が着替えを終え、更衣室から出ていくと、更衣室の外でぼくたちのことを北原野麦と麻生夏美が待ち構えていた。

「佐々木クンの闘いぶりには感動したわ」

麻生夏美にしては珍しい、素直な言葉だった。ぼくと蜂谷は顔を見合わせる。

でも、ぼくたちは甘かった。次の瞬間、麻生夏美は切り出した。

「リミットは今日よね。お疲れのところ恐縮だけど、合宿の件の返事を聞かせて」

なんというヤツ。こんな状況で言うことだろうか。

でも思い直す。判断する時はいつでも切羽詰まっている。それに答えは決めていた。

「わかった。それじゃあ答えよう」

麻生夏美はかすかに緊張した表情になる。隣では北原野麦が祈るように両手を胸の前で組んで、ぼくのことをじっと見つめている。

ぼくは深呼吸をひとつすると、言った。

「合宿をウチで行なうことを許可する」

その瞬間、キャッと言って飛び跳ねた北原野麦の隣で、麻生夏美は不思議そうな顔をした。それはまるで、ぼくがノーと答えると予期していたかのような表情に見えた。

麻生夏美の直感は正しい。

対抗戦の前、リング上で神倉さんと対決する前のぼくなら、ノーと答えていただろう。

でも、ぼくは絶対に上がるはずのないリングに上がり、高校チャンプと拳を交え、怪物からダウンを奪った。そんな奇蹟も、一歩を踏み出さなければ起こせなかった。

だからぼくは、麻生夏美に聞かれた瞬間に、イエスと答えようと決めていた。

答えの先に何が待っているのかはわからない。でもそこにはきっと何かが待っている。

好都合にも明日はチェック日だから、西野さんの真意も聞けるし、正式な許可ももらえるだろう。

「日取りはこっちで決めてもいいかな」

「当然よ。会場のオーナーですもの。でもあまり先じゃない方がいいわね。だからたとえば来週の金曜の夜からなんて、いかがかしら？」

決定は一任するといいながら、しっかり日程希望を出してくるあたり、いかにも麻生夏美らしい。こう言われてしまったら、よほどのことがない限りその日程になるだろう。

来週の金曜日。いきなり出現したスケジュールにぼくは戸惑う。

時の流れが急に早まった感じがした。

夕暮れの街角。ぼくと蜂谷、麻生夏美、北原野麦は四人並んで歩いていた。
合宿日程が決まると話すことはなかった。みんな、今日の対抗戦について考えていた。
北原野麦はひたむきに蜂谷の横顔を見つめていた。ぼくは時折、麻生夏美の視線を感じた気がしたけれど、気のせいだったかもしれない。

最初の交差点で北原野麦が手を振って離脱した。次の三叉路で麻生夏美と別れた。そしてぼくの居住区、未来医学探究センターの塔の前でぼくは蜂谷と二人きりになって向き合う。

蜂谷が言う。

「悪かった、佐々木がリングに立てない身体だったなんて、思いもしなかったよ」

「気にするなよ。命に関わるようなことなら、ぼくも無理はしなかったさ」

「しかし佐々木って水くさいよな。病気のこと、俺には話してくれてもよかったのに」

蜂谷はぼくの胸を拳で突いた。ぼくは拳を押し戻しながら言う。

「そしたら、何か変わったか？」

「たぶん試合に出ろとは言わなかっただろうな」

「すると今日のオーダーはいつもと同じで、そうなったらたぶん、蜂谷は宮城さんに打ちのめされていた可能性が高いだろ？」

蜂谷は少し考えてから、素直にうなずく。ぼくは続けた。

「つまりぼくが水くさいことをしたせいで、こんなドラマチックな対抗戦になったわけだ。それで充分だと思わないか？」

「まあな。もちろん俺には悔いはない。でも、佐々木自身はどうなんだ？　またいつか、リングに立ってみたいとは思わないのか？」

ぼくは首を振る。

「こんな経験ができただけでも幸せさ。考えてみろよ。世紀の天才、神倉さんから初めてのダウンを奪ったんだぜ。日本中の高校生ボクサーが夢見てできなかったことを、生まれて初めてリングに立ったぼくがやってのけてしまったんだ。それだけで満足だよ」

蜂谷は片手を挙げて、言う。

「わかった。それならもう試合に出ろとは言わないけど、部活には来いよ」

「他の部員の邪魔にならないかな」

「バカ言うな。今のボクシング部に、佐々木を邪魔者扱いするヤツなんていないさ」

蜂谷はとーん、とステップバックすると、上目遣いにぼくを見る。

「正直言うと、お前の才能が妬ましいよ」

くるりと向きを変え、右手を挙げて「じゃあな」と挨拶を投げた蜂谷は、軽やかなジョグで姿を消した。

ぼくは蜂谷の背中を見つめた。夜の闇にその姿が溶けてなくなると、振り返る。

目の前には硝子の塔が聳え立っている。

その背後には、銀色に輝く桜宮湾の水平線。

夜風が頬を撫でていく。

ぼくの中で今、ひとつの季節が終わったような気がした。

目を閉じて、夜風に漂うクチナシの香りを胸一杯に吸い込むと、急ぎ足で塔に入る。

海底で眠るオンディーヌに、今日の武勇伝を聞かせるために。

3部　水底のオンディーヌ

2019年　夏・秋

10章　悪意の糖衣に包まれた真実。

5月18日（土曜）

風光る初夏。

初めて試合のリングに立ち、天才からダウンを奪った記念すべき日の翌日は快晴で、絶好のピクニック日和だった。こんな日はマウンテンバイクで海沿いのバイパスを走り抜け、桜宮丘陵のてっぺんから街を一望したくなる。

でもぼくは地下室に留まった。月に一度の西野さんのチェック日だったからだ。

西野さんのチェックは厳しい。でもそれを乗り越えると清々しい気分になれる。

一カ月ぶりに登場した西野さんは肩をぽんと叩いて、「あの天才からダウンを奪うなんて大したもんだ」と言った。

どこで昨日の試合結果を聞いたのだろう。

でも西野さんの情報網のすごさを知っているぼくは、驚きはしなかった。

ぼくはうなずいて、文庫本を片手に地下室から一階に向かおうとした。

チェックの時は、地下室に入る西野さんと入れ替わりでぼくは退去し、二時間後くらいに呼ばれて一カ月の業務内容に関して怒濤の質問をされるのがいつもの手順だった。

最初の頃は百を超える質問の嵐に襲われベソを掻いたけれど、その後、確認の質問の数は減っていき、最近は十前後になっていた。前回は質問は特にない、という画期的な評価をもらった。けれども今日はいつもと違っていた。西野さんは、地下室から出て行こうとするぼくを呼び止めると、「今日は側で見ていなさい」と指示した。

そんなことは初めてだったので少しびっくりした。

西野さんは口笛を吹きながら、ぼくの業務をチェックし始めたけれども、それは驚くほど短い時間で済んだ。チェックを終えた西野さんは言った。

「前回に引き続き、今回も再チェックしなくてはならないポイントは見当たらなそうだ。着任四年目にして坊やも免許皆伝の一歩手前にたどり着いたね。それにしても、坊やがここまで忠実に言いつけを守る品行方正な少年だったなんて思わなかったよ」

「どういう意味ですか？」

いつものクセがつい顔を出した。ぼくが丁寧語で話す時は警戒心がある時だと、西野さんが見抜いていることを知っているのに……。

「勤務し始めた時、坊やに、絶対に業務システム以外の領域は覗いてはいけないよ、とオーダーしたけど、本当にあれから一度も覗き見していないんだもの」

「だって、命令でしたから」

「命令されたらそのとおりにするなんて、思春期の少年としては冒険心がなさすぎる。若者のクセに忠誠心が強すぎると破滅するぞ」

西野さんは思い違いをしているな、と思ってぼくは微笑する。

ぼくが西野さんの言いつけを守ったのは忠誠心からではなく、自分の身を守るためだ。決して見てはなりません、という昔話にはツルの恩返しケース、浦島太郎パターン、パンドラプロブレムの三つの基本形があり、約束を破った者は不利益に見舞われる。

だから西野さんの指示に逆らって覗き見したら、ぼくはとんでもない目に遭っていたはずだ。だって西野さんが「ここを見てはならない」と言ったらその真意は、「そこを覗き見して、後で酷い目に遭うがいい」と言っているに等しいのだから。

だから、ぼくは我慢した。

ぼくの病気がきっかけで両親は離婚し、二人ともぼくの親権を放棄した。その時、ぼくは誰にも異議申し立てができなかった。そうして大人を信用しなくなった。

他人を無条件に信頼しなくなるのは大人への第一歩だけど、始める時期を違えると単に、大人になり切れずにひねこびた子どもになるだけだ。

だから、ぼくはそんな少年になってしまった。でも、この世のできごとにはコインの裏表のように、悪い面といい面がある。生い立ちが悲劇的だったので、西野さんの罠にも気づいた。悲劇を自覚していたおかげで、更なる悲劇の連鎖から身を守れた。

つまり、ひねくれた西野さんは、いじけたぼくにはぴったりの師匠だった。

西野さんが、かつて言った言葉を思い出す。

「他人の親切を百パーセント信じてはいけないよ。そこには何かしら打算があるものさ。

でも、そうした打算までカウントできれば、他人は充分信頼に値するんだ」

生きるための知恵を教えてくれるのに素直には伝えず、悪意という糖衣に包むのは西野さんの得意技だ。美しい薔薇（ばら）には棘（とげ）があり、甘い話には落とし穴がつきものだ、と相克する一対をシニカルなアフォリズムに仕立て上げるというクセもその現れだった。

マザーコンピューターには「腹話術師（ベントリラクイスト）」というソフトが搭載されている。西野さんが開発した超人気ソフトは、「一度使ったら手放せなくなる」と評判だ。モニタに話しかけるとソフトが勝手に起動し、発言をテキスト化する。だから雑多で未熟な思念までが二進法にフリーズドライされてしまう。気がつくとマザーコンピューターの海の中、ソフトを使った人のプライバシーは丸裸にされているという寸法だ。

それはまさに西野さんの悪意の象徴的産物だ。

目覚め後しばらくしてぼくは、あちこちに不思議な突起物が見え隠れしているのに気がついた。その突起物は暗黒領域で隠密裡（り）に稼働するソフトの関連物で、PC上の言葉を特殊領域に保存するという「ベントリラクイスト」もそのひとつだった。

つまりマザーの海には機雷が張り巡らされていて、余計なことを口走れば、ぼくの本音は西野さんに筒抜けになるという寸法だ。

ひょっとしてそれは、無知な人間がぺらぺら喋（しゃべ）りまくったりあちこち歩き回ったりすると危険だという、人生における大切な作法を教えてくれようとしたのかもしれない。

そのことに気がついたぼくは少しずつ後ずさり、その領域から撤退した。そんなぼくの姿が、西野さんには禁止オーダーに忠実に従う従順な坊やに見えたのだろう。

今、目の前には黒々とした巨大なモニタと、銀色に光るキーボードが残されていて、いつでもスイッチを入れると、巨大モニタの中には、広大なテキストの海が出現する。

マザーに直結した画面、マザーの海、と呼んでいるそこは、ぼくの羊水だ。

管理者になる以前、ぼくの存在は丸ごとマザーに管理されていた。マザーに搭載された凍眠学習システム（ＳＳＳ＝Sleeping Study System）のおかげで、幼い脳髄に森羅万象、色とりどりの説話、美しい歴史上の逸話などの百科事典的逸話が、地球儀からこぼれ落ちんばかりに詰め込まれていった。多種多様な言語、多数の国家の歴史や風俗から元素の周期表とそれらの色や性質。音楽家の卑小な人生と壮大な音楽の宮殿。そんな言語化され、画像化されたありとあらゆる知識がごった煮の状態で、ぼくの中で未消化のまま、今もぐつぐつと沸騰している。

だけど、博学的には天才と呼んで差し支えのないぼくにも弱点はある。当時の管理者は優秀だったけど少しおっちょこちょいで、ＳＳＳの系統的学習体系の一巻分がまるまる未習だった。まあ、生命維持には関係ないのでちょっと気が緩んだのだろう。

仕方がないことだけど、実際に身体を動かすこと全般が未熟だ。レシピは完璧(かんぺき)でも、実際の料理で包丁で切ったり煮つけたりするには修練が必要だ。料理は動作が小さいからごまかしも利くけど、かけっこや水泳といった全身を使う体育系、合唱や楽器演奏といった芸術系の実技になるとからきしダメだった。

　ぼくはピアノが弾けない。

　ピアノに関する知識は膨大にあるというのに。

　匂いや肌触りといった直接の経験がモノを言う領域も絶対的に不足している。逆に言えばテキスト化できる膨大な人類の英知に関しては、相当なレベルだ。要は頭でっかちの少年で、自分の知識に血肉を通わせたくて、とりあえずボクシング部に入ったわけだ。

　隣でくつろいでいる西野さんに、満を持して尋ねた。

「西野さんはなぜ麻生に、ここで合宿をしていいなんて許可したんですか？　余計なことには手を出すな、周囲とは〝和して同ぜず〟という姿勢を貫けと言っていたのに」

　西野さんは大きなあくびをしながら答える。

「方針転換したんだ。坊やも少しは世間の波風に揉まれた方がいい、と思ってね」

「それって、いつのことですか？」

「そんなことはいちいち覚えていないけど、この前、ライバルのシンクタンクのボスと手打ちをした際に、その場に居合わせた可愛い娘さんと一緒にお茶をした時、かな」

　つまり西野さんは、麻生夏美と会った瞬間にこの決定をしたのだと白状したわけだ。

　それはぼくが知りたいことの核心部分ではあったけれど、その軽さに思わずむかついてしまった。

　西野さんはニッと笑って告げた。

「坊やの庇護期間は終了したんだ。これまでは事前にチェックした安全な砂場で坊やを遊ばせたけど、これからは砂場にはガラスや犬のウンコみたいにいろいろな危険物があるから気をつけて遊びなさい、と基本的な注意をして放り出すことにしたわけ。もう僕は過保護ママみたいに先回りはしないから、ここから先は自分自身でやるんだよ」

高校生になったから自立しろというわけか。それは当然だし納得もするけど、一抹の不安がよぎる。気がつかないうちに、ぼくは甘えっ子になってしまっていたようだ。

「ぼくって甘ちゃんですか？　世間の波に揉まれていませんか？」

「ああ。すっかり温室育ちのお嬢ちゃんみたいになっちゃったなあ、と思うよ」

「でも、ぼくはそれなりにクラスに溶け込んでいますし友人もそこそこいます」

「そんなことはないね。坊やはひとりで隔絶しているし、友人というより変わり者が肩を寄せ合っているだけだろ」

西野さんはぼくの急所を、ぶしつけな言葉で串刺しにする。ぼくは口ごもる。

「西野さんは、どうしてそんな風に断言できるんですか？」

「種明かしすると、例のお嬢さんが坊やのことを心配してた。あんな可愛らしいお嬢さんにすら見抜かれてしまうなんて、坊やの擬態も相当、底が浅いよね」

麻生夏美が「可愛らしいお嬢さん」だとは同意せざるをえないが、この場合の西野さんの「可愛らしい」が、単に麻生夏美の外見に限定されているかどうかは大問題だ。

ぼくは頭の中で論点を整理してから、重要部分に限定した抗議をする。

「だからっていきなり自宅をフルオープンにするのは、いくら何でもやりすぎだと思います」

西野さんは首を振る。

「いや、むしろ遅すぎたくらいだと思うね。中等部の頃は僕が機会を捉えてこちらの意図を先生たちに刷り込むというやり方で、坊やの周辺環境を遠隔操作していたんだよ」

直情径行の西野さんが、そんな気の長い対応をしてくれていたなんて初耳だ。

「陰でぼくのことを守ってくれていたんですね。それをなぜ、止めちゃうんですか？」

「このままでは坊やは現実と和解できなくなってしまうからだよ。坊やは自分で社会に溶け込んでいく必要がある。それには秘密を解凍するという技術を身につけなければならないのさ」

「どうしてぼくが、そんなことしなくちゃならないんですか？」

見捨てられた気持ちになったぼくは、むっとして尋ねた。

「〝目覚め〟が近い。その時、眠り姫を周囲に馴染ませるのが、坊やの最後のミッションになる。でも、疎外された存在を環境に溶け込ませるという仕事を委託された当人が、周囲との融和能力に欠けているだなんて、笑えないジョークだろ？」

部屋の片隅の銀の棺に視線を投げる。そうだ。この生活には期限があったんだ。

がらんとしたアクアマリンの神殿に、西野さんのきっぱりしたオーダーが響く。

「以後、坊やは封印してきたシステムに接触し、すべてを把握しなくてはならない」

「マザーのすべてを理解する？　無理です、そんなこと」

　ぼくの懸命な訴えに、西野さんは余裕綽々で応じた。

「そりゃあ、マザーのすべてを〝理解〟するのは、世界の事象を理解しろというのと同じくらいの大仰なことだから無理だろう。それはこの世界のすべての情報をチェックしろ、と言うに等しいから、人間の情報処理能力を凌駕した情報が生産され続けている現代では、たとえ神でも不可能だ。でも、〝把握〟ならちょっとしたコツさえ摑めばできないこともないのさ」

「それってどういうコツなんですか？」

　まじまじとぼくを見た西野さんは、「まあ、これくらいはオマケするか」と呟いて、続けた。

「まず、相手の要望に忠実に応えること。〝すべてを理解しろ〟というオーダーは対応不能だけど、〝すべてを把握せよ〟という注文は、スタイルという型抜きをして、はみ出た部分を差分評価すればいいだけなので、実施可能なのさ」

　うまく言いくるめられたような気もするけど、西野さんが言うと説得力がある。

「すると、ぼくはこれからどうすればいいんですか？」

「そういう質問がさらっとできちゃうところが、坊やの坊やたる所以だね。乗りかかった船だから、そこまでは教えてあげるよ。手始めにマザー内部で、立ち入り禁止領域へのコンタクトを許可するからそこを徹底的に検索しなさい。これがパスワードだ」

西野さんは一枚の紙を投げ渡した。ぼくはその紙から目を逸らして尋ねる。

「立ち入り禁止領域を散策するのは、義務ですか？」

「それって、このパスワードの受け取りを拒否できるか、という意味かな？」

ぼくがうなずくと、西野さんは驚いたような顔をして、それから感心したように言う。

「なるほど、ウラシマシンドローム回避のため、自らの可能性を謙抑するという選択は、これまで人類史上では試みられなかった画期的なものかもしれないな。いや、案外たくさん為されているが、無難な結果に終わったから物語にはならなかったのか。いずれにしても面白い発想だね」

西野さんの言葉に皮肉の棘が見当たらないのは、とても珍しいことだ。

「すると坊やはパスワードを渡そうとしている僕の真意と、そのリスクを理解している、つまりマザーにトラップが張り巡らされていたことに気付いていたわけか……ふむ、そうなるとさっきの、坊やには冒険心が足りないという評価は撤回しないといけないな」

たちまちにして西野さんは、ぼくの擬態を見抜いてしまったようだ。

「それならオーダーを変えよう。〝目覚め〟まで一年を切った。以後半年以内にこのシステムの全体像を〝把握〟せよ。これが新たなミッションだ。ゆえにパスワードの受け取りは拒否できない」

委託者のオーダーは絶対で、もはやその依頼に異議を申し立てる余地はない。

ぼくは渡された紙を見つめた。パスワードはシンプルだった。

ラ・メトレス。

日本語に訳せば愛する人。もしくは、愛人だ。

西野さんはかつて、彼女をそう呼んでいたのだろう。

西野さんと涼子さんの二人の過去がそこに垣間見え、心にさざなみが立つ。

その時、地下室にピアノの旋律が流れた。

切ないそのメロディは夜七時に鳴るように設定されていた。

「もう七時か。この部屋にいると時の流れを忘れてしまうな」

立ち上がった西野さんに、ぼくは尋ねる。

「このアラーム、解除してもらえませんか。好きな曲ですけど、毎日聴いていると、何だかひどくもの悲しい気持ちになってしまうんです」

西野さんは目を細めた。言葉の裏側に隠された真意を見透かそうとしているかのような、鋭い視線だった。だが、やがてふっと目を逸らすと、ぽつんと言う。

「このアラームは前任者がロックを掛けている。僕は解除法を知らないんだ」

本当かな、と疑いながらも、そのことを確かめる術はない

ぼくは解除を諦める。決めてしまえばどうということもない。

西野さんは螺旋階段を上がり、ぼくを見下ろす。そして曖昧な微笑を浮かべ、姿を消した。

夜七時。外はまだほのかに明るいはずだが、この地下室には季節による日照時間の変動がない。ここに外光が直接届くのは、夏至（げし）の日の正午に、高い天窓から射しかかる日の光だけだ。

けれども、人工の太陽に煌々（こうこう）と照らされた部屋は一日中、真昼のように明るい。

西野さんのチェックがあった今夜は、システムがもっとも安定している夜だ。

だから今宵（こよい）は何もやることがなく、おまけに明日は日曜だから早起きする必要もない。

姿見の前に立ち、シャドウを始める。タイマー代わりのハードロックをマウントし、パンチを繰り出す。いつもは七ラウンドはこなすのに、今夜は三ラウンドで飽きた。

ショコちゃんからもらったバスローブをガウンのように羽織り、鏡の前で構える。

鏡のぼくに二重写しで神倉さんのボクシングスタイルが重なる。

セピア色の部屋が一瞬、色鮮やかな総天然色のリングに入れ替わる。

ぼくはシャドウを止め、またたきをして、鏡の前から離れる。

神倉さんとの対戦は、ぼくを取り巻く世界を一変させてしまった。

今さら昔の世界に戻れといわれても無理だ。そんな風に、穏やかだったぼくの周りの世界が、一斉に変わり始めようとしている。

中等部から高等部への進学。ドロン同盟の合宿の提案。初めてのリング。北原野麦の思慕。禁止エリアのパスワード取得。そして後見人・西野さんの変節。

それから、それから、それから……。

時の流れの瀑布が、終末という滝つぼに、轟々と音を立てながら流れ落ちていく。

顔を上げると、部屋にはハイ・ピッチの音楽がフルボリュームで流れ続けている。

そして、ぼくの視線の先にはこれまで三年半、見守り続けてきた銀の棺があった。

その海の底には今もオンディーヌが眠っている。

ぼくは、この世界が永遠に続くものだと思っていた。でも、現実はそうではなかった。

西野さんが正式に〝目覚め〟を通告したことで、すべてが変わるその日に向かって、砂時計の砂が音も立てずに落ち始めた。それは五年間の専属契約業務期間終了の告知であり、ぼくに対し、契約期間終了後の身の振り方を催告するものでもあった。

そのピリオドを打つために、モルフェウス・システムを徹底的に学び直せば、たくさんの事実を知るだろう。

知ってよかったと思うことも、知らなければよかったと思うことも。

聞き流した西野さんの言葉が、ぼくの中で反響する。

――それが大人になるということなんだよ、坊や。

手にしていたパスワードをメモした紙を丸め、球にしてゴミ箱に投げようと構える。

これが入ればきっとぼくは、すべてをうまくやり遂げることができる。

重大な未来を、軽い紙玉にこめて、ふわりと投げた。

紙玉は、放物線を描いて、ぱさり、とゴミ箱に収まった。その瞬間、ぼくは決めた。

明日、第二の故郷に帰ろう。

そこは、ぼくの過酷な未来に備えるため、訪れなければならない場所だ。
ぼくはそこで、ひとりの少女と会うだろう。
音楽を止め、部屋の灯(あか)りを消す。今夜はすべてを放棄してぐっすり眠ろう。
ひょっとしたら、無邪気な夢を見ることができる最後の晩になるかもしれない。
ぼくは膝(ひざ)を抱えて、ソファに丸まった。そしてすぐに眠りに落ちた。
だけど夢は見なかった。
あるいは幸せな夢を見たのに、それを忘れてしまっただけなのかもしれない。

11章　きみがここにいる理由。

5月19日（日曜）

翌日の日曜は、ピクニック日和だった昨日と打って変わって、曇天になった。

出発前にぼくは、久しぶりに壁に貼ってある桜宮市の地図を眺めた。

桜宮市は東京と浪速(なにわ)の中間に位置する、人口十万弱のベッドタウンで新幹線を使えばぎりぎり都心の通勤圏だ。平べったい蟹(かに)のような形をしている桜宮市の、下辺を形成する海岸線は、なだらかな砂浜の果てにリアス式海岸の岩場が入り組んでいて、その終点には桜宮岬が、つん、と突き出ている。海岸線から垂線を立てて桜宮丘陵へ延ばすと、その交点には東城大学医学部付属病院が象徴的に聳(そび)え立っている。

ぼくが住んでいる未来医学探究センターは桜宮岬のつけねにあり、桜宮市の繁華街へは徒歩三十分だ。桜宮岬には昔、碧翠院(へきすいいん)という寺院と、傍らに桜宮病院という古色蒼然(そうぜん)とした病院があった。碧翠院桜宮病院は桜宮の闇を司(つかさど)っていたのだという。

幼い頃、ダダをこねると「でんでん虫に食べさせちゃうよ」と脅されたけど、あんな大きいだけのかたつむりなんてちっとも怖くないんだけど、なんて考える子どもだった。

本当に怖いのは見捨てられることだと、ぼんやり思っていたけど、実際に親に捨てられてみると、それもそれほど怖いことではなかった。ただ、かなしいだけだった。

碧翠院桜宮病院はぼくが小さい頃、火災で焼失した。その跡地に建てられた桜宮Ａｉセンターも事故で壊れ、三度目の正直で建設されたのが未来医学探究センターだ。

以来、ここはひそかに、〝桜宮の呪われし地〟と呼ばれている。

ぼくがその地に建立された光塔（ミナレット）に住んで、四年が経とうとしている。


未来医学探究センターを背にして、海岸沿いのバイパスを歩く。

振り返ったぼくの視線は塔を通り越し、遠く光る桜宮湾の水面に注がれる。

マウンテンバイクだと五分でたどりつけるけど、今日はそんな気分にはなれなかった。

これから会いに行くのは、急いで会いに行くことを喜ばない少女だった。長く生きたい、ではなく、ゆっくり生きたいと願う少女には、のんびりと道程をたどり、その道すがら胸いっぱいにためこんだ土産話をしてあげるのが大切だ。

繁華街を道なりに、ときに小さくカットバックしながら歩き続ける。

目抜き通りの蓮（はす）っ葉（ぱ）通りは、今はシャッター通りになっていて、昔からの店もずいぶん閉店してしまった。かつては女性の夜のひとり歩きは危ないと言われるような歓楽街だったが、今では昼間でも人通りがほとんどないゴーストタウンと化している。そんな変化を確認しながら歩いていたら、いつの間にか小高い桜宮丘陵の麓（ふもと）にたどりついてしまっていた。

東城大学医学部は桜宮丘陵の頂上にある。丘陵とはなだらかな隆起を意味するのだから頂上なんてあるのか、という点は議論の余地はあるかもしれないけれど、その一角を東城大学医学部の関連施設が独占しているという事実に異議を唱える人はいないだろう。

丘の下から見上げると十二階建てのグレーの旧病院とホワイトサリーと呼ばれる新病院のツインタワーが並んでいる。目的地のオレンジ新棟、別名オレンジシャーベットは坂の下からは見えない。オレンジ新棟には数年前まで救命救急センターが併設されていたけれど、今は撤退して小児科病棟だけが残されている。

幼い頃、ぼくがその病棟に入院していた時には、いろいろなことが周りで起こった。当時、幼稚園児だったぼくは、詳しいことはすべて、目覚めた後に理解した。情報源はネットや図書館のデータだけではない。

未来医学探究センターには東城大学医学部の正式文書や個人情報の詰まったカルテやその他諸々、過去百年を超える医学資料が氷漬けにされている。だからぼくの中では公式情報と非公式情報が混在していてその錯綜っぷりが甚だしい。そんな情報を解凍して整理することもぼくの業務だった。そのせいで、ぼくは情報過多少年になり、自分が知る事実と実体験がごっちゃになり、どれが本当の記憶かわからなくなっている。

たとえばかつて東城大を襲った大災厄は「二〇〇六年十二月桜宮ショッピングモール・チェリー開店時に発生したコンビナート火災により、桜宮市の救急体制は根本から見直しを余儀なくされた」という知識として定着している。でも幼稚園児だったぼくがあの事件をそんな風に認識したはずがない。チェリー火災については委託されたデータで知った。その日付の受付患者数の膨大さと、ぶっきらぼうなカルテ記載から読み取れたのは、総括記事とはまったく違ったイメージだった。

でも世の人は物事の実相は知らず、皮相のまとめを通してしか物事を語ろうとしない。

西野さんはぼくに、過去の医療情報の集積センターでもあるここのデータ類を全部整理しなさいという無茶なオーダーをした。光塔の三階に併設された小部屋にうずたかく積まれたカルテや書類を見たぼくは、その山の高さと雑然さを一目見てげんなりした。

「これを全部整理しろだなんて、西野さんはぼくをいじめたいんですか？」

西野さんの答えは冷たかった。

「坊やはつくづく甘ったれだなあ。前任者が引き受けた時の状態は道なき原生林だったんだぞ。それを思えば今の状態なんて舗装道路が敷かれた遺跡みたいなもんだ」

結局ぼくはその業務を受けた。ただしその業務は、西野さんはチェックも督促もせず、完全な放任状態だ。だから自分のペースで処理できたのでストレスはなかった。

おかげでぼくは現在・過去・未来の大学病院の、完全に網羅された情報を閲覧できる環境にある。坂の下から大学病院を見上げながら、この一群の巨大な建物の中に生棲している組織のキモをぼくが握っているんだと考えると、何だか痛快だ。

病院坂を上り、坂の途中で里山のような森に視線を転じる。木立の間に懐かしいオレンジ色の建物がちらちら見え隠れしている。

かつては東城大学医学部のライジング・サン（昇りゆく太陽）ともてはやされたオレンジ新棟のなれの果てだ。自分の巣に帰還するひな鳥みたいに、ぼくは深呼吸をした。

中等部に入学する前は治療経過のチェックのため月に一度通っていた。二年間の投薬とその後の経過観察で完治という太鼓判をもらい、桜宮学園中等部に中途編入して以後は、三カ月に一度、半年に一度と次第に間遠になり、自然と足が遠のいていった。

ぼんやりと建物を眺めていたら、一階の自動扉の前に先客がいるのに気がついた。目を見開き唾を呑み込む。少女は、背後の気配を感じたかのように振り返る。一歩後ずさるぼくにつられて一歩を踏み出した少女の背で自動扉が閉じる。

「佐々木先輩、どうしてこんなところにいるんですか？」

声の主は、一方的にぼくに対する恋慕を打ち明けておきながら、わずか一カ月で心変わりをした女流作家志望の女子高生、北原野麦だった。

同級生のクセにぼくのことを「先輩」と呼ぶコイツに、ひょっとしたらぼくの素性を知っているのではないかという疑惑を抱いたこともある。こいつがドロン同盟に参加する時に、その追及は中途半端なところで終わっていたことをふと思い出す。

ぼくは、目の前に突如出現した北原野麦の肩を摑んで当然の質問をした。

「お前こそ、どうしてこんなところにいるんだ？」

北原野麦は肩を摑まれて身を縮めながらも、あっさり答える。

「ここに入院している先輩のお見舞いに来たんです」

「そうか。それは大変だな」

北原野麦の華奢(きゃしゃ)な肩から手を離しながら、何か変だぞ、と思う。オレンジ新棟は小児病棟だ。でも北原野麦は〝先輩〟と言った。北原野麦は高校一年だから、先輩は高校二年生以上だから、ふつうは小児科の患者ではない。

背筋に冷や汗が流れる。ひょっとして……。

北原野麦はぱちんと手を打った。

「わかりました。佐々木先輩も佳菜先輩のお見舞いに来たんですね？」

ビンゴ。悪い予感はよくあたる。

それにしてもどうしてお前は佳菜ちゃんと知り合いなんだ？

北原野麦は、ぼくの心中を察したみたいに言った。

「実は佳菜先輩は文芸部の先輩なんです」

「確か、佳菜ちゃんは桜宮女子高だったはずだけど」

「桜宮学園中等部の文芸部顧問は桜宮女子高の先生で、二カ月に一度の合同読書会をやっていて、そこで知り合ったんです。種明かしすると、実は佐々木先輩のことは佳菜先輩から時々、聞かされていたんです」

そういうことか。これですべてはっきりした。わかってみれば単純な話だった。

佳菜ちゃんはぼくのことを、同じ年なのに生意気だなどと言いたい放題したのだろう。

それを聞いた北原野麦が、先輩と同学年だから、ぼくを佐々木先輩と呼んだわけだ。

つまり北原野麦はぼくを落第生と認識しているわけだ。ぼくは動揺を隠して尋ねる。

「佳菜ちゃんはぼくについて、どんなことを言っていたのかな？」

「いろいろですね。傲慢でわがままだとか、鈍感で無神経とか、冷たくて残酷とか」

よくもそこまでネガティヴな形容語句を羅列してくれたものだ。だけど苛烈な形容語をひとつひとつチェックしてみると、あながち身に覚えがないと言えないのがかなしい。

でも佳菜ちゃんにそう思われるのは仕方がないとして、北原野麦にまで悪しざまに言われる筋合いはない、とむっとする。

「そんな悪い話ばかり聞かされていたのにお前は、その、なんていうか、あえて聞くけど、そんなクズみたいなぼくのことを、どうして……」

北原野麦は一瞬、怪訝な表情になる。鈍感な女の子と話していると自意識過剰みたいに見えてしまい、自分のプライドが磨り減ってしまうようで、どうにもみっともない。

北原野麦はぼくが言いたいことをようやく理解したのか、大笑いし始める。

「やだ、先輩ったらそんなこともわからないんですか。作家デビューのため、私はとびっきり不幸にならなくちゃいけないんです。ですから極悪非道な男性が理想なんです」

確かに愚問でした。キミはドMの不幸志願兵、ロクデナシの作家予備軍だったっけ。

続いて北原野麦はいともあっさり言う。

「でもご安心ください。私、佐々木先輩のことは、もうこれっぽかりも想っていませんから」

北原野麦は、〝これっぱかり〟と言う時に、親指と人差し指をほとんどくっつけ、ほんのわずかな隙間を作って強調した。ネガティヴ具合を伝えるにはこれ以上は望めない、適切な身振り(なじ)だ。ポスト・イット並みの粘着力で諦め(あきら)られてしまったぼくは、思わず北原野麦を詰っていた。

「それで、すかさず蜂谷に乗り換えたんだな」

ぼそりと言うと、北原野麦は顔を真っ赤にする。

「象のお尻(しり)並みに鈍感な佐々木先輩にまで感づかれてしまうなんて、隠しても隠しきれない乙女心は、なんてかなしく切ないものなのかしら」

おい、そのへんてこりんなたとえは、一体全体どこから引っ張り出してきたんだ？　隠しても隠しきれないなんて言うわりに、一昨日(おととい)の振る舞いは、昼休みのアルタ前の電光掲示板並みにあからさまだったぞと面罵(めんば)しようとして心中で一回試してみたら、たちまちにしてぼくの気力と憤怒はリハーサルで燃え尽きてしまった。

なにごとにも個人的な見解の相違はつきものだ、とヘタレなぼくは自分自身に言い聞かせる。そんなぼくの様子に気付きもせず、北原野麦は両手を胸の前で組んで言う。

「私の心変わりを、どうぞ赦(ゆる)してくださいね、佐々木先輩。この間の試合を見て、私の小さな胸のときめきは、もう誰にも止められないの、アイ・キャン・ストップ」

〝アイ・キャン・ストップ〟じゃなくて〝アイ・キャント・ストップ〟と否定文でないと、お前のときめきは止まってしまうぞ、などというつまらないツッコミに捉(とら)われる。

でも、小さな胸、という表現は誠に適切だ、確かにキミのその胸は……、なんて相づちを打ちかけて、あわててストップする。

ぼくの平衡感覚は北原野麦の異次元空間の磁場の前では狂いっぱなしだ。

北原野麦は、目をうるうるさせて続ける。

「KOされたあの人を見た瞬間、私を不幸にしてくれるのはこの人しかいないとわかったんです。傑作を上梓しながら文壇に無視される薄倖の女流作家と、将来を嘱望されながら芽が出ずに引退勧告された天才ボクサー。出会ってはいけないふたりは互いの不幸に引かれ合い、部屋に閉じこもるんです。爛れた愛欲の日々という大地に大輪の花を咲かせた私は、海乃藻屑賞の授賞式の緋毛氈の上で祝福される。その晴れ舞台を見守るパンチドランカーの元天才ボクサーの虚ろな瞳には、ふたりきりで過ごした繭のような時間しか映らない。才能溢れる私の足手まといになると恐れたあの人は、私をきつく抱き締めて姿を消し、そして津軽海峡冬景色に身を投げてしまうんです」

北原野麦の妄想暴走は止まらずに、とうとう蜂谷は身投げまでさせられてしまった。

哀れな蜂谷よ、北の海に静かに眠れ、と考えたぼくの脳裏には、彼女の大傑作にして破壊的なコピー、〝ボクシング部の、カウンターの、レジ係〟という響きが甦った。

「そう言えばお前、ついこの間までボクシングのことは全然知らなかっただろ。パンチドランカーなんて専門用語、よく知ってるな」

「愛する蜂谷さんのため、あれから繰り返し参考資料を熟読しているんです。ホント、名作ですよね、『あしたのジョー』は」

絶句した。北原野麦、二ラウンド一分十三秒、テクニカル・ノックアウト勝ち。

この敗戦のおかげで、ぼくにまとわりついた不穏分子がひとつ自然消滅したのだから、めでたいことだ。そのはずなんだけど、なんか釈然としない。

「佐々木先輩も佳菜先輩のお見舞いにいらしたのなら、ご一緒しましょうよ」

北原野麦はあっさり話題を変え、ぼくは我に返る。

う、まずい。

「お前、最後に佳菜ちゃんのお見舞いに来たのはいつだ？」

北原野麦は人差し指で頬を突いて、小首を傾げて考え込む。

そんな仕草をすると、何だか可愛く見えるぞ。いや、まてまて、これは北原野麦の強力な磁場がなせる業だ、騙されるなよ、アッシ。

北原野麦は、ぼくの質問に対して、珍しく忠実、かつ的確に答えた。

「私が佳菜先輩のお見舞いに来たのは、一年ぶりかしら？　ううん、違うわ、一年前にお見舞いに来た時は体調が悪いと断られたから一年半ぶりです」

やっぱり。だとしたら、今、このまま一緒に見舞いにいくのはまずい。

ぼくは努めて明るい口調で言った。

「今日は天気がいいからさ、お見舞いなんか止めて大学病院の満天テラスでお茶でもしないか？　あのレストラン、海も見えてとっても景色がいいんだぜ」

「天気、いいですか？」

北原野麦は空を見上げる。どんよりと重く垂れ込めた灰色の雲。雨が降らなければいい天気だろ、と言おうとしたら、嫌がらせのように小雨がぱらつき始めた。

「いや、天気は関係なくて、腹が減ったんだ。あそこはキツネそばが美味いんだぜ」

しどろもどろに言うぼくを見つめた北原野麦は、聖母のような微笑を浮かべる。

そして両手を広げ、ぼくに向かって朗々とアリアを歌い上げるようにして言った。

「先輩が野麦をアフタヌーンティに誘うだなんて、どういうおつもり？　まさか、まさかまさか、野麦が蜂谷さんのモノになった途端、惜しくなってしまったの？　それとも恋する乙女が無雑作に撒き散らす、愛のフェロモンにノックアウトされたのかしら？」

いや、キミの無分別な行動が引き起こす、はた迷惑な騒動を回避したいだけなんですケド。でもぼくの必死の引き留め工作は、潤んだ瞳で見つめる北原野麦には届かない。

「佐々木先輩も男の子なんですね。でももう遅い、トゥー・レイト。遅すぎるんです。私のこころはどこをどう切り刻んでも百パーセント蜂谷さんのもの。それなのに嗚呼、そのはずなのに千々に乱れる乙女心、人妻になった途端に執着されてしまった私は、たったひと言で一途な愛を揺り動かされてしまう。なんて罪な人なのかしら、先輩は」

ぼくは膝から崩れ落ちそうになる脱力感を、かろうじてこらえた。

何とか北原野麦の関心の方向を変えようと四苦八苦したぼくだが、変えようとした部分は変えられず、変えたくない方向に新たな誤解の火種を加えただけだった。

そんな風にあたふたしているうちに、ぼくたちはいつの間にか肩を並べてオレンジ新棟の自動扉の前に立っていて、気がつくと目の前で勝手に扉が開いてしまう。

そこには注射器のトレーを持った白衣姿の看護師さんが立っていた。

「あら、アッシ君、久しぶり。今日は佳菜ちゃんのお見舞い？　お部屋で退屈そうにしていたから、早く行ってあげなさいよ」

顔馴染みの看護師さんの親切なひと言で、ぼくの目論見は一瞬で粉砕された。おまけに看護師さんはちらりと北原野麦を見て、さらに余計なひと言をつけ加える。

「ガールフレンド同伴なんて、アッシ君も隅に置けないわね」

「違うよ」「違いますよ」

ぼくと北原野麦が同時に言う。言ってから呆然と北原野麦を見る。ほんの一ヵ月前なら、今の言葉を聞けば「実はそうなんですぅ」とでれでれしていたに違いない。

まったく、女ってヤツは……。

でも、まあそんなことは超枝葉、そう、今の問題は、佳菜ちゃんが在室していて、面会もできると北原野麦に知れてしまったという、この状況だ。

ぼくは最後の救いを求めて看護師さんに、「ショコちゃんは？」と尋ねる。

「師長さんは夜勤明けでお休みよ」

万事休す。望みを完全に絶たれたぼくは、覚悟を決めた。

たぶん、これは避けがたい運命なんだ。

オレンジ新棟一階、かつての救命救急センターは今は備品置き場だ。廃屋の雰囲気が漂う一階エントランスを通り抜け、重い足取りで階段を上っていく。薄暗い一階から一変して、二階の明るい病棟に足を踏み入れた途端、どしん、と何かが背中にぶつかった。振り返ると悪ガキがアカンベーをしていた。走り去る幼児をしわがれ声が追いかける。

「廊下は走らないでって言ってるでしょ」

白髪混じりの老婆がぼくに「すみませんねえ」と謝罪しかけて目を見開く。すると北原野麦が脇から口を挟んだ。

「お気になさらないでくださいね、こう見えても佐々木先輩は結構頑丈な人ですから。それより先輩、早く佳菜先輩のお見舞いにいきましょう。お部屋はどこでしたっけ」

そう言いながら部屋を確かめていく北原野麦。ぼくは老婆に目礼し、後を追う。

北原野麦は目敏く、病棟の一番奥で村田佳菜という名札を見つけたようで、言った。

「あったあった、この部屋です。佳菜先輩、こんにちは」

ノックもそこそこに扉を開け、部屋に飛び込んだ北原野麦は、がっかりした声を出す。

「佳菜先輩、いないんですけど」

「外出したんだよ、きっと」

「でも、さっきの看護師さんは、佳菜先輩はお部屋にいるって」

「その後で外出したのかも」

「それはおかしいですよ。ここの廊下は一本しかないですから、外出したなら途中ですれ違っているはずです」

北原野麦にしては珍しく論理的な判断だ。これでは言い逃れはできそうにない。どうしよう。このままでは佳菜ちゃんと北原野麦の面会が成立してしまう。

その時、先ほど廊下で挨拶(あいさつ)した老婆が部屋を覗(のぞ)いた。

「お困りですか」

穏やかな言葉に、北原野麦が丁寧にお辞儀をしてから、尋ねる。

「私たち、この部屋に入院している村田先輩のお見舞いに来たんです」

「村田さんでしたら、買い物に行くと言って出ていったみたいですよ」

「そうですか。でもさっき、看護師さんが佳菜先輩はお部屋にいるって言ったのに」

北原野麦は何やら解せないという表情でぼそぼそと言う。

「看護師さんもお忙しいから、うっかりしたんでしょう。今夜は自宅で夕食を食べると言っていましたから、今日は夜まで戻らないんじゃないかしら」

「なんだ、がっかり。久しぶりに佳菜先輩にお目にかかれると思ったのに」

「村田さんも、お嬢さんの気持ちはわかってくれると思いますよ。それよりせっかくの日曜なんですから、ボーイフレンドとおふたりでどこかに遊びにいったらどうかしら」

「違うんです。この人はボーイフレンドなんかじゃ全然なくて、一緒に来たのは単なる偶然なんです。そうですよね、佐々木先輩？」

それは事実なので、うなずかざるを得ない。

「どうしても佳菜先輩にお話ししたかったんですけど、それなら仕方ないです」

北原野麦が残念そうな口調でそう言うと、老婆は、微笑しながら尋ねる。

「どうして急にお会いしたくなったのかしら。よければ私がお伝えしておきますよ」

北原野麦は頰を赤らめてうつむいた。そしてぼくを指さして言う。

「一年半前、佳菜先輩をお見舞いした時にお話を聞いてからというもの、この佐々木先輩への恋心を募らせていた私だったんですけど、その恋が終わって新しい恋が始まりそうなので、そのことを一刻も早くご報告したくて……」

北原野麦の隣ででくのぼうのように立ちすくみながら唖然とした。つまりお前は、告白してわずか一カ月でぼくへの恋慕を見限り蜂谷に乗り換えたということを、入院中の佳菜ちゃんに事後報告しに、わざわざここまでのこのこやってきた、というわけか。

ふつふつと怒りがこみ上げる。でもこの状況ではどうにもできないのが歯がゆい。

老女は穏やかに微笑する。

「わかりました。村田さんにお伝えしておきますね」

「お願いします。また近いうちにお見舞いに来ますので」

老婆にぺこりと頭を下げた北原野麦は用件を済ませて気が済んだのか、振り返る。

「せっかくですからさっきのお誘い、お受けします。満天テラス、ご一緒しましょう」

「あ、いや、ぼくはスタッフの人に用があるから、遠慮しておく」

　あわてて首を振る。言うにこと欠いて、このタイミングで何ということを。

　北原野麦は一瞬、不思議そうに首をひねった。そりゃそうだ。さっきはあんなに積極的にお誘い申し上げていたのだから。でも北原野麦は、あっさりと言う。

「それじゃあ私は失礼します。佐々木先輩、また明日」

　やっぱりコイツの想いは、黒板に書かれた青いチョークの文字程度のものだったんだ、とぼくは合点する。北原野麦が部屋を出ていくと、残された老婆がぼくに言う。

「あらあら、せっかくのお誘いだったのに、もったいないことをするのね」

「聞いただろ、アイツはガールフレンドでも何でもない、一緒に来たのは偶然だ」

「偶然から始まる物語もあるのにねえ。最近の若い人たちときたら困ったものね」

　説教口調でたしなめる老婆に言い返す。

「もういいだろ。いいかげん機嫌を直してくれよ。偶然だって言ってるんだから」

「はて、なんのことかしら。あたしはただ、一般論を言っただけで……」

　わざとらしく咳(せ)き込む老婆に、ぼくは言った。

「だからさ、お年寄りごっこなんて、もうやめようよ、佳菜ちゃん」

　老婆は、曲げていた背中をしゃんと伸ばすと、拳(こぶし)で腰をとんとん、と叩(たた)いた。

「お年寄りごっこ、ねえ。ごっこ遊びだったら、よかったのに」

　返す言葉がなかった。まったく、ぼくってヤツは、いつも余計なひと言を言っては、意味なく人を傷つけてしまう。

目の前の老婆はぼくと同い年の尋ね人だった女の子だった。

村田佳菜。

桜宮女子学園の、桜宮女子学園高等部在籍中。


佳菜ちゃんは、ぼくが目覚めた時に、世話をしてくれた恩人だ。あの頃はまだ、女子中学生として、年齢相応の容姿をしていた。でもテトラカンタス症候群は、早老症で有名なウエルナー症候群の亜型だった。時の流れが早まる奇病で、ふつうの人と違って、早老症は一年で何年分も歳を取ってしまう。特にテトラカンタス症候群は、発症率こそ低いものの、ひとたび発症したらいずれ激症化し、一年で数十年分の歳を取るケースもあるので怖れられていた。

オレンジのプリンセスと呼ばれ、誰よりも愛らしかった佳菜ちゃんの病気が激症化したのは一年前。ちょうど北原野麦の見舞いが拒否された時期と一致する。

佳菜ちゃんはふう、とため息をついた。

「高等部になったらもう来ないのかなと思っていたわ」

「バカなことを言うなよ。いくら忙しいからって、ここに来ないわけないだろ。こっちもいろいろあってさ。そう言えばビッグニュースがあるんだ。実はこの間のボクシング対抗戦で試合に出て、無敵の高校チャンプからダウンを奪ったんだぜ」

「あれ？　アッシ君は試合には出られないんじゃなかったっけ？」

「行き掛かり上、出ちゃったんだよ」

ぼくが試合の顚末を語ると、佳菜ちゃんは目を輝かせながら言った。

「すごーい。ウチも見たかったな、アッシ君の勇姿。次はいつ出るの？」

「残念だけど次はない。あれが最初で最後さ」

それから高校生活について話して聞かせた。蜂谷とつるんでボクシング部に入ったこと。対抗戦で絶対的な天才に善戦したこと。横暴な独裁者、麻生夏美に仕えていること。北原野麦との出会い、そのあっという間の変心について、などなど。

「それにしても佳菜ちゃんが北原に話したぼくのイメージって、ずいぶんだな」

「そんなに的外れなことを言った覚えはないけど」

「ぼくは傲慢でわがままで鈍感で無神経で、冷たくて残酷だとか言いまくっただろ」

北原の言葉をここまで寸分違わず再生できたということは、それだけこころに深く突き刺さっていたんだなあとしみじみ思う。

「あら。違った？」

佳菜ちゃんは微笑する。それからあわてて両手を振る。

「でも誤解しないで、ウチは野麦っちにはそこまでひどくは言ってないから。せいぜい、人の言うことに耳を傾けないとか、思い通りにならないとイライラするとか、ウチの言うことに興味がないと知らんぷりするとか、それでもしつこく言うとうるせえってキレるとか、まあ、その程度よ」

言われてみれば身に覚えがあることばかりた。それが不幸のオーラを身に纏った女流作家のヒモ的DV風味言語に翻訳されると、さっきみたいな表現になるわけか。

納得できるだけに嫌になる。自分の嫌いなところを、精密な拡大鏡で思い切り拡大された挙げ句、細密に映し出されたみたいな気分だ。

「おかげでひどい目に遭ったぜ、告白され振り回された挙げ句、一方的に捨てられてしまったんだから。北原は節操ナシさ。一カ月前にぼくにコクったのに、一昨日の試合を見て、あっという間にボクシング部のエースに乗り換えてやんの」

改めて口に出してみるとつくづくひどい話だ。自分の台詞を冷静に聞き直したら、振られ男の泣き言みたいに聞こえてしまう。これではぼくの自尊心はズタボロだ。

佳菜ちゃんはくすくす笑う。

「つまり、アツシ君は、友人に可愛い野麦っちを取られちゃったワケね？」

「誤解だってば。ぼくは、北原なんかなんとも思っていなかったんだから」

「まあまあ、お若い人たちは元気がいいわねえ」

困惑するぼくの表情を楽しげに眺めていた老婆は、深々とため息をついた。

「今日はわざわざお見舞いに来てくれて嬉しかった。いろいろ、ありがと」

「お見舞いに来たワケじゃなくて、ついでにちょっと寄っただけさ」

佳菜ちゃんは首を振る。白髪になってしまったほつれ髪が揺れる。

「それでも嬉しかった。でもね、ここに来るのは今日でおしまいにして」

「なんで？　こんなこと、ちっとも大変じゃないけど」

「これは、ウチの気持ちなの」

佳菜ちゃんの言葉に、胸を絞り上げられるような気持ちになる。

「気を悪くするようなこと言ったなら謝るよ」

「そうじゃないの」

「じゃあ、どうして？」

佳菜ちゃんは目を閉じる。そして、ため息みたいな小声で言う。

「どうしても理由を言わなくちゃ、ダメ？」

佳菜ちゃんは窓の外を見た。ぼくもつられて外を眺める。

銀色に光る水平線。その手前に未来医学探究センターの白い塔がすっくと立っている。

ここからぼくの光塔が見えるんだ、と思いながら、ぼくはうなずいた。

「アッシ君って、ほんと鈍感ね。そして残酷なひと」

そして吐息をつくように、言った。

「しょうがないなあ。他ならぬアッシ君のためだもん。理由を教えて進ぜましょう」

佳菜ちゃんは、自分の中にある嬉しさや楽しさを寄せ集め、最後の一滴を絞り出すみたいな笑顔になる。年老いた顔の中から、初めて出会った頃の面影が立ちのぼる。

ぼくは目をつむる。声は昔と変わらないから、目を閉じると瞼（まぶた）の裏側には、昔のままの佳菜ちゃんが見える。

その、昔のまんまの佳菜ちゃんが微笑して言う。

「象や猫の死体って家族は誰も見ないんだって。死期を悟った象や猫は、誰も知らない墓場にひとりで向かうから。これでわかってくれた？」

目を開けると、目の前の老婆がふい、とぼくから視線を逸らした。

ぼくは硬直し、首を振る。

「全然わからないよ。ゾウやネコなんかどうでもいいよ。どうしてぼくが佳菜ちゃんに会いにきたらいけないんだよ」

「だから、ウチはもうすぐ……」

ぼくは佳菜ちゃんの言葉をさえぎるように、大声を出す。

「わからない。そんなの全然わからないよ」

佳菜ちゃんは穏やかに笑う。

「そんなこともわからないなんて、アツシ君って相変わらずおバカなのね。じゃあわからなくてもいいから、とにかくここにはもう来ないで。それがウチのお願いなの」

何も言えなくなったぼくは、窓の外の水平線を見遣る佳菜ちゃんの横顔を見つめた。

そよ風が窓から吹き込んできて、佳菜ちゃんの白髪を揺らした。そしてぼくの髪も。

でも、窓の外に視線を投げると、その景色は四年前とちっとも変わっていなかった。

ぼくは、ふう、とため息をついた。

「わかった。それが佳菜ちゃんのお願いだっていうのなら、叶えてあげるよ」

そう吐き捨てて部屋を出ていこうとしたぼくの背中に、とん、と柔らかい衝撃が走る。

儚い体温が背中に密着する。

吐息と空気が震える。

「ごめんね、ごめんね」

ぼくは動けなかった。

膨れ上がる得体のしれない怒りに、身体が侵食されていく。

どうしてぼくは何もできないんだろう。

震えていた佳菜ちゃんは、すい、と身体を離すと、とん、と背中を押した。

「さあ、行って。そしてもう、二度と振り返らないで」

ぼくは佳菜ちゃんの最後のお願いを叶えてあげるだけで精一杯だった。


帰り道は夕立になった。重く垂れ込めた黒雲の狭間から稲妻が光る。土砂降りの中、濡れネズミになりながら、とぼとぼとぼくは歩いた。

地下室に戻ったぼくの身体は冷え切っていて、そして疲れ果てていた。銀棺の小窓を覗き込むと、オンディーヌの口元には、いつもと変わらない微笑が浮かんでいる。

怖くなかったのだろうか。ぼくが水槽に入った時には、残った左眼を摘出しなくて済むかもしれないという希望があった。でもオンディーヌは違う。

西野さんがぽろりと口をすべらせたことがあった。

——彼女は大切な何かを守るため、ただそれだけのために凍眠を選択したんだよ。僕にはとうてい信じられないことだったけどね。

どうしてそんなことができたんだろう。

その時、不意を衝いたように、ピアノのメロディが流れた。

甘美な旋律。脳裏に艶やかな微笑がよみがえる。

懐かしい記憶。ぼくはその笑顔を、深い眠りの水底で何回も何十回も、何百回、何千回も再生していたことを思い出す。

——でも、こんな笑顔、ぼくは知っているはずがないのに。

これは一体、誰に向けられた笑顔なのか。

そして、ぼくはどうして、ぼくの記憶にあるはずのないその笑顔を思い出したのか。

思いは千々に乱れながら業務に入る。西野さんに新しい業務を通告された時からずっと、業務外の時間はすべて、マザーを把握するために費やしていた。

——坊やもできるだけ早く大人にならなくちゃ。第一歩にして到達点に向けて、歩き出す時が来たんだ。

記憶領域にある西野さんの冷ややかな言葉に対して、ぼくは質問する。

「第一歩にして到達点？　何ですか、それ」

西野さんの言葉はいつも難解で、問いかけたことに答えがないことも多い。

だけどその時は、珍しく素直に答えてくれた。

――真実と向き合う、ということさ。

あの時なぜ、意地悪な西野さんが正解を教えてくれたのか、今になればよくわかる。

西野さんには、わかっていたのだ。質問への答えを見つけるよりも、見つけたあとの方が百万倍も大変になるだろうということが。

パスワードを渡すタイミングも絶妙だった。あれより早ければ、その意義を見失っただろう。あれより遅ければ、佳菜ちゃんから手渡された哀しみの重さに呻き続けるしかなかっただろう。

西野さんに命じられ、佳菜ちゃんに背中を押されたぼくは、今こそ真実の海へ船出をしなければならない、と決意した。

脳裏に浮かぶオンディーヌの微笑を見つめた。

その微笑は真実を知った後にどう変わるのか。あるいはまったく変わらないのか。

振り返らないで、と佳菜ちゃんは言った。

だからぼくは、もう振り返らない。

12章　ぼくの存在は世界からはみ出している。　5月24日（金曜）

佳菜ちゃんに別れを告げられた翌日から、学園を休んだ。ひとりきりで虚飾であり真実でもある、マザーの大海原に船出したのだ。

金属製の巨大コンピューターを起動するのも、小さな丸いスイッチひとつを人差し指で押すだけだ。すると目の前の巨大スクリーンにテキスト列が次々に蘇ってくる。

その二進法の抽象世界がマザーの海だ。マザーの海の底に沈んでいくと、ぼくが沈降してきた入口は、深い海の底から見上げる日輪のように、ゆらめきながらぼやけて光を失っていく。

ぼくはマザーの海をクラゲのように漂流する。そこに封印されている感情はぼくの羊水だ。

その海原には、フロイラインと呼ばれたひとりの女性の想念が純化され、保存されている。そのひたむきな思いが、メビウスの円環に記されていた。彼女が電磁交流で発信したシラブルは、海底に降り積もるマリンスノーのように堆積し、地層になっていく。

地層の深い底で、ぼくが乗っている箱船の由来と未来を示す航路図を見つけ、自分が箱船の船長となるべく運命づけられていたのだと知った。

オンディーヌは箱船を守るため、光塔を情報要塞に仕立てていた。後継者のぼくは逆に、あらゆる交流を遮断するという、正反対の戦略を取った。ぼくの戦略は弱者の愚策で、箱船の開示を韜晦したオンディーヌは賢明な強者だった。

オンディーヌの想念は凍土に冷凍保存された巨大なマンモスの遺体だ。丸呑みしようとして咀嚼も嚥下もできずにいる間抜けなウワバミよろしく、ぼくは呻吟し続けた。

次第に意識の輪郭が溶けていく。これは神経衰弱の徴候だ。

ぼくはピアノが弾けない。

指の重さで鍵盤を押さえ、地下室の丸天井に単音が吸い込まれていくのに、ただ耳を傾ける。鍵盤中央のC音だけを繰り返し叩くと、幾層にも絵の具を塗り重ねたルオーの油彩のように、凍えた天井に音が張り付き、分厚い壁を作り上げる。

春になれば天井から音符が一斉に溶け出し、頭上から降り注いでくる。その時はきっと、さまざまな想いを込めたC音が、小川のせせらぎのような旋律を奏でるだろう。

春。空は霞む。天然色の心象風景の中、蜂谷が隣を歩きながら、たわけた質問をする。あまりのくだらなさに大笑いしていると、蜂谷はにい、と笑って駆け去っていく。

フェルマータする単音のC音はまるで人間の顔のように、どれもよく似ているクセに、どれひとつとして同じものはない。

こうして彷徨（さまよ）うぼくは、オンディーヌの歌声に惑わされ、帰り道を見失う。

でも、それも仕方がない。このモニタ上に溢（あふ）れているのは、ぼくへの恋歌（マドリガル）ばかりなのだから。たとえばこんな風に。

▼12月7日（火）快晴。メディウム温4℃。安定。組織外液のカテコラミン濃度を光反射法にて計測した結果は3・2ミリグラム・パー・デシリットルと上昇傾向を示す。昨日の朗報、レティノブラストーマの転移抑制剤サイクロピアン・ライオン（片目のライオン。なんて英雄的で勇気溢れる命名だろう）が米国保健省の審査を通過したというニュースを伝えたせいか。日本の薬事審議会を通すという難事業が残っているが、希望の光が見えてくる。いざとなったら上司が理事を兼任する薬事審議会の外郭団体に働きかければ存外うまく運ぶだろう。モルフェウスは運が強い。私はモルフェウスを守る。

オンディーヌはぼくのことをモルフェウス（眠りの神）と呼び、ぼくのことだけ考えてくれていた。だから胎内のようなこの部屋で、羊水の夢にまどろむことができる。

すべてがここから始まり、そうしてすべてはここで閉じる。

色とりどりの風景が一面に、乱雑に並んだ次の瞬間、ココアの表面のラテアートをストローでかき回したみたいに、ぐるぐると渦を巻いて溶けていく。

ぼくはこの世界に囚（とら）われ、出口を見失っている。わかっている。でも身体が動かない。

ゾウやネコは、と言った佳菜ちゃんの口元は、昔の佳菜ちゃんのままだ。

その時。

ぱたん、と書類を閉じる音。突然、雑多な不協和音の足音が天井から響いてきた。

「佐々木クン。しっかりして」

肩が強く揺さぶられ目を開く。涼しげな声で名を呼ばれ、唐突に覚醒する。

その声を追うように、遠い世界から聞こえてくる電子音声のような自分の声が響いた。

——ナゼ、オ前ガココニイル？

その声で、真っ黒なモニタの中心に真珠のような残光が煌めいた。

その輝点の中心に麻生夏美の心配そうな顔が見えた。

麻生夏美は、ぼくをまっすぐ見下ろしていた。

「今日から合宿する約束なのに、佐々木クンが学校にこないから、家庭訪問することにしたの」

久しぶりに耳にした肉声が、モノクロームから天然色の世界へと、ぼくを引き戻す。

背後から蜂谷が、麻生夏美が取りこぼした細かい点を補足する。

「幸い、金曜日は、ボクシング部は休みだしな」

夢の中でコイツが尋ねた馬鹿げた質問は何だったっけ、とぼんやり考える。

視界の隅で銀の棺がうっすら輝いて、そして光を失った。

次第にはっきりしてくる意識の中、気になったことを尋ねる。

「なんで、お前たちはこの部屋に入れたんだ？　鍵はどうした？」

「鍵は開いてたぞ。迂闊なヤツめ」

蜂谷の呆れ声。記憶を呼び戻す。オレンジ新棟に佳菜ちゃんのお見舞いに行って、お別れして、光塔に帰って、マザーのパスワードの封印を解いて、それから……。

最後の記憶は、ぼくに向かって両手を差し伸べたオンディーヌの微笑で終わっていた。

金曜？

最後の記憶は日曜だから、五日間もこの世界をひとり彷徨っていたわけか。

立ち上がると眩暈に襲われた。ふらつく肩を、蜂谷が抱きとめてくれた。途端に巨大な空腹を思い出す。蜂谷が手にしたドリンクのボトルを奪い取り、貪るように飲み干す。

タイミングよく北原野麦が、手にした果物を差し出す。

「佐々木先輩、ほら、バナナですよ」

北原野麦の手から輝く黄金の房を奪い取ると、皮を剥いてろくに噛まずに呑み込むことを五回繰り返し、あっという間にバナナの房を皮だけにしてしまった。熟し切った黄金の果実の甘さは暴力的で、不覚にも涙をこぼしそうになった。

「おいおい、放っておくと俺たちの三日分の食料を食い尽くしてしまいそうだぜ」

蜂谷の呆れ声に、北原野麦のリュックから引っ張り出した烏龍茶を飲むのを止める。

「三日分の食料？　何だ、それ？」

人心地がついて周囲を見回すと、北原野麦が持参したリュックにはおにぎりや肉マン、サンドイッチ、レトルト食品、カップ麵が詰め込まれていた。北原野麦が言う。

「合宿用の食料ですよ。それより佐々木先輩はあの後、佳菜先輩と会えたんですか？」

——そうだ、コイツと会ってから、ぼくは佳菜ちゃんと……。

遠い昔のことに思えた。麻生夏美はぼくに言う。

「教えてほしいことがあるの。あなたはどこから来て、どこへ向かおうとしているのか。そして佐々木クン、あなたが何者なのか」

「どうしてそんなことを、お前に言わなければならないんだ？」

麻生夏美を見つめる。かすれ声の問いに、麻生夏美は目を細めてぼくを見た。

「友だちだから」

正面切ってそんな風に言われたのは生まれて初めてだった。友だちという言葉は外部との関係性だ。自分の輪郭が見えていないぼくは、他人との関係性を確立できない。

麻生夏美は圧倒的に正しい。今、ここで決断しないと、ぼくの輪郭はこのまま羊水の海に溶けていってしまう。ぼくの様子が落ち着いたのを見て取って、隣のソファに麻生夏美が腰を下ろす。蜂谷は少し離れて座り、その隣に寄り添うように北原野麦が座った。

誰もがぼくの言葉を待っている。

ぼくは意を決して立ち上がると、部屋の片隅の古いカルテを手渡した。その時に気がついた。その行動は決断だった。カルテはぼくの過去を綴ったものだったのだから。

決断というヤツは、こんなささやかな行為の陰にじっと身を潜めているものらしい。

麻生夏美が不思議そうに尋ねる。

「なぜ佐々木クンは、昔の自分のカルテを持っているの？」

「ここでは、東城大学医学部の過去のすべての医療情報が委託管理されているんだ」

「その整理が佐々木の仕事だったわけか」

蜂谷が言う。正確に言えば少し違うけど、時間が惜しいので訂正せず先を急いだ。

「五歳の時、眼の癌になった。レティノブラストーマ、和名は網膜芽腫。常染色体優性遺伝の疾患だ。ぼくは右眼の摘出手術を受け、義眼になった」

北原野麦が唾を呑み込む。コイツの不幸センサーが発動したのか。せっかく蜂谷に傾きかかった北原野麦の同情心がまたぼくに舞い戻ったりしたら大変だ。

カルテを読む麻生夏美の長い黒髪が揺れるのを見ながら、ぼくは淡々と続ける。

「ぼくはその病気をレティノザウルスと呼んだ。ハイパーマン・バッカスに変身してソイツを退治するのが、幼い頃のぼくの夢だったんだ」

「ハイパーマン・バッカスなんて呑んだくれのアンチヒーローがお気に入りだったなんて、佐々木先輩っておバカだったんですねえ。幻滅しました」

北原野麦の手のひら返しは強烈だったけれど、安心した。北原野麦の不幸センサーの目盛りが、ぼくのおバカな過去のせいで確実に数段階ダウンしたことがわかったからだ。

ぼくは続けた。

「手術は成功した。でも四年後、残った左眼に癌が再発した徴候が現れた。そうなったら全盲だ。でも、その時にいいニュースと悪いニュースがもたらされた。いいニュースは、米国でレティノブラストーマの転移阻害薬が開発されたというものだ」

「それはおめでたいですね」

北原野麦の不幸センサーの目盛りはまた一段、低下したようだった。それにしても、〝めでたい〟と〝おめでたい〟では意味がまったく違う。コイツの言語感覚は、時々無神経に思えることもある。それでも作家志望かよ、などとツッコミたくなった。

蜂谷が「悪いニュースの方は何だったんだよ」と尋ねる。

「開発されたその特効薬は、日本ではすぐに使えなかったんだ。担当組織の国際薬事審議会（ＩＭＤＡ）が新薬をなかなか承認しようとしなかったんだ」

「なんでそんなことになるんだよ」

蜂谷は憤然とする。つくづくコイツは気持ちがまっすぐな、いいヤツだと思う。

「副作用とかが危険だから？」

麻生夏美の疑問に、ぼくは首を振る。

「外国では使われているからそんなことはない。どんな薬も危険はつきものだ。薬とは毒で、その毒で病気をやっつけるというその一点でのみ、有用なんだから」

「〝毒を盛って毒を制す〟というヤツだな」

蜂谷は適切なことを言ったが、漢字の書き取りをしたら思い切り間違っているような気がした。〝毒を盛って〟でも、〝毒を以て〟でも、どのみち毒を盛るわけだから大して違わないか、と無理やり納得する。北原野麦はそんな蜂谷をうっとり見つめている。

「結局、IMDAの認可は下りなかったの？」

「認可は下りた。それが四年前だ。ぼくはすぐに治療してもらい、ことなきを得た」

「よかったですね、佐々木先輩」

北原野麦が目を潤ませる。コイツは案外、純情可憐かもしれない、などと過去の災難など綺麗さっぱり忘れふらふら思う。次の瞬間我に返り、男って本当にバカだと思った。

「ちょっと待って。今の話はちょっとおかしいわ」

やはり気がついたのは麻生夏美だったか。

「佐々木クンが投薬を受けたのは四年前で、手術の四年後だから、手術が行なわれたのは今から八年前になるわ。その時佐々木クンは五歳。そこまではいいの。でも手術日は二〇〇六年十二月二十六日。今は二〇一九年だから十三年前になるのよ」

「何を言っているんだよ、麻生。五歳だったのは十一年前だから二〇〇八年だろ」

「蜂谷クンの言う通りよ。でも何度見ても手術日は十三年前なの。最初にカルテを見た時からおかしいなと思ってた。答えは最初のページにあったわ」

麻生夏美は、カルテの最初のページを開いて綺麗な声で読み上げる。

「佐々木アッシ。男性。生年月日二〇〇一年三月二十七日」

「二〇〇一年生まれということは、佐々木は俺たちより二歳も年上だったのか」

蜂谷が呟くと、北原野麦が、しんから呆れ果てたというような口調で言った。

「二回も落第するなんて、佐々木先輩って本物のおバカだったんですね」

「佐々木はバカじゃない。勉強が苦手なだけだ」

蜂谷が、北原野麦に小声で言う。バカップルの会話に、麻生夏美は癇癪を起こす。

「おバカなのはあんたたちよ。問題はそこじゃない。佐々木クンは二歳年上なのに中等部に中途編入してきたことよ。それはなぜなの？」

ぼくは麻生夏美の視線から顔を逸らして、答えた。

「中学生活を経験するためだ。ぼくは五年間という時間をスキップしてるから」

椅子から立ち上がり、部屋の片隅に歩み寄ると銀の棺に手を添えた。

「ぼくはこの中で五年間、凍眠していたんだ」

言葉を失った三人に、ぼくは説明を続けた。

「手術の四年後、左眼に転移が見つかったぼくはコールドスリープ第一号になり五年間眠り続けた。その間に『サイクロピアン・ライオン（一ッ目の獅子）』という特効薬が認可されたおかげで左眼は残ったけれど、ぼくは年齢不詳の身になってしまったんだ」

言葉を切った。三人の視線が痛い。麻生夏美がすかさず尋ねる。

「二〇〇一年生まれなら、今年は十八歳でしょう？」

「そんな単純じゃない。人工凍眠法という法律でぼくは目覚め後に以前の自分を継続するか、記憶を消し新たに生まれ変わるかのどちらかを選ばなくてはならなかったんだ」

「どうしてそんなややこしいことを……」

いかにも単純かつ直線的な思考の持ち主、蜂谷らしい質問だ。

そうだよね、〝深く考えない〟がモットーの君には、少し難解すぎる話だよね。

「社会の混乱を避けるためさ。本当はぼくが新しい人格を選択した方が都合がよかったらしい。そうすれば戸籍が作れるからつじつま合わせは簡単だけど、これまでの人生を継続すれば、失われた五年に対し整合性を持たせるストーリーが必要になるからね」

「今、こうして凍眠前の話ができるということは、佐々木クンは以前の人生を再選択したわけね。自然な選択だけど、なぜ凡庸な人生を再起動したのかは解せないわ」

賢明な同意を示した後に、ブラック・ペッパーのようなフレーズをふりかけるのは、いつもの麻生夏美だ。ぼくは遠い目をして、続けた。

「連続した人生を選択したのはぼくじゃない。メンテナンスしてくれた担当者だ。凍眠に入る前に意思は確認されたけど、その時は本当の意味がわかっていなかったんだ」

目を閉じると、〝頑張るのであります〟という、幼い自分の声が甦る。

麻生夏美が言う。

「担当者が対応してくれたのね。なのにどうして年齢不詳になってしまったの？」

「官僚と法律家の限界でね。彼らは起こってしまった事態の穴を埋めるのは得意だけど、これから起こる未来を想定し適切なルールを作り上げるのはとっても苦手なんだ」

「佐々木先輩、お話がちょっと難しすぎます」

北原野麦の泣きが入る。蜂谷は理解できない話をするとシャドウボクシングを始めるのがクセだが、横目で確認すると案の定、右ストレートのシャドウを繰り返していた。

「今のは、前例踏襲が金科玉条の官僚機構への妥当な評価をしただけよ、北原さん」

さらりと要約してのける麻生夏美。こんな高度な話についてくるだけでなく、瞬時に的確な要約までしてしまうとは、さすが世界に名だたるシンクタンクの主任部長の娘だけのことはある。残念ながら麻生夏美の説明を聞いても北原野麦の理解は進まなかったようだ。わかりやすく説明したところで、実態そのものが超難解なのだから仕方がない。

なのでぼくは問題点を絞った。

「法律を作った役人たちは、ぼくが別人格を選択するだろうと勝手に思いこんで、そっちの方のルールはしっかり作ったけど、以前の人格を選んだ場合の落とし穴にはまったく気づかなかった。で、そのひとつが年齢問題だったわけだ」

「これまでの人格と同じなら、佐々木先輩は十八歳に決まっています」

北原野麦が妥当な答えを、きっぱり断言する。

「そうなんだけど、凍眠した人間はスリーパーと呼ばれて差別されていたんだ。その法律はスリーパー本人のためではなく、社会システムの維持が主眼だったんだ」

きゃっと言って、北原野麦が両手で顔を覆い、うつむいてしまう。

「ストリッパーだなんて、いやらしい佐々木先輩」

呆然（ぼうぜん）として北原野麦を見た。〝カウンターのレジ係〟クラスの超弩級（ちょうどきゅう）の聞き間違いだ。

「ストリッパーじゃなくて、スリーパーだ」

「え？　スリッパ？」

こいつの聞き取り能力は低すぎる。それで文壇の売れっ子になろうだなんて、大甘夏の甘納豆だ。蜂谷がパートナーの失態を取り繕うために、ナイスな質問をしてきた。

「十八歳なら一年ブラブラ遊んでから直接大学に行けばいいのに。あ、そうか、佐々木は成績がよくなかったんだっけ」

ぼくは微苦笑する。

「学力よりもスキップした時間の人生経験の不足の方が問題なんだ。義務教育最後の中学生時代が空白になると、社会適合が難しい、と案じた後見人が、いっそ中等部に入学させればいいと思いついた。だから桜宮学園中等部に中途入学したんだ」

麻生夏美がしみじみとぼくを見て言った。

「小学四年生で凍眠したとなると、眠っている間も身体の方は育っていたわけよね。でも癌の成長を抑える薬の認可を待っていたんでしょう？　身体が成長すれば癌も成長しちゃうんじゃない？」

さすが麻生夏美は目の付け所が違う。ぼくは説明する。

「凍眠システムはスリーパーの時を止めるけど、癌に作用しない微弱な成長促進剤を投与したんだ。なので凍眠中は五年間で三年分くらいしか成長できなかった。でもおかげで中学二年に編入するのにぴったりな体格になって、中等部に編入できたのさ」

「ああ、もう、何が何だかさっぱりわからなくなっちゃった」

北原野麦が髪の毛をくしゃくしゃとかきむしる。麻生夏美がぼくを直視する。

「佐々木クンが凍眠者ならいろいろ納得できる。だからたぶん、真実なんでしょう。でも一番肝心なところがわからない。佐々木クン、あなたは何者なの？」

ただの高校生と呼ぶには存在は突飛すぎる。なのでぽりぽりと頭を掻いて言う。

「肩書は高校生だろうな。あまり自信はないけど。何しろぼくの存在は法律領域からはみ出してしまっているからね」

北原野麦が両手を胸の前で組んで、嬉しそうに声を上げる。

「それってアウトローってヤツですね。ヒーローの定番じゃないですか」

北原野麦が関わると、話が本質からどんどん遠ざかってしまう。だが、麻生夏美が脱線した話をぴしゃりとひと言で復旧させる。

「北原さん、あなたの心証なんてどうでもいいの。感情と事実を区別しないと、あなたがこれから書く物語は、骨格のない、情動垂れ流しのクラゲ文学に堕してしまうわよ」

クラゲ文学というジャンルは初耳だけど、麻生夏美が口にするとイメージが、グサリと突き刺さる。いや、この場合はクラゲだから、グニャリと刺さるわけか。

とにかく端で聞いている第三者のぼくでさえそう感じるんだから、言われた当人は〝グサリ〟にしても〝グニャリ〟にしても、さぞやこたえたことだろう。

麻生夏美が口を開くたびに思う。

この世で重要なのは、〝何を言うか〟ではなく、〝誰が言うか〟ということなのだ。

「話はわかったわ。ところで今、その銀の棺の中には、誰かいるの？」

「なんでそんなことを聞くんだよ」

「佐々木クンが、さっきからずっとその棺をとっても気にしているから」

麻生夏美がすっぱりと答える。そして尋ねる。

「教えてもらえる？　それとも、無理？」

麻生夏美にしては珍しい問いかけだ。ドロン同盟の盟主の麻生夏美には、他人の意向を忖度する必要がない。欲しいものは必ず手に入れ、知りたいことは知り尽くす。

その麻生夏美が「それとも、無理？」と尋ねる。単に「教えて」と問われたら反射的に「イヤだ」と答えただろう。守秘義務を盾にすれば、ぼくの決定は正当化される。

なのに……。

それとも、無理？　なんて麻生夏美らしからぬ控えめな、でもいかにも麻生夏美らしい賢明な問いが、ぼくの虚飾を引き剝がしていく。

神殿に眠るオンディーヌ。

今、彼女について語ることを控える理由はない。

きっとそれも、ひとつの告知(ノーティス)なのだろう。

まさかこんな日が来るなんて、夢にも思わなかった。

ぼくは、ぼくのことを見つめている三組、六個の瞳(ひとみ)を見回した後で、静かに語り出す。

「ぼくは公益法人・未来医学探究センターから委託され、スリーパーのメンテナンスをしている。凍眠しているのは、以前ぼくのメンテナンスをしてくれた日比野(ひびの)涼子さんという女性だ」

「その人もやっぱり癌のわけ？」

蜂谷が自然な質問をした。ぼくは首を振る。

「健康だよ。それに、ぼくの凍眠後、厚生労働省は癌患者の凍眠適用を禁止している」

麻生夏美がびっくりして目を瞠(みは)る。

「それじゃあ凍眠制度の意味がなくなっちゃうじゃない」

「その通りなんだけど、それが国の方針だったんだ」

「せっかくここまでは納得したのに、今のひと言で全部台無し。官僚ってわけがわからないわね。でも、それ以上にわからないのが、なぜ前任者は凍眠を決断したのかということよ。そんなことしても、彼女に何のメリットもないでしょうに」

麻生夏美は淡々と指摘する。仕方なく、ぼくは必要最小限の事実を簡潔に伝えた。

「涼子さんの選択はぼくのためだったらしい。詳しいことはよくわからないけど……」

麻生夏美はぼくを凝視した。そして、言う。

「その女性の顔、見てもいい？」

銀の棺が、一瞬、うっすらと微光を放ったような気がした。

「どうして涼子さんを見たいんだ？」

「好奇心、かな」

麻生夏美は真顔で答える。

ぼくの中に拒否反応が湧き上がる。直感的な返答は、ノーだ。でも……。

ぼくはもう一度、銀の棺を見つめる。それは本当に涼子さんのためを思っての返事なのだろうか。

好奇心、と麻生夏美は即答した。それは本音だろう。

どうしても涼子さんを見たいと思ったら、麻生夏美ならもっともらしい理由を瞬時に百は挙げられたはずだ。でもそうしなかった。好奇心、という麻生夏美の潔い即答は、ぼくが拒否する権利を尊重してくれた、やさしさの表れではないだろうか。

そう考えたぼくは、棒のように立ちすくむ。

その時。

地下室にピアノのメロディが鳴り響いた。

麻生夏美が、ぽつんと言った。

「あ、別れの曲……」

それは、誰にも止めることができないアラームだ。

「……だからこの曲を弾きたかったのね」

麻生夏美の呟きを耳にして思い出す。それがコイツと初めて交わした会話だった。

あんな些細なぼくの言葉をずっと忘れずにいたのか、コイツは。

目を閉じて、虚空の声に心耳を澄ませる。

——わかった。わかったよ。

目を開けて、麻生夏美を見つめた。

「いいよ、見ても。ただし周囲の配線には気を付けてくれ」

麻生夏美は目を見開く。まさか許可されるとは思わなかった、というように。

麻生夏美は深呼吸をすると、すい、と立ち上がる。プリーツスカートの制服の裾が揺れる。両手を後ろで組み、胸を張ってそろそろと銀の棺に近づいていく。その後ろから蜂谷と北原野麦が手を握り合いながら、つき従う。

ぼくは彼らの後ろ姿を見つめながら、天井を見上げてため息をついた。

おそるおそる、棺の小窓を覗き込んだ麻生夏美が言う。

「綺麗なひと……」

それは、居合わせたみんなの気持ちだったに違いない。蜂谷も北原野麦も、麻生夏美と一緒に、うっとりと涼子さんの寝顔に見入っている。

ぼくは離れたところに佇んで、天井から降り注ぐ美しい旋律の爆撃に耐えている。

見なくても、ぼくにはその表情をありありと思い浮かべることができる。

細い眉、長い睫毛、すっと通った鼻筋。口角は微かに上がり、菩薩のような微笑を湛えている。ほっそりした指はふくよかな胸の前で組まれ、祈りを捧げているかのようだ。

天井から降り注ぐ、ピアノのエチュードが突然、終わった。

静寂が部屋を包み込む。麻生夏美は顔を上げてぼくを見た。そしてきっぱり言う。

「こんな優しそうな女性に面倒を見てもらえて、佐々木クンって果報者ね。でも、この女性に囚われ続けたら、佐々木クンは閉じた世界に閉じこめられてしまうわ」

不意を衝かれて、顔を上げた。声がかすれる。

「それっていけないことなのか？　ぼくのために凍眠システムに入ってくれた女性の世界に閉じこもることは……」

「いけなかないわ。それはたぶん、とっても素敵なことよ。でも……」

「でも？」

麻生夏美は顔を上げ、一瞬泣きそうな顔になる。

「でもその女性は、そんなことを望んでいないわ」

「なんでお前に、そんなことがわかるんだよ」

「仕方ないじゃない。わかっちゃうんだもの。あたしだってこんなこと……」

麻生夏美は唇を噛み、うつむいた。涼子さんは、ぼくだけを思ってアクアマリンの海底で眠っている。それは麻生夏美にもぼくにも、そして森羅万象を知り尽くしている西野さんにすら、触れることが叶わない、たったひとつの真理だ。

麻生夏美は顔を上げ、毅然とした口調で言い放つ。

「そんな風に感じているのはあたしだけじゃないわ」

「他に誰がいるんだよ」

「佐々木クンの周りの人たちみんな。西野さん。翔子さん。そしてあたしのパパ」

「何なんだよ、そのメンバーは？」

ぼくは戸惑う。ぼくの知らないところで何かが起こっている。麻生夏美は言った。

「さっき、ここに入ってくるときに建物の鍵が開けっ放しだったと言ったわよね。あれはウソ。鍵はあたしが預かっているんだもの」

「何言ってるんだよ、麻生。ここに来た時、鍵は開いてたじゃないか」

蜂谷が抗議すると、麻生夏美は首を振る。

「蜂谷クンたちがよそ見をしている隙にこっそり開けたの。その合い鍵をあたしに預けたのが誰か、佐々木クンならわかるでしょ？」

ぼくは唾を呑み込み、思い浮かんだ名前を口にする。

「まさか、西野さん？」

「ピンポーン。大正解」

麻生夏美は人差し指を立てて言った。そして説明する。

「今朝、西野さんに、坊やは秘密の花園で迷子になっているみたいだから、様子を見てきてほしいと頼まれて鍵を預かったの。それで来てみたらこの状況だったってわけ」

まったく、何て人だろう。ぼくを追い込んだクセして、余計なお節介しやがって。しかもよりによって、ぼくのレスキューを麻生夏美に頼むだなんてサイアクだ。

「納得できないって顔ね。西野さんは応急処置の処方箋を渡してくれたわ」

麻生夏美は紙を取り出し、読み上げる。

「坊やには彼女を目覚めさせる義務がある。マザーの囁きに溺れているヒマはない」

西野さんの伝言は、ふやけきったぼくに加えられた一撃だった。

その通りだ。ぼくが腑抜けていたら誰が涼子さんを目覚めさせられるのか。

麻生夏美はそんなぼくを見て、笑顔になる。

「やっとお目覚めのようね。さすが、西野さんの気付け薬の効き目は抜群だったわね」

麻生夏美は、細い人差し指でぼくをばしっと指し、言う。

「自分自身が健全な高校生活を送ること。それはこの女性の願いのはずよ」

麻生夏美のブレザーの胸の、金の刺繡で縁取られたエンブレムが眩しく輝いた。

どうしてお前に偉そうに指示されなくちゃならないんだ、と反発しながらも、涼子さんがここにいたなら、たぶん同じことを言ったかもしれない、という気がした。

ぼくの表情が正気に戻ったのを見て、麻生夏美はいつもの口調で言う。

「貴重な時間を浪費してしまったわ。今からこの合宿の本来の目的、秋の文化祭の企画を練ることにします」

ぼくは蜂谷と顔を見合わせる。しょうがねえなあ、とその目は笑っていた。

ぼくも笑い返し、伸びをした。そして、地下室の片隅に置かれた銀の棺を見る。てきぱきと場を仕切り始めた麻生夏美の横顔を見つめ、問いかける。

お前に、何がわかるんだ？　麻生夏美が無言の問いに答えるはずもない。結局、その夜は話し合いにはならず、合宿の体裁を整えることに終始したのだった。

職場兼住居の未来医学探究センターは三階建て地下一階の塔だ。外部から見れば五階建てに見える。上に隠し部屋がありそうだけど入口が見あたらない。塔の中心には背骨のようにエレベーターが最上階に通じていて、周囲に螺旋階段が巻き付いている。

これは大昔にあった碧翠院桜宮病院を真似たらしく、この前に建てられたＡｉセンターも似た構造だったという。そんなフォルムを誘起させる磁場があるのかもしれない。

ぼくの業務は夜間主体なので、いつもは地下室のソファで眠り二階の部屋は使わない。

一階は吹き抜けのロビーで受付カウンターがあるが、勤め始めて三年半、来客は一人もないから、誰のための受付なんだろうと不審に思っている。こうした無駄なスペースは厚生労働省関連団体の建物の特徴でもあるらしいので、深く考えても詮無いだろう。

二階には小部屋が三つ並んでいた。一室を女子に、もう一室を蜂谷に割り当てた。

「あたし、この部屋がいい」

三部屋のうち、一番東側の部屋の扉の前で、麻生夏美がダダをこねた。

「そこはダメだ。涼子さんの部屋だから。ぼくも一度も入ったことがない」

「じゃあ仕方ないわね。気の流れが一番よさそうな部屋だったんだけど」

麻生夏美はあっさり諦めた。その隣で蜂谷は別の意味でダダをこねた。

「俺は佐々木と一緒の部屋に泊まるんじゃないのかよ」

「ぼくは地下室でオールナイトの仕事があるから、無理だ」

「さみしいなあ。それなら俺も女子部屋に泊まらせてもらおうかな」

麻生夏美はすごい目でじろりと一瞥し、北原野麦は真っ赤になってうつむいてしまう。そしてブラウスの裾をいじり、もじもじしながら言う。

「蜂谷さんが望むなら。いいえ、まだ早すぎる。ううん、やっぱりそんなことはない。だって愛し合うふたりなんだもの、自分に素直になるのよ。野麦、ファイト」

両手で小さくガッツポーズをしている北原野麦を見て、すっかり動揺した蜂谷は、虚ろな視線を泳がせる。

「いえ、あの、その、もちろん今のはジョークです」

蜂谷はそそくさと男子部屋に入る。閉まる扉に向かって麻生夏美がドスを利かせる。

「下心があることがわかった以上、蜂谷クンの部屋は夜間、外からロックさせてもらいます。起床は明朝六時二十分よ」

麻生夏美はバッグから扉に外側から装着する携帯用の鍵を取りだし、手際よく取り付ける。ドアの向こうで蜂谷が扉を叩きながら大声で言う。

「麻生、なんで起床時間がそんな早いんだよ。明日は土曜日で学校は休みだぞ」

「六時三十分からラジオ体操をするからよ」

「ラ、ラジオ体操？」

ドアの向こう側の蜂谷と、扉のこっちサイドのぼくの声が唱和する。朝はラジオ体操からだなんて、小学生の夏休みみたいだ。

どうやら合宿のスケジュールは綿密に立てられているようで、そこから逸脱するのはとうてい不可能に感じられた。麻生夏美は北原野麦と一緒に部屋に入りながら振り返る。

「でもまあ、佐々木クンが忍んでくるのは、仕方ないけどね」

隣の部屋で、ドアがどんどんと叩かれる。

「麻生、何なんだよ、その差別は」

「佐々木クンはオーナーですもの。宿泊客はオーナーに絶対服従なのは常識よ」

蜂谷はしばらくの間、ドアの向こうで怒鳴り散らしていたけれど、やがてムダだと悟ったようで静かになった。麻生夏美は、ぼくをちらっと見て、含み笑いをしながら部屋の扉を閉めた。ぼくはひとり、廊下に取り残された。

こうして夕方からのどたばた騒ぎは収まった。ぼくは、階段を下りていく。

いつものソファで仮眠を取ろうとしてふと思いつき、銀棺の小窓を覗き込む。

オンディーヌは、いつものように静かに眠っている。

小声で口に出してみる。

あなたは、ぼくとのふたりきりの世界で過ごすことを望んでいないんですか？

地下室に鎮座するグランドピアノの蓋を開ける。二階の客に聞こえないよう、中央のC音を人差し指で鳴らす。ぽーん、という伸びやかな単音が天井にぶつかり、そのまま消えた。ぼくは、その余韻にいつまでも耳を澄ましていた。

翌朝。

ラジオ体操から始まった合宿のメインは、いかにして効率よく文化祭企画を実施するかという討論に終始した。所詮は思い出作りだから採算は度外視しようぜ、と主張する蜂谷に対し、麻生夏美は徹頭徹尾、収益をきちんと挙げることにこだわり続けた。

話し合いの結果、ドロン同盟の出し物は錬金術喫茶になった。化学実験の産物を飲み物や食べ物として出すという、何やらあやしげな企画は麻生夏美のゴリ押しで通った。

ゴリ押しという形容表現からわかる通り、素晴らしいアイディアだ、と誰もが納得しての合意ではなく、他の三人に代案もなかったがゆえの決定だった。

企画提案者の麻生夏美を除いた三人が同時に胸に抱いた不安は、カフェ・アルケミストなどという妙なネーミングの、人体実験みたいなコンセプトに思える喫茶店に来るようなもの好きな客が、果たしてどのくらいいるだろうか、という新たな懸念だったが、誰も口にできなかった。

具体的な化学反応実験、もとい、メニュー作りは麻生夏美が考案することになった。

男子は前日の準備と当日の労働力、後片付け要員として機能すればいいので気は楽だ。麻生ひとりに企画を押しつけるのは少々気が引けたけど、どうせコイツはパパのシンクタンクに丸投げするつもりなんだろうな、と思ったら、少し罪の意識が軽くなった。

こうして合宿の目的、文化祭の出し物検討会議は順調に終わったので麻生夏美はご満悦で、その鶴の一声で合宿二日目の夜は鍋パーティとなった。

意外にというか、想像通り、といえばいいのか、北原野麦は甲斐甲斐しく働き、食事の準備から給仕まで務め、蜂谷には痒いところに手が届くような気遣いを見せた。

コイツはいい奥さんになりそうだ、と思いかけて首を振る。

ダマされてはいけない。コイツの本質は、不幸になりたがりの文学かぶれ少女だ。

でも、そんなぼくの危惧も、幸せいっぱいの蜂谷には届かないようで、目尻を下げ北原野麦に給仕されるまま、鍋をつついている。そしてこれも予想通り、麻生夏美は給仕や料理などは一切やらず、蜂谷と同じ地位で北原野麦におさんどんをさせていた。

鍋をつつきながらぼくは、もう大丈夫、と小さく呟いた。

何が大丈夫なのか、自分でもよくわからなかったが、意味もなく目頭が熱くなり、涙がこぼれそうになる。水炊き鍋の鳥肉を噛みしめていると、ぼくの中で、何かが変わりつつあった。

週末の合宿はこうして無事終了し、中間テスト期間に入ったのだった。

13章　恋する乙女はブルドーザー。

9月2日（月曜）

光塔の最上階の部屋からバルコニーに出て見上げた空は高く、そして青かった。大海原の水平線には入道雲がもくもくと盛り上がっている。

夏が来ていた。

この夏休み、ぼくはひとり、地下室に籠(こ)もった。そして時々こうしてバルコニーに出る。麻生夏美のおかげで、前回引きこもった時のようにはならないだろう。

見下ろすと、スキップするみたいにして近づいてくる女性の姿が遠目に見えた。

今日は水曜だから年増の暴君だ。塔のてっぺんにいるぼくの姿を目敏(めざと)く見つけた女性は、頭の上で大きく左手を振る。右手には白い買い物袋を提げている。

いつの間にか、太陽は水平線に沈み、ほのかに空が薄墨色にたそがれていく。夜が近づいてくる。ぼくは大海原に背を向けて、螺旋(らせん)階段を駆け下りた。

その夏、ぼくは、猛暑を知らずに過ごした。夏中、地下室に籠もりきりでマザーの海をたゆたった。熱帯雨林みたいな情報の密林に山刀(マチエット)を片手に分け入る探検隊のように、そこに記された啓示を読み解きながらぼくは進んだ。

その間、見目麗しい女性がふたり、かわるがわる神殿を訪問した。後見人のショコちゃんは水曜の夜、合鍵を預かる麻生夏美が土曜の午後。話し合って訪問日を調整してくれたのかもしれない。それにしても美女二人が通ってくるなんて、端からは羨ましく見えるかもしれない。けれども訪問されるぼくからすれば、全然そうは思えなかった。

食材の調達はしてくれるけど、食事の支度はしない。ぼくが作業している傍らで音楽を聴いたり歌ったり踊ったり本を読んだり寝そべったりとやりたい放題、やりたいことをやりつくすと、「お腹すいた」とぼくの顔を見る。仕方なく作業を中断して作った料理を食べては、塩加減が足りない山椒が強すぎる出汁の取り方が甘い煮込み方が不充分だなどと、小姑みたいに文句を連発する。そのくせ彼女たちは必ず完食するのだった。

大型の室内犬を飼っているようなものだと思えば腹も立たないが、ふと、これが北原野麦だったらさぞやラクだっただろうな、などととんでもない妄想に耽ってしまう。

そこまで思い至ってあわてて首を振る。……バカなことを。

これが〝貧すれば鈍する〟なのかなあと思いながら、北原野麦もこのタイミングで来ればぼくもいちころだったのにと思えば、縁は異なもの味なもの、というしかない。

その北原野麦は夏中、ボクシング部に通い詰めているのだという。飽きっぽい北原さんにしては上出来よね、と麻生夏美はつんけんしながら話してくれた。

蜂谷に対する北原野麦の気持ちは一途で健気で立派だ。

どうか二人揃って不幸のどん底に落ちることで、素晴らしい文学作品を書き上げてもらいたいものだ。でも蜂谷と楽しげに過ごしている図を想像すると、どうしても不幸のどん底には落ちそうにもないのが不安の種だ。

まあ、それはそれで幸せなのか。

女帝の下僕としてコキ使われるのはいい気分転換になった。要領がわかってくると、カレーだのシチューだのボルシチだの豚汁だのが得意料理になった。具材を刻んで煮込む料理のベースを作り溜めして、美女の来訪を待つ。相手の顔色を見てメニューを決め、ベースに料理の性質を決定づけるブイヨンの類のカレー粉やらシチューの素やら味噌やらを叩き込み、料理をサーブすると、もれなくついてくるクレームに耳を傾けながら、不当な部分は言い返し、理不尽すぎるクレームには料理皿を取り上げるという強制執行も辞さない。翌日以降は黙々と作り置きの料理をひとりで消化する。鍋が空になる頃には次の女帝の訪問日の前日になっているから、また新たに具材を煮込み始める。

彼女たちの訪問は時の流れを刻むリズムになった。夏休みという、学校という巨大なメトロノームが機能しなくなる特別な時期には、定期訪問はありがたかった。

だがそれも路傍の花、本筋はゴールの見えない、不毛な探索だった。ぼくは、美女たちを接待している時間以外はすべて、巨大システムを把握するために費やしていた。

時々は最上階に上り、バルコニーから真夏の海をぼんやり眺めたりもしたけれど。

スリーパーを管理するため構築された『マザー』は、四パートにわかれていた。

第一エリアはシステム領域で、一般的なPCだ。特筆すべきは「影法師」と名付けたシステムだ。短期メモリのRAM領域に記載したすべてを自動的にROM化してしまう仕組みで、たわむれに書いたことまで記憶される「影法師領域」はぼくを悩ませた。「影法師」は、腹話術師「ベントリラクイスト」というソフトと連動していて、この部屋で口に出した呟(つぶや)きまで勝手にメモしてしまう。でも前任者もぼくも作業中はまったく無口なので（前任者の勤務振りは推測だけど）、トラップとしてほとんど機能しなかったようだ。

第一エリアにはオンディーヌの想念の断片(フラグメント)が大量に浮遊していた。咲き乱れる非論理的なシラブルは、弦楽四重奏のようだ。その領域に足を踏み入れると、離脱は難しい。そこに咲き乱れている言葉の花束は、ぼくへの想いに満ちていたのだから。

麻生夏美たちに救(たす)けられた時、ぼくはその花園を彷徨(さまよ)っていたわけだ。

第二パートは業務領域だ。モルフェウスという生命体を維持するミッションに関わるすべてが記載されていた。涼子さんは起床時から就寝まで絶え間なくぼくの状態を監視していた。同じ業務に就いたぼくには、それがどれほど大変なことか、よくわかった。

その精神力と集中力、そして西野さんの慧眼(けいがん)には恐れ入る。西野さんは、業務を夜間に行なえるよう、システムの稼働時間を十二時間ずらし、効率化してくれたおかげで仕事量は涼子さんの時代の半分になった。

第三領域は外部との交信記録だ。涼子さんは数名と密にメールのやり取りをしていた。

一番濃密なのはステルス・シンイチロウこと曾根崎伸一郎教授だ。マサチューセッツ工科大学のゲーム理論の第一人者で、西野さんが怖れる数少ない「敵」、いや「好敵手」のひとりだ。曾根崎教授は人工凍眠システムの法的論拠となる、「凍眠八則」の提唱者で、ぼくの人権を侵襲しかねないような論理を展開し、それを涼子さんが全力で阻止してくれたわけだ。おかげで、今ではぼくもマサチューセッツの碩学とコンタクトが取れる状態になっている。

二位は涼子さんの直属の上司の八神所長。件数は一番多いけれど、定型的で信書の内容密度は薄く、メールを読む限り、本人にお目に掛かりたくはならない。

第三位は水曜日のヤギさん。涼子さんがウェブで連載した『ゆりかごの子守歌』という企画ページのファンだ。毎週水曜朝にメールを送ってくる。涼子さんはこの人に最初の一回だけ返事をして、あとは完全に無視している。律儀な涼子さんにしては珍しい。

三人の他に定期的にメールのやり取りをしている相手はいない。それが第三領域だ。

第四区域は公式ホームページで、お役所関連の施設らしくほとんどが定型文で、読むべきところはあまりない。『ゆりかごの子守歌』というエッセーには曾根崎教授が提唱した凍眠八則に対する批判と反論が交互に掲載されていた。それは曾根崎教授との交換書簡であり論争の場でもあり、驚くべきことに涼子さんの勝利で終わっている。

不可解なのは、ぼくですら思いついた、最終局面をひっくり返す簡単な一手を、曾根崎教授が看過していることだ。そこには何か意図がある気もしたけれど、たとえそうであっても涼子さんの優位性は変わらなかっただろう。現在の状況、つまり涼子さんが凍眠しているという絶対的局面になってしまえば涼子さんの圧勝なのだから。

ホームページ更新が停止して四年になる。その後のメールをチェックしたら、涼子さんが凍眠して以降、二人はメール送信を即座にやめていたけど、〝水曜日のヤギさん〟は一年間、メールを送り続けていた。このことからヤギさんは完全な部外者と思われる。

整理してみれば、マザーの全体像を把握するのは大したことではないように思える。でも第一エリアの「影法師」と第二の業務領域の情報量が膨大で、その領域のデータを完全に読み解くことはほぼ不可能に近い。でもそれは仕方がない。そこには一人の女性の、五年近くの歳月が丸々保存されているのだから。

厳格に保存されている他人の五年の月日の記録を誠実に読み解くにはたぶん、同じだけの年月を必要とするのだろう。時間をそんな風に使ったら、今度はぼくの五年間が消え失せてしまう。

ぼくがオンディーヌの海に囚われていた時間は、まさにそうした時間だった。いや、それよりももっとタチが悪いかもしれない。なぜなら、オンディーヌの膨大な想念は、メビウスの輪のように繰り返され、出口のない無限世界を作り上げていたのだから。

麻生夏美が言った、「彼女は佐々木クンがこの世界に囚われることは望まない」という言葉の意味を、ぼくはようやく理解しかけていた。

夏休みも終わりに近づき、ぼくなりにマザーの理解が進んだと思えるようになったある日、久しぶりに曾根崎教授にメールを打った。西野さんが関わる領域のことには触れないというぼくのルールに抵触しそうだった。ぼくはそのルールを遵守し続けるかどうか迷っていた。

何しろ西野さんとの関係性とそのルール自体が、今や大きく変質していたのだ。

✉ご無沙汰（ぶさた）しております。ぼくは新しい仕事に着手しました。過去のテキストの把握です。膨大なテキストを前にして、記録と鑑賞の関係性について考えています。考えてみればこの世界に存在する森羅万象、すべての事象を記録することは不可能だし、そうしたことを試みることは無意味です。かつて生きた人たちの言葉を再び経験するためには、同じだけの時間を消費しなくてはならなくなり、そうすると自分が生きる時間が消費されてしまうからです。このことについて、どのようにお考えになりますか？

ステルス・シンイチロウの返信は相変わらず早く、送信の四分三十秒後だった。

――親愛なるアッシ君。君の考えは、読書という習慣の素晴らしさと同時にその危険性を示唆したもので、そこには自分の人生を生きるということに対する哲学的洞察の萌芽（ほうが）

が見られる。他人が書いたテキストの虜になることは、自分の人生が食い殺されることだという危惧を君は抱いている。そこから推測できるのは、君が直面している文章はおそらく、非論理的に書きなぐられた雑感、もしくは日々の業務を丹念に記録した日誌の類だろうということだ。古今東西の名作小説であれば、そんなことに思い至る前にその世界に溺れて、そんなことを考えるゆとりもなくなってしまうからだ。そうだとすれば、君は大変な僥倖に恵まれたことになる。そうしたことに思い至るような人物が、そのような単純作業を割り当てられるということは滅多に起こり得ないからだ。

　相変わらず曾根崎教授の指摘は的確で鋭いように思えたけれど、その解析は難解だ。指摘されてみれば今の状況は、オンディーヌがぼくの時間を食い殺そうとしているようにも見える。

　もちろん彼女には、そんな意図はないのだろうけれど。

　これは眠りについた水の精の、秘やかで無自覚な復讐なのかもしれない。

✉ 貴重なご意見、ありがとうございました。そういう見方は考えもしませんでした。単純な業務に少し張り合いが出てきたような気がします。今夜はもう寝ます。おやすみなさい。

曾根崎教授との往復メールを、一往復で強制終了する。これ以上続けると状況を説明することになり、西野さんに関わる領域については触れない、という原則を破ってしまいそうだったからだ。

だが、さすがの曾根崎教授も少し読み違えていた。曾根崎教授は、ぼくが読み解いている文章が単純な業務日誌の類だと推測していた。しかし飾り気のない文章でも、そこに書かれたのが自分のことであれば退屈なはずがない。ましてやそれが愛情溢れる恋歌であればなおさらだ。などと考えていると、唐突に天井からもの悲しくも華やかな旋律が降り注いできて、ぼくのこころを金縛りにしてしまう。

こうしてぼくは暑い夏に、冷ややかな地下室に閉じこもり、そこに溢れている想念を読み遂げた。いや、読み遂げたと思いこんでいた。

でもぼくは、一番肝心なことを見逃していた。

そのことを思い出させてくれたのは、やっぱり西野さんだった。

夏休みが終わり、穏やかな秋の陽射しの中、久方ぶりに登校した。

クラスメイトは、ぼくの夏休み前の不在など誰も覚えていなかった。喧噪に身を漂わせながらぼくは、その雑然とした音の洪水の中で、どうしてこの世界にはかくも乱雑な音ばかりが満ち溢れているのか、そしてなぜみんなは平然としていられるのか、と不思議に思う。そしてひとり、真夏の塔の地下室での、静寂の日々を思った。

肩を叩かれ振り返ると、麻生夏美が目を細めて微笑していた。

「あのシステム、把握できた？」

夏中、ぼくの生命維持に協力してくれた恩人の問いかけに、ぼくはうなずく。

「まあ、あらかたね」

「それなら何か、あたしに言うことはないの？」

ぼんやりと考える。それから、ああ、と手を打った。

「差し入れ、ありがとう」

麻生夏美は目を細め、すい、とぼくから離れていった。

次に寄ってきたのは蜂谷だ。

「お前、麻生となんかあったのか？」

「いや、別に。どうして？」

「なんか今、ちょっといい雰囲気だったからさ」

ひょっとしたら、夏休みの間中、餌付けされていたから、気付かないうちに忠犬ポチみたいな雰囲気を漂わせてしまったかもしれない。いや、よく考えたらぼくがアイツを餌付けしていたのか、などと洞察していると、蜂谷が深刻な声で言う。

「なあ、頼むよ、佐々木、助けてくれ」

「何だ、どうした？」

「北原だよ。アイツ、夏中、俺にぴったり密着しやがってさ」

「男冥利に尽きるじゃないか」

　蜂谷の肩を叩き、かつて蜂谷が言った言葉をそっくり返した。我ながら底意地が悪いけど、肝心の蜂谷が自分の台詞を覚えていなかったようで、嫌がらせとしての意味はなかったようだ。蜂谷は両手を合わせてぼくを拝んだ。

「頼むから、またお前のところで合宿をやらせてくれ。そうすれば俺に集中している情熱が、少しはお前に分散されるかもしれないだろ？」

　残念ながら望み薄だよ、蜂谷クン。北原野麦の蜂谷クンへの思慕ときたら、その前に一年半近く秘やかに想っていたぼくの存在をあっと言う間に消し去ってしまうくらいのすさまじい現金さなんだから。そう言って哀れな蜂谷を突き放そうとしたところへ、話題の主が笑顔でやってきた。

「はーちゃん、今日は辛子明太子のパスタ添えにラム肉のバーベキューのベーグル挟みですよ」

　はーちゃん？　誰だよ、それ。あ、蜂谷のはーちゃんか。

　まあ、肉屋のにーちゃんみたいなものかな、なんてことを考えながら、目のあたりにした愛情弁当のすさまじいまでの豪華さに啞然とする。黒光りしている巨大ベーグルから、分厚いラム肉がでろりんとはみ出し、そこに申し訳程度に添えられたレタスとパセリがかろうじて、茶色一色の弁当に彩りを添えている。

こんな食事が半月も続けば生活習慣病のメタボッタクリ君がすり寄ってくること間違いなし。オマケに高カロリー食よりも甘いサッカライドみたいな〝はーちゃん〟呼ばわりまでついてくる。事態がここまで切迫していたとは思いもしなかった。

確かに蜂谷救出は可及的速やかに必要かもしれない。

「そんな弁当食えっかよ。来月は国体があるから減量しなくちゃならないんだぞ」

蜂谷がぶっきらぼうに答えると、北原野麦は両手を胸の前で組んで、言う。

「素敵。どうぞその勢いで卓袱台をひっくり返すみたいに、お弁当を滅茶苦茶にして」

「え？　何で？　そんなもったいないこと、できっこないだろ」

北原野麦はうっとりした表情から一転して、すさまじい目つきで蜂谷を睨み付ける。

「見損なったわ、はーちゃん。それくらいの暴君でなければ私のマノンになれないわ」

いや、マノン・レスコーは悪女の代名詞だから、もともと暴君にはなれないよ。

こころ尽くしの弁当をひっくり返すなんて野蛮なことを、こころ優しい蜂谷クンができるはずもなく、その後に展開する阿鼻叫喚の図は、たとえ北原野麦の処女作の一場面には似つかわしくても、その場に居合わせたクラスメイトには全然歓迎されないだろう、などとつらつら考えていたぼくは画期的なアイディアを思いつく。

「それならその弁当、ぼくが食べてやろうか。そうすればみんなの願いが一度に叶うからな」

北原野麦がすかさず言い返す。

「私は佐々木先輩のことなんて、これっぽっちも想っていないのに、私が作ったお弁当を食べたいなんて、どの面を下げておめおめと言うの？　先輩は大切なプライドを悪魔かヤフオクに売り渡してしまったの？　ううん、これは私が先輩の元を去ってしまったせい、皮肉な恋のバタフライ効果なのかもしれない。嗚呼、野麦って罪深い女……」

途中から話が混線した挙げ句に脱線し、ムカついたけど、コイツは不幸願望のドM文学少女だと言い聞かせ我慢した。ぼくはアイディアを説明した。

「いいか、北原、お前が蜂谷のために作った弁当をぼくがいただくと、ここにいる三人、みんなの願いが同時に叶うんだ。こういうのを三方一両得という」

北原野麦は、半信半疑という表現がぴったりの表情を浮かべる。ぼくは続ける。

「三方一両得のその一。ぼくは労せずして弁当をゲットできてランチの五百円が浮く。すると今日発売される『ドンドコ』を購入できる」

「え？　先輩はあんな小学生が読むマンガ雑誌を買っているんですか。ゲンメツです」

すかさず言い放った北原野麦の心ない言葉が胸にずきりと刺さる。そりゃぼくだって買いたくはないけど『ハイパーマン・バッカス・リターンズ』は『ドンドコ』でしか読めないし、コンビニでは紐で縛られていて立ち読みできないんだから仕方がない。

悄気たぼくを、蜂谷がすかさず援護してくれる。

「『ドンドコ』は面白いよな。俺も毎月買ってるぜ」

「まあ、そうだったの。確かに素敵な雑誌ですよね、『ドンドコ』

北原野麦はころりと言うことを変える。一瞬、抑えきれない殺意に囚われたが、当の本人は涼しい顔だ。むっとしたぼくに、蜂谷が先を促す。

「三方一両得の続きを説明してくれよ」

「では続けよう。三方一両得のその二。蜂谷は弁当を食べなければ減量できる」

これも簡単に理解できるはずだ。だが、北原野麦が不満げに言う。

「そこまではわかりました。確かに佐々木先輩はお得ですし、哀しいけれどはーちゃんにもいいことです。でも私にとって、どこぞの馬の骨にすぎない佐々木先輩に、こころ尽くしのお弁当を食べられてしまうメリットなんてひとかけらもなさそうですけど」

コイツの変わり身の早さには刮目せざるを得ない。かりそめにも少し前まで、あれほどまでに熱く恋心を語った相手を、一気に馬の骨にまでランクダウンさせてしまうとは。

ものには限度というものがあるんだけどな、という諦念に包まれながら言う。

「甘いな、北原。いいか、最大のメリットを享受できるのはお前なんだぞ」

「信じられません。どうすればそんな詐欺紛いの提案が成立するんですか」

それはまさにこれが詐欺紛いの説得だからだ、と言いかけたが自粛した。

「北原、お前は弁当を蜂谷に食べてもらいたい一心で心を込めて作った。そんなこころ尽くしの手作り愛情弁当を、どこぞの馬の骨が横取りして、しかもそんな不埒な行為を、お前の愛しい蜂谷が容認している。そんなことになったら、お前はどんな気持ちがするかな？」

「哀しくて悔しくて切なくて、胸が張り裂けそうです」

ぼくはびしり、と北原野麦を指さして言う。

「それだよ、お前のメリットは。お前の胸に渦巻く、美しくもキナ臭い想い。それが未来の大作家、北原野麦のデビュー作『幕の内豪華五段重弁当にありったけの愛をこめて』という作品の核になるんだ」

北原野麦ははっと目を見開いた。両手を胸の前に組んで、上目遣いにぼくを見た。

「さすが、佐々木先輩。私は不幸にならなければいけなかったのに、はーちゃんとあまりに幸せなラブラブ生活を送りすぎていました。野麦のバカ。バカバカバカ」

そう言って、自分のおでこを小さな拳でぽかぽか叩く。これで何度目の手のひら返しだろう。指折り数えようとした次の瞬間、北原野麦は弁当の包みを押しつけてきた。

「佐々木先輩、今すぐこの愛妻弁当を平らげてください、さあ、さあさあ、そして絶望の淵に叩き込まれた私は恩讐の彼方、失意のどん底から必ず復活するわ、そう、あの火の鳥のように」

北原野麦は、窓の外を見る。ぼくはつられて、窓の外にその姿を探し求めてしまう。間違いなくコイツは女流作家より新劇女優の方が向いている。始業のチャイムが鳴った。ぼくは受け取った北原野麦の豪華愛妻手弁当を机にしまいこむ。

「確かに弁当は頂戴した。授業が終わったら食べさせてもらう」

「早弁もできないいんですか。ほんと佐々木先輩ってば、ヘタレですねえ」

ぼくは唖然として、北原野麦を見つめる。そしてつくづく思う。

恋する乙女はブルドーザーだ。

二学期初日のHR（ホームルーム）での議題は、来月に迫った文化祭の出し物についてだった。クラス委員長の日野原奈々は得意満面で、黒板に書いた企画案を読み上げた。

「クラスの出し物は音楽喫茶に決定します。お客さまをもてなすために楽器を弾ける人が生演奏します。トップはわたくしが、幼少のみぎりより研鑽（けんさん）を重ねたバイオリン独奏を行ないます」

盛大な拍手の音が響いた。

「素晴らしいです、委員長。是非企画はクラス一丸となって成功させましょう。さしつかえなければ演奏曲目を教えていただけると議論がさらに活性化すると思うのですが」

日野原奈々の隣で拍手をしていたのは彼女の腰巾着（こしぎんちゃく）、上から読んでも下から読んでも豊崎豊、がキャッチフレーズの万年副委員長だ。二人の関係性は中等部の頃とまったく変わっていない。日野原奈々は自信たっぷりに言う。

「わたくしが弾くのは名曲『アマリリス』です。かくいう副委員長も何か楽器をたしなむのかしら」

豊崎豊は頭を掻（か）きながら、言う。

「委員長の秋の日のビオロンのため息には及びませんが、哀愁のハモニカを少々」

げんなりしながら教壇で絶賛上演中の河内漫才を眺める。

議事が自分の思うがままに進行していた日野原奈々は、教室の片隅で退屈そうに文庫本を読んでいる麻生夏美をちらりと見て、意地が悪そうな笑みを浮かべる。

「麻生さん、あなたはどうかしら？」

へ？　あたし？　という表情で顔を上げた麻生夏美は、あっさり答える。

「ごめんなさい、あたしは楽器は何もできないわ」

「あら、それは残念ね。でしたら皿洗いとかの裏方仕事をお願いするしかないわね」

麻生夏美はじろりと日野原奈々を見た。満腹のライオンが、身体にたかる蝿を尻尾で追い払うように、気怠げに首を振りながら、言った。

「あたしたちは自分たちのサークルで喫茶店をやるから、クラスの音楽喫茶には参加できないわ」

「冗談言わないでちょうだい。これはクラス全体の義務だから、サボリは許されないわ。自分勝手なサークルより、クラス行事の方が優先されるに決まってるでしょ」

「桜宮学園高等部では、サークル企画はクラスの出し物に優先するの。学園規則第二十六条に『文化祭では、自発的企画はクラス企画に優先する』と明記されているわ」

日野原奈々はあわてて胸ポケットから生徒手帳を取り出す。

ページをめくって、その条項を確認すると、黙り込んでしまった。

やがて日野原奈々は気を取り直したように言う。

「麻生さんがサークルに入っていたなんて初耳ね。メンバーは麻生さんおひとり？」

「日野原さんって人の話を全然聞いていないのね。さっき〝あたしたち〟って言ったでしょ。あたしたちのメンバーは蜂谷クン、佐々木クン、北原さんとあたしの四人よ」

途端に、余裕たっぷりだった日野原奈々の顔色が変わる。

「冗談じゃないわ。蜂谷クンや佐々木クンを引き抜くのは許しません。お二人にはクラスの出し物でも重要な、執事コスプレでウエイターをやってもらうんですから」

ぼくと蜂谷は顔を見合わせる。本人の知らないところでそんな計画を練っていたとはさすが陰謀家。日野原奈々は被っていた子猫の毛皮をかなぐり捨て、本性を露わにする。

「麻生さん、あなたって相変わらず、ほんっとに卑怯な人ね」

「へ？　なんで？」

麻生夏美の素直で無邪気な反応が、日野原奈々の怒りの炎にサラダオイルを投げ込んだ。静寂に包まれた教室内に、ぼん、と破裂音が響いたのが聞こえたような気がした。

「わたくしの足を引っ張るため、得体のしれないクラブを作って稼ぎ頭を引き抜くだなんて、仁義無き歌舞伎町のホストクラブ戦争みたいじゃないの」

日野原奈々のものすごく不適切な譬えに、麻生夏美はほれぼれする啖呵で切り返す。

「日野原さんの足を引っ張ろうだなんてセコい考えは、あたしには爪の先ほどもないわよ。ふたりが日野原さんに従わないのは単に、あたしの企画の方が魅力的だからよ」

それは違う。ぼくたちが麻生夏美に従う理由は先約だったというだけのことだ。でも、麻生夏美の言葉は日野原奈々の逆鱗(げきりん)をワシ摑(づか)みにしてしまったようだ。

日野原奈々は、麻生夏美をぎろりと睨みつける。そんな険しい表情とはうらはらの、穏やかな口調で言う。

「じゃあこうしましょう。学園規則がどうであれ、わたくしはクラス企画が最優先だと思います。なので離脱したいなら、それなりの力量を見せてほしいわ。企画も同じ喫茶店だから、一日目の売り上げで勝った方が二日目を仕切るというのはどうかしら？」

日野原奈々の宣戦布告に、麻生夏美はぽりぽりと黒髪を指で梳(す)く。

「受けるわ。それなら初日の売り上げで負けたら二日目は閉店して、そっちの下働きをする。でもこっちが勝ったらそっちには何も望まない。これでいかが？」

日野原奈々と麻生夏美の間の空気が、一瞬凍りつく。

その空間に冷たい火花が散ったような気がしたけれど、絶対に気のせいだろう。

「もちろん、わたくしに異存はなくてよ」

日野原奈々はツン、としてうなずく。そりゃ、〝異存はなくてよ〟と応じるしかないだろう。麻生夏美は、自分からさらに不利になる条件を追加提案しているのだから。

──バカか、コイツ。

そう思った瞬間、脳裏にある光景が甦(よみがえ)った。中等部の中間試験で担任のゲタとのバトルをした時のことだ。あの時も、麻生夏美は自分が不利な条件を逆提案していたっけ。

二人の女帝が火花を散らしている中で、一時間目終了のチャイムが鳴った。

クラスメイトたちのざわめきの中、ぼくは麻生夏美に近寄り、小声で尋ねた。

「あんな啖呵切っちゃって大丈夫なのか？」

「あら、佐々木クンがあたしを心配してくれるなんて、どういう風の吹き回し？」

「茶化すなよ。負けたらどうするつもりだよ」

「その時は皿洗いをすればいいんでしょ」

「いいのかよ、それで」

「佐々木クンたちがこの企画に乗ってくれなかったら、どのみちあたしは皿洗いの下女をさせられていたんだもの。初日だけでも皿洗いをしなくて済んだと思えば御の字よ」

なるほど、確かにおっしゃる通りだ。これぞまさに「気は持ちよう」のお手本だろう。

だけど……。

心配そうなぼくの表情を見て、麻生夏美はにっこり笑う。

「あたしが日野原さんごときに負けるわけないでしょ。器と格が違うんだから」

それもそうだ、と思いながらもその一方でぼくは、本当は同意できることのはずなのに、なぜかコイツが言うと思い切りムカついてしまうのはなぜだろう、なんてことをつらつら考えていた。

兎にも角にも、こうしてカフェ・アルケミストの目標は一年D組音楽喫茶の初日売り上げに勝つこと、と明確に設定されたのだった。

新たな課題を与えられた〝ドロン同盟〟の面々は、九月中旬の週末金曜、再びぼくが住む、未来医学探究センターに集まった。二回目なので勝手知ったる様子で、各自好き勝手に振る舞っている。

到着した面々が銀の棺（ひつぎ）に「お邪魔します」と挨拶（あいさつ）するのはなかなかシュールな光景だ。

そんな中、口火を切ったのは、意外にも北原野麦だった。

「以前拝聴した、麻生さんの企画ではウチのクラスの音楽喫茶に負けてしまうのは確実です」

麻生夏美は釈然としない、という表情で言う。

「あたしの企画では客が入らないかしら？」

「ええ。メニューを見てください。誰がこんなモノを飲み食いしたいと思いますか？」

「そんなに変かしら」

北原野麦はきっぱり断言する。

「変です。そもそもこの〝ツンドラ地方のコッカコーラ〟って何物ですか？」

「黒豆の煮出し汁にドライアイスを入れて炭酸ソーダを作る実験を見せながら飲んでいただこうという、黒化コーラの趣向で……」

「美味（おい）しいんですか、それ？」

北原野麦の本質的な疑問に、麻生夏美の答える声はトーンダウンする。

「味見はまだだけど、理屈ではドライアイスが溶ける際にソーダはできるから……」

北原野麦の眉がぴくりと上がる。

「できる、はず？　そんないい加減な態度で、お客さまにお出しするメニューを決めたんですか？」

麻生夏美が北原野麦の鋭い追及に思わず顔を伏せて、小声で言う。

「……はい、あ、いいえ」

「そんな甘ったれた考えで、舌の肥えたお客さまにご満足いただけると思っているんですか」

「……いけなかったでしょうか」

「いけないもなにも、これじゃあ自爆覚悟のカミカゼアタックです。再提出」

きっぱり言い切る北原野麦に、麻生夏美はますます縮こまる。

「次。〝情熱と劣情のぶつかり合う波濤の梅コブ茶〟というのは？」

「塩酸と水酸化ナトリウムという劇薬同士を加え合わせるとあらビックリ、なんと食塩水になるという、小学校の理科の実験中でも最も劇的な化学反応を改めて体験してもらうために、塩味ベースのコブ茶仕立てにしてみたもので……」

「美味しいんですか、それ？」

「化学式を計算すれば、たぶん塩味はきちんとすると思うんですけど……」

「テリブル（ひどい）」

麻生夏美は言い返せない。容赦なく北原野麦の追撃の手は次のメニューに襲いかかる。

「〝聞くも涙語るも涙のアマトリチャーナ〟というパスタは一体どんなものでしょうか」

麻生夏美の声が震える。

「甘納豆と鳥肉を混ぜ、ひと口食べたら〝アチャー〟と言わせる面白企画で……」

「全然、面白くありません」

氷のような北原野麦の言葉に、麻生夏美が真冬のツンドラ地帯の子猫みたいに震える。

「では〝雪の降る街角に雪は降るのだミルクセーキなのだ〟という重畳語のお手本みたいな飲み物の組成はどうなっているんです？」

「これはですね、やはり小学校の実験で、ホウ酸の過飽和液にお客さんの前で刺激を与え、一遍に結晶化させたその光景が、深夜に雪が降りつもる街角のようで……」

「お・い・し・い・ん・で・す・か？」

人差し指で、スタッカートのアクセントで机の縁を叩きながら、女看守みたいに問いかける北原野麦に対峙して、またしてもうつむく麻生夏美。

「味見はまだ、です……」

「却下、却下、きゃーっか」

北原野麦は、メニューを机に放り投げる。

「ひょっとして麻生さんは、小学校の時に体験しそびれた理科実験に対する、果てしなき妄執に囚われ続けているという暗い怨念でもあるんですか？　それとも皿洗いという下賤な業務にひそかに憧れていて、高貴な身分を自ら貶めたいという、下落願望と敗北欲求があったりするんですか？」

「全然、そんなつもりはないんですけど。皿洗いなんて、絶対やりたくありません」

「それならこのメニューと喫茶店企画は一から練り直さなければなりません。麻生さん、私についてこられますか」

「北原さんについていければ、皿洗いをしなくても済むんですか」

「もちろんです」

自信たっぷりにうなずく北原野麦に、麻生夏美は、半泣きで洟をすすりながら言う。

「あのう、それでは、ついていかせていただきます」

北原野麦は頬に人差し指を当てて、天井を見上げる。

一瞬、そんな仕草がとても可愛らしく見えた。

だが次の瞬間、天井を見上げている顔つきは、途轍もなくバカっぽく見えたりもする。

一体どちらが本当の北原野麦なのだろう。

そんなぼくの不謹慎な妄想に気づくはずもなく、北原野麦は厳かに言う。

「では、基本はシンプルにして、現物の品質で勝負します。メニューは紅茶とクッキーだけ、その代わり紅茶は最高級品にします。母がお料理教室の先生をしているので、クッキー共々、素材の調達はこの私に任せてください」

「そんな地味なメニューでは、カフェ・アルケミストのウリがなくなるのでは……」

麻生夏美がぽろりと口をすべらせる。

〝地味〟という単語が気に障ったようで、北原野麦は棘々しい口調で応じる。

「ご心配なく。重要なのは付加価値です。それについては私に考えがありますから」

麻生夏美は考え込んだ。やがて顔を上げると、きっぱりと言う。

「あたし、北原先生に絶対服従します」

従順な子猫と化した麻生夏美に、北原野麦は聖母マリアのような慈愛の微笑を浮かべた。

「麻生さん、未来の海乃藻屑賞受賞作家である私がこのカフェを成功に導いてさしあげましょう」

足元に跪き、両手を合わせて祈りを捧げている迷える子猫、麻生夏美に、聖母・北原野麦は優しく手を差し伸べて、胸元で小さく十字を切る。

一幅の宗教画のような神々しい光景に、ぼくと蜂谷は不覚にも、敬虔な気分に浸ってしまった。そこに近所の寺院の夕暮れ時の鐘の音が、長い余韻を響かせて鳴った。

古来日本人は原則無宗教、そしてまほろばの日本は節操のない多神教の国家であった。

それから一カ月後、文化祭の二日前にぼくたちはもう一度合宿をして、北原野麦の指示に従って、クッキーをこねたり焼いたり、ティーカップをしこしこ磨いたり、といった下働きをこつこつとした。

その頃には、絶対服従を誓った麻生夏美の態度は付け焼き刃だったことが判明し、結局はふだんと代わり映えがしなくなってしまったけれど、北原野麦がそうした麻生夏美の態度を糾弾するということもせずに、ひたすら自分に課した作業に没頭していた。そんな風にしてぼくたちは高一の秋の日を坦々と過ごしていた。

そうしてその翌々日、文化祭当日を迎えることになったのだった。

14章　僕の不幸を占ってもらおうかな。　10月19日（土曜）

高等部一年D組の出し物、音楽喫茶の会場は当然一年D組になったが、カフェ・アルケミストは名前で誤解されたようで、化学実験室が割り当てられてしまった。

前途多難な幕明けだ。

文化祭当日、開幕三十分前。

偵察にやってきた日野原奈々は、化学実験室に入ると周囲を見回した。

「黒いカーテンを引いて真っ暗にしたりして、こんなので喫茶店をやれるのかしらね」

「もちろんよ。自信作だもん」

「お互いフェアに行きましょう。これがわたくしたちのプログラムよ」

手渡されたパンフレットには、「一年薔薇組音楽喫茶『あまりりす』プログラム」とあった。演奏者は三人いた。まずは外部入学者のギター演奏。演奏曲は『22才の別れ』。

二番手は豊崎豊のハモニカ演奏『叱られて』。字面を見ているだけでもの悲しくなってしまう。ここまで徹底すればもはや立派な自虐芸だろう。トリは日野原奈々のバイオリン。曲目は『きらきら星』で表記は『キラキラ☆』になっている。たぶんこれがやりたかったのだろう。正直、ぼくのピアノ初演奏曲目とカブっているのは不愉快だった。

日野原奈々はこちらのメニューを見て、笑い声を上げる。

「クッキー付き紅茶一杯五百円ですって？　文化祭ではそんな高い飲み物は絶対に売れなくてよ。これがわたくしたちのメニューよ。よろしければ参考になさるがいいわ」

珈琲一杯百円は良心的だ。メニューも豊富でピザやパスタは五種類ずつあり、一皿四百円とやはりお手頃価格だ。飲み物と合わせてワンコインというのはお財布に優しい。

同じ値段でこっちはクッキーと紅茶だけなので、すでに完敗している気がしてきた。

だが、ドロン同盟の盟主・麻生夏美は闘わずして負けを認めるようなタマではない。

「そんな自信のなさから卑下したメンタリティが、今の日本を貶めているのよ」

ばっさり切り捨てると、小声でぼくに言う。

「……と、パパが今朝、電話に向かって怒鳴っていたわ」

シンクタンク・アルケミストのボスの受け売りか。道理で迫力満点なわけだ。

麻生夏美の後ろから、北原野麦が自信に満ちた声で援護射撃をする。

「最高級の紅茶と有名店『ラビアンローズ』のクッキーレシピのコピーですから、五百円は激安だと口コミで伝わります。それ以上の秘密兵器をオマケにつけてありますし」

日野原奈々は、麻生夏美と北原野麦のタッグという思いもよらないツインアタックを受け、捨て台詞を吐くことすら忘れ、すごすごと一年D組のテリトリーに戻っていった。

喫茶店対決の前哨戦の舌戦は、麻生夏美チームの完勝に終わったようだ。

北原野麦に命じられ、校門のところで客引きのためビラ配りをしていると、通り掛かった男性が、ぽん、とぼくの肩を叩いた。

「キミ、そのチラシ、一枚くれないかな」

振り返ると、薄紫の気取ったサングラスを掛けた、細身の男性が右手を差し出している。髪の毛は細く三つ編みにされていて、これがドレッドヘアというヤツかしらん、などと考えながら、どこかで見たことがある人だな、と思いつつチラシを手渡す。

端整な顔立ちのその男性は長髪を気障に払って言う。

「まさかこんなところでキミと再会するなんて、夢にも思わなかったよ」

いよいよぼくは途方に暮れて、仕方なく尋ねる。

「あのう、どこかでお目に掛かりましたっけ？」

「やだなあ、そんなに印象が薄かったのかな、僕って」

男性は、両拳を胸元に上げファイティングポーズを取る。その瞬間、煌めくようなトライアングルの音が響いた。

「え？　あの、まさか、神倉さんですか？　うわあ、気がつかなくてすみません」

ぼくは恥も外聞もなく、ぺこぺこ頭を下げまくる。

ドレッドヘアの男性は何と、東雲高の天才ボクサー、神倉正樹さんその人だったのだ。

「いや、夏に部活を引退して髪型を変えたから、わかってもらえない方が嬉しいよ」

この高校チャンプは浮き世離れしていて、どうも会話が噛み合わない。

「東雲高は男子校だから、共学の桜宮学園の文化祭を楽しませてもらおうと思ってね。ここで出会うも何かの縁、せっかくだからキミの模擬店に寄らせてもらおうかな」

そう言って微笑すると、神倉さんは振り返って、背後に声を掛けた。

「お前はどうする？　ついてくるかい、それともここで解散して自由行動にする？」

その声に応じて柱の陰からものすごいデブが姿を現した。どれくらいすごいかというと大昔、「やーいやーい百貫デブ」とはやし立てた定型的な悪口がぴったりあてはまりそうなくらいのデブだ。でも、百貫は三百七十五キロだから、さすがにそこまでは行っていなそうだけど。

その百貫デブは片手を挙げ、よう、と馴れ馴れしく声を掛けてきた。反射的に、ええと、どちらさまでしたっけ、と問い返すとソイツは顎を上げ、三白眼でぼくを睨んだ。

「おお？　まさか東雲高のスーパールーキーの顔を忘れたってか？」

「えええ？　お前、まさか十和田か？」

言われてみれば確かに五分刈りだし、頬に傷もあるし、三白眼の詰め襟だし。

ぼくは動揺を隠せないし、また、隠すつもりもなかった。

「お前、バンタムだったのに、今はどうみてもスーパーヘビー級だぞ」

「失礼なヤツめ、これでもぎりぎりのライトヘビーだぜ」

「どのみち、高校の試合はミドル級までしかないから、全然ダメじゃん」

神倉さんがため息をつく。

「十和田は見た目より繊細で、対抗戦で負けたせいでヤケ食いに走っちゃってさ。おかげで東雲高・黄金のバンタムの座を十和田に譲ろうと思っていたのに台無しさ」

「押忍。すみませんでした」

「で、どうするの。一緒に来るのかな。それとも太った女子高生をナンパしに行く？」

「押忍。よろしければ自分は神倉先輩とご一緒させていただきたいです」

こうして不敗のまま引退したドレッドヘアのチャンプと、五分刈り三白眼頬傷大口学ランはみ出し太っちょメタボ野郎という禍々しくも派手で仰々しい二人を引き連れ、ぼくは東校舎の突き当たりに開店したカフェ・アルケミストへ案内することになった。


新規客をふたりも連れていったのに、すでにカフェ・アルケミストは満員御礼状態だった。神倉さんは行列を見、手にしたチラシを眺めて、ぽそりと言う。

「不幸に飢えている人々がこんなに多いなんて、世の中、病んでいるんだね」

そう言われて当然だ。カフェ・アルケミストの謳い文句は「あなたの不幸、謡います」だったのだから。クッキー付きで紅茶が一杯五百円。コースターの持ち帰りは自由。そのコースターに大小不同の芸術的な文字で洒落た言葉が書かれている。相田みつをのライト版といえばわかるだろう。ただし書かれているのは、得体のしれぬ不幸の物語だ。いや、たぶん不幸の物語なんだろう。一読ではホラーなんだかロマンスか、はたまたミステリあるいはファンタジーやも知れぬという、カテゴリー不明の短文が連綿と書き綴られている。

作者は言うまでもなく、未来の海乃藻屑賞作家、北原野麦先生だ。

カーテンに覆われた薄暗い部屋には、ふたつの机が間仕切りで区切られ、薄絹のベールを被った女性が、揺らめく蠟燭の火を見つめながら、水晶玉に向かって何やらむにゃむにゃ呟いている。

要は不幸のコースターを元にして、もっともらしく占いをでっちあげるという、胡散臭い喫茶店で、歌舞伎町あたりに開店しているボッタクリ店みたいな仕上がりだ。

ふたつのブースの片方、麻生夏美の方には男子生徒がずらりと並び、麻生夏美のご託宣を待ち構えていた。投げ遣りでぶっきらぼうな美少女のお言葉がウケているようだ。

ぼくは従業員特権を駆使して、短い北原野麦の列に、神倉さんと百貫デブ舎弟の十和田を一緒に割り込ませた。どれほど混雑していても、ボクシング界の大スター・神倉さんを一般人の行列に並ばせるわけにはいかない。割り込みされた後ろの三人の男子は、文句を言わなかった。文句を言いそうなタイプは麻生夏美の列に並んでいるようだ。

ぼくが連れてきたふたりを見て、北原野麦は、まず十和田に言い放つ。

「おお、ふくよかなる者は災いなるかな。妾はデブは嫌いじゃ」

巫女体質なのか、いつもの高くか細い声と違い、声は野太くて低い。一体、いつの時代のどなたがコイツに憑依しているのだろう。

すかさず十和田がカウンターを返す。

「こっちだってお前みたいなチンクシャのペチャパイはお断りだってえの」

「下郎、下がりおれ」

北原野麦は一喝した。そして、にい、と笑う。

「見ればそなたはこの前、妾のはーちゃんに倒された武人ではないか。いと哀れ」

突然のご託宣に「妾のはーちゃんに倒された」というフレーズをうっかりスルーしてしまう十和田。つくづく奇襲に弱いヤツ。もっとも蜂谷がはーちゃんと認識できないのは当然なので、まあ同情の余地はある。しばらくしてようやく「倒された」というフレーズが蝸牛(かぎゅう)に到達したらしく、真っ赤になって怒り出そうとしたけれど時すでに遅し。

北原野麦は手元のコースターから一枚を選び出して差し出した。受け取ろうとした十和田に向かって、北原野麦は左手をぐい、と差し出す。

「コースターは五百円硬貨と引き換えじゃ」

「あのう、紅茶は？」

「そんな下賤(げせん)な飲み物は、後ほど妾のシモベに運ばせるでおじゃる」

「おじゃる？」

十和田が途方に暮れた声を出す。五百円玉と引き換えに渡されたコースターを五分刈り頬傷三白眼大口学ランはみ出し太っちょメタボ野郎に成り果てた、東雲高校ボクシング部一年生のホープ十和田はぼそぼそ読み上げる。見る見るうちに顔が真っ赤になる。

「あなたとわたしはクロスカウンターの交差点ですれ違い、二度と会わないワッカナイ、それでもあなたは行ってしまう、ああ、哀しみ本線ホッカイロに雪が降る降る雪見酒」

なんじゃこりゃあ、と怒声を上げる十和田。

いや、お前の気持ちはよくわかる。

コースターを北原野麦に投げつけようとする十和田を手で制し、天才・神倉さんがドレッドヘアを掻き上げながら言う。

「なるほど、ここはそういう趣向のお店なんだね。それじゃあ子猫ちゃん、次は僕の不幸を占ってもらおうかな」

北原野麦は神倉さんを見た。そして目の前のイカした男性が、ラマン・蜂谷をノックアウトした憎き張本人だと認識して、くわっと目を見開く。

「おのれ、ヌシのような不届き者にはかような地獄が待っておる。食らうがよい」

コースターを投げつける。だがさすが高校チャンプ、平然と、そして易々とコースターを片手でキャッチすると、ちらりと視線を走らせる。そして十和田に手渡した。

「読んでごらん、これもなかなか愉快だよ」

ぼくも十和田の手元を覗き込む。コースターに描かれた神倉さんの地獄図とは……。

「枯れススキに吹かれたあなたは流れ流れて南の果ては指宿温泉。地獄のような熱湯で思いも熱く爛れゆく。ああ、廃れ廃れて日豊本線日本海……なんじゃい、こりゃあ」

読み上げた十和田に、神倉さんが冷静に応じる。

「地理的な間違いがあるね。指宿駅は日豊本線じゃないし、そもそも日豊本線は日本海には面していないんだけど。この文章には校閲は掛けてないのかな」

北原野麦は、憑き物が落ちたように表情をがらりと変える。

「すみませんすみません。妾はデビュー前の未熟者でして、どうかお目こぼしを」

文章を批評された北原野麦はいきなり卑屈になり、憑依していた尊大な誰かは姿を消してしまった。神倉さんは立ち上がると、そんな北原野麦の前髪をそっと撫でる。

「そんなに恥ずかしがらないでもいいんだよ、子猫ちゃん。今のキミはとってもキューティクルだから」

あのう、ひょっとして今のは、キュートと言おうとしたのでは……。

聞き間違いか、あるいはキューティクルに〝麗しい〟という別義があるんだろうか。

うん、きっとそうに違いない。

まさに天才、おそるべき正のオーラは言い間違いまでも正当化してしまう。マイナスオーラ全開の北原野麦とは対極の存在だ。

途端に北原野麦は上目遣いで神倉さんを見て、目を伏せる。

「そんな目で妾をご覧になってはなりませぬ。そなたは父のカタキ。妾は決して惹かれたりは致しませぬゆえ……」

憑依していた誰かが舞い戻り、北原野麦の口調が変調を帯びた。背筋を寒気が走る。

ひょっとしてお前、蜂谷から神倉さんに乗り換えようなどという大それたことを……。

北原、原点を思い出せ。お前の負のオーラを以てしても、天から祝福された殿上人、神倉さんを不幸に落とすなんて不可能だぞ。

北原野麦は、ぼくのこころの声が聞こえたかのような口調で言った。

「そなたに惹かれたら、妾が望む不幸は手に入りませぬ。それは妾の破滅と没落、でも、妾がそなたと幸せになるのなら、嗚呼、その不幸は運命なのやもしれぬ」

初対面の相手との会話が、ここまで露骨であけすけな愛の告白になってしまうとは、相変わらず恐れ知らずのカブキ者め。こうなったら遠慮なく面罵させてもらおう。

この、節操なしの、よろめき女め。まったく、移り気にもほどがある。

幸せになるのが不幸、不幸になるのが幸せ。面倒臭いヤツ。だがひょっとしたらコイツこそ、どっちに転んでもお気楽極楽、最強の幸せをゲットできる体質かもしれない。

女性の扱いに手慣れているのか、神倉さんは笑顔で、ポケットから紙片を取り出す。

「キミの気持ちは嬉しいよ、子猫ちゃん。それじゃあこれを受け取って」

すかさず携帯の番号を渡すとは、さすが見かけ通りのプレイボーイ。

ところが北原野麦を見ると、何やら腑に落ちない顔をしている。神倉さんが手渡したカードを覗き込むと、二十七という数字が記されていた。

「これって明治時代の町内電話の番号なんですか？」

北原野麦が尋ねる。確かに大昔は電話番号が二桁だった時代もあったと聞くが。そんな古色蒼然とした知識がすぐ飛び出してくるとは、さすが未来の文豪だけのことはある。

神倉さんはあっさり答える。

「整理券さ。僕と付き合いたいという子猫ちゃんたちに順番に渡しているんだ。ちなみに今、付き合っている娘は七番だから、二十人待ちだね」

立ち上がった神倉さんは、カードを眺めていた北原野麦を見下ろし微笑した。北原野麦は精一杯の勇気を振り絞って、小声で尋ねる。

「二十人待ちだと、待ち時間はどれくらいになるのでしょうか」

「さあねえ。最初に付き合った娘は一週間保ったけど、二番目のお嬢さまは三日しか保たなかった。三番目のヤンキー娘はかなり続いて一カ月、これは現在までの最長不倒記録かな。あとは一週間、十日、五日、そして今の娘は今日で二週間だから、この調子でいけば、まあ半年後くらいかなあ。それまでしばしのお別れだね、僕の子猫ちゃん」

神倉さんは北原野麦の髪を優しく梳いた。北原野麦はうっとり目を閉じる。

神倉さんは立ち上がると、胸ポケットから薄紫のサングラスを取りだして掛けた。いきなり芸能人みたいなオーラが撒き散らされて、周囲の空気が静止する。そんな周囲の雰囲気の変化には慣れっこなのか、神倉さんはさらりと振り返ると、右手を挙げた。

視線の先にはセーラー服姿の三つ編みの清楚な少女が佇んでいた。

あれがナンバー・セブンか。さすが高校チャンプだけあって鑑識眼は大したものだ。

「楽しかったよ、子猫ちゃん。整理番号が五番以内に近づいたら連絡するね」

「あの……」

何とかしてとっかかりを残そうとして、必死に何かを言いかけた北原野麦を振り返ることもなく、爽やかな笑顔ひとつを残して、神倉さんは風のように姿を消した。

百貫デブと化してしまった十和田が、どたどたとその後を追う。

北原野麦は、ほう、とため息をついてぼくと顔を見合わせた。

何か忘れているような……。

ぼくと北原野麦は、同時に声を上げる。

「代金をもらい忘れた」

天才・神倉さんは勝利の女神ばかりでなく、金運の神さまの寵愛も一身に受けているようだ。

だが、よく考えたら、神倉さんにも十和田にも紅茶もクッキーも出しそびれたから、代金をもらわなくてよかったわけだ。すると北原野麦のコースター一枚だけで正規料金五百円をむしり取られた十和田の哀れさが一層際立ってしまう。

その時、蜂谷が両手にポットを抱えて戻ってきた。下の店にお湯をもらいにいっていたらしい。蜂谷はすれ違った十和田の後ろ姿を振り返り、すげえデブだな、と呟く。

すかさず北原野麦は言う。

「はーちゃん、お勤めごくろうさま」

頭のてっぺんから出しているみたいな、その高い声には甘い響きが満ち溢れていた。

唖然として北原野麦を見た。まったく、女ってヤツは。

するに今の騒動を眺めていた連中が一斉に北原野麦の列に移動して並び始めた。

蜂谷が北原野麦の傍で甲斐甲斐しく紅茶とクッキーを給仕する。まさに婦唱夫随、未来のふたりの姿が垣間見えた気がした。その一方、唐突に巻き起こった北原人気の余波で、満員だった麻生夏美のブースにぽっかりと空きができた。

麻生夏美は退屈そうにコースターを細い指先で弾き、独楽のように回して遊んでいる。黒ずくめの服は大人びていて、ほっそりした身体のラインを浮き上がらせている。

ぼくは吸い込まれるように、麻生夏美の前に座る。すると彼女は、右手を差し出した。

「五百円」

「紅茶もクッキーも出さない上に、身内からもカネを取るのかよ」

言い返すと、それもそうね、と呟いて「何を占ってほしいの？」と小声で尋ねてきた。

言われてぼくは、ここが占い喫茶だったということに、そして占ってもらいたいことがひとつも思い浮かばないことに、同時に気がついた。

間を保たせるために、言う。

「ひどい扱いだな。不幸のコースターもくれないのかよ」

すると麻生夏美は投げやりに一枚のコースターを投げ渡してきた。

「なんだこれ、白紙じゃないか」

コースターは不幸の物語が書かれていない粗悪品だった。麻生夏美はにっこり笑う。

「ツイてるわね。不幸のコースターが外れたってことは幸運だってことだもの」

確かに不幸の詩がないんだから無印良品かもしれない。でもそんなの、面白くない。

さすがにあまりにつれない仕打ちだと反省したのか、麻生夏美は白いコースターを取り上げ、さらさらと書き込んでよこした。アルファベットの羅列だが英語ではない。

「ふうん、古代ローマの詩人、トラビスの詩か」

「佐々木クンって、ラテン語が読めるの？」

種明かしをするとスリーピング・スタディ・システム（ＳＳＳ）の賜物で、こういう無意味で教養的な知識は得意分野だ。だけどそのことは言わず、麻生夏美に尋ねた。

「でもどうしてこの詩が不幸の物語になんだ？『蜂蜜の夜に二羽の白鳥の間で眠る』なんて、素晴らしい愛の詩じゃないか」

麻生夏美は目を細めた。

「佐々木クンって子どもねえ。二羽の間に眠るからこそ、不幸なのに」

首を傾げる。ＳＳＳは詩の韻律は教えてくれても、情念まではサポートしてくれない。

終業時間のチャイムが鳴った。今日は文化祭の終了の合図になる。

「知っているなら、これはいらないわね」

麻生夏美がほっそりした指を伸ばし、コースターを取り返そうとする。ぼくはその指を摑む。ひんやりとした手の感触に、ぼくと麻生夏美は、薄暗がりの中で一瞬、動作を止める。

「一度出したものを引っ込めるなんて野暮なこと、するなよ」

ぼくは麻生夏美が書いたコースターをポケットにしまう。

麻生夏美は立ち上がると、よく通る声で言った。

「本日の営業は終了です。みなさま、明日のお越しを心よりお待ちしております」

麻生夏美が勝手に店じまいしたので、残ったお客は北原野麦のブースに殺到した。

北原野麦は、この文化祭で大ブレイクした。結局、準備したコースター二百枚はすべて捌(は)け、売上金額は何と、驚きの十万円。一年D組の音楽喫茶には圧勝だ。途中で斥候しにきた豊崎豊の報告で勝ち目がないと悟ったのか、閉店後に日野原奈々が顔出しすることはなかった。

だが、喜んでもいられない。カフェ・アルケミストは明日も開店するのに、肝心のコースターは完売だ。ということは今から新しいコースターを作らなくてはならない。今日の評判を聞きつけたら新規顧客が増えるし、リピーターもやってくるかもしれない。となれば今日よりも数は多めに準備しなければならないだろう。

麻生夏美が宣言する。

「今夜も佐々木クンのところで合宿よ。目標は三百枚。たぶん徹夜になるわね」

「今から三百も不幸の歌を作れだなんて、そんなの無理です」

「甘ったれないで。海乃藻屑賞を取ったら執筆依頼が殺到するわ。その時にこんな短い不幸の歌の百や二百、さらさら書けなければ文壇で生き残れないわ。ここは北原さんの勝負どころ、売れっ子作家とくすぶり文士の分水嶺(ぶんすいれい)よ。書く？　それとも書かない？」

麻生夏美のドスが利いたセリフに、蛇に睨まれたカエル状態の北原野麦は震え上がる。

「わかりましたよ。書けばいいんでしょう？」

麻生夏美は耳に片手を当て、尋ね返す。

「え？　何ですって？」

「書きます、と答えたんですけど」

「ホワット？　よく聞こえないんだけど」

北原野麦はようやく自分の思い違いに気づいたようで、咳払いをして言う。

「喜んで書かせていただきます」

麻生夏美は、「グッド」と親指を立てる。隣で、蜂谷がガッツポーズをしながら言う。

「のんちゃん、ファイト」

「ありがとう、はーちゃん」

のんちゃん？　蜂谷よ、ついにお前はそこまで北原野麦色に染められてしまったのか。

すかさず麻生夏美が言う。

「蜂谷クンも他人事じゃないわ。あなたのノルマは不幸の歌を五十首よ」

「ええ？　んなバカな」

動揺している蜂谷を見てけらけら笑っているぼくを指さし、麻生夏美は言う。

「佐々木クンもよ。北原さんの不幸の歌生産量はおそらく一晩に二百枚が限界だから、残り百はあなたたちが分担しなくてはならないの。だから佐々木クンも五十枚」

ぼくはびっくりした。そしてすぐに抗議する。

「ちょっと待て。明日までに三百、不幸の歌を作る。北原の生産量を二百と割り当てるのはいい。残り百を分担するのも納得できる。でも、なぜぼくと蜂谷が五十ずつなんだ？　お前の割り当てはゼロじゃないか」

「それは仕方がないの。だってあたしは、自分が不幸だと思ったことがないんだもん。ない袖は振れないわ。でも誤解しないでね、あたしはあたしのスタンスで協力させてもらうわ。さしあたっては歌を作りやすい環境整備係ね。あたしは周囲の人を不幸にする体質だって言われるから、あたしと一緒なら不幸の歌の百や二百くらいすぐ作れるわ」

北原野麦は顔を上げる気力も阻喪している。それは仕方がない。北原が上がれば麻生は下がり、麻生が通れば北原が引っ込む、まさに対の存在だ。おまけに今の麻生夏美の立ち位置は敏腕編集者だから、ふたりの格差は広がる一方だ。

そんな二人を見遣りながら、ぼくはまったく別のことを考えていた。

あの時、神倉さんを割り込ませたのが麻生夏美の列だったら、どうなっていただろう。

ぼくはちらりと麻生夏美の涼しげな横顔を見つめた。

女王に命じられた三人の下僕は、夜を徹して不幸の歌の製作に励んだ。そして明け方、何とか不幸の歌入り特製コースター三百枚を作り終えた。

だが大儲けを目論んだぼくたちは、見込み違いに慄然とさせられた。翌日のカフェ・アルケミストの客が壊滅的なまでに激減してしまったのだ。

開店直後に配った初めの二十枚が、たまたまぼくと蜂谷の歌だったのが不運だった。あまりの出来の悪さに激怒した客が周囲に悪評をばらまいて、客足がぱったり途絶えた。幸い麻生夏美がすぐ不評の原因に気がついてコースターを入れ替え、北原野麦の作品を上にしたため、客足がぽつぽつ戻ってきた。だが時すでに遅し。二日目の売り上げは一年D組の音楽喫茶にさえも届かない大惨敗だった。

日野原奈々はそうした経緯と結果を知って、地団駄を踏んで悔しがったという。だが、麻生夏美にとって二日目の大惨敗などどうでもよかった。下働きにコキ使われる可能性がなくなったからだ。つくづく悪運の強いヤツだ。

でも、「宿題を請け負わされて日が暮れて、総武線の黄色い電車が走り去る」というぼくの作品が評価されず、北原野麦のお気楽コピー「カフェオレを頭からかぶってみせたあなたの最後の表情が、今も脳裏を離れない、ああ、ここは函館本線ブルートレイン、カシオペア」が高く評価される理由が、ぼくにはどうしても理解できない。

けれども、大衆の購買意欲に現実を突きつけられてしまったから仕方がない。

この文化祭で北原野麦は自分の才能を証明してみせた。しかも彼女はちゃっかり不幸のネタもゲットしていた。彼女のポーチには、折り畳まれた〝神倉交際予約整理券〟がしまいこまれていることを、ぼくはしっかりこの目で見てしまった。

たぶん神倉さんは予約券を渡したことなどきれいさっぱり忘れてしまうだろう。するとそこにまたひとつ、新たに不幸の種が播かれることになる。よかったなあ、北原。

文化祭での麻生夏美vs日野原奈々の勝負は、こうして麻生夏美の圧勝に終わった。

だが真の勝者は北原野麦だったことは誰の目にも明らかだった。


二日目の売上総額は二万円と初日の五分の一に激減した。でも紅茶もクッキーも原価率は低いし、「不幸のコースター」も原価はタダみたいなものだから粗利が相当出て、売り上げの三割を生徒会に上納しても五万円ほど手元に残った。

「アブク銭はぱあっと使いましょう」という麻生夏美のひと言で、打ち上げのすき焼きパーティ開催が決まった。

終夜祭のキャンプファイヤーをサボり、近所のスーパーまで買い出しに出掛けた。蜂谷が雄叫びを上げながら、買い物カートに上等薄切り和牛パックを放り込んでいく。先週末に国体が終わったので、蜂谷の突進暴走エトセトラは誰にも止められない。

地下室に戻っても大騒ぎで、すき焼き鍋を醤油とミリンで味を調えようとした北原野麦を押しのけ、蜂谷は肉の塊を鍋に放り込む。「はーちゃん、乱暴にしちゃイヤ」「うるせえ。俺の欲望はノンストップだぜ」なんてやり取りは、音声だけ聞けば赤面モノだ。

でも実態は、生焼けの赤い肉を血を滴らせながら蜂谷が食いまくる姿を、隣でせっせと肉を焼きながら幸せそうに北原野麦が眺めている、というほのぼのとした光景だ。

合間を縫ってぼくと麻生夏美もすき焼き鍋の片隅に確保した〝マイ肉〟を食べた。

北原野麦は肉を一切れも食べられなかったが、すき焼きで他人の肉を焼きまくりながら自分は一切れも口にできない悲劇を、いつか高らかに謳いあげてくれるだろう。

やがて、阿鼻叫喚の酒池肉林は幕を閉じた。

居合わせたメンバーの間に倦怠感が流れた。

部屋の片隅のソファでは、炭酸に酔った蜂谷が北原野麦にもたれかかっている。

「のんちゃんの作品がこのすき焼き牛肉に化けたんだぜ。ほんと、すごいよ」

「ううん、はーちゃんがお客さんを大勢連れてきてくれたおかげよ。相性ぴったりね、私たちって」

そう言うと、北原野麦は咳払いをしてから、おもむろに朗々と詠い始める。

「でもこれはきっと私たちの不幸の始まりなの。私たちの胃袋の犠牲になった雌牛たちに呪われ、不幸の歌が売れに売れ、雌牛の母さんはドナドナ売られて嗚呼、この恨みはらさでおくべきか。そんな仔牛の憎しみは、真っ赤なマントのマタドールが振りまく赤布に向いて、飛行機雲はエールフランス。お願い牛さん、成仏してネーデルランド」

すき焼きパーティで肉を一切れも食べられなかったマイナスパワーを、北原野麦はパワーに変えた。不幸の歌の舞台は国境を越え、ローカル鉄道線から国際線エアライン、国内たらい回し旅行から欧州いきあたりばったりツアーへとランクアップしたようだ。

北原野麦にもたれかかったまま、蜂谷が、彼女の歌にうっとりと聴き惚れている。

ぼくは牛肉を頬張りながら、その吟詠に片手間の拍手を送った。

麻生夏美は退屈そうに空になった鍋をつついていたが、ぼくと目が合うと、すい、と立ち上がる。側に来て、シンプルな黒のワンピースの裾からすらりと伸びた脚を無造作に投げ出して、すとん、と座り、壁にもたれかかる。

「佐々木クン、いろいろありがとう」

「どうしたんだよ、急に」

「佐々木クンのおかげで、高校生活の華、文化祭で皿洗いをさせようなんてシンデレラの継母みたいな日野原さんのイジメを受けずに済んだんだもの」

「それはこっちのセリフだよ。この夏、お前のヘルプがなかったら、ぼくは干涸びていたからな」

半分憎まれ口を叩きながら、御礼返しをすると、麻生夏美は微笑する。

「あたしが天使に見えたでしょ」

ぼくは黙る。そんな言い方をされたら素直にうなずけなくなってしまうではないか。

「でもそんな無料奉仕も今日でおしまい。あたしがここに来るのは今日で最後よ」

「どうしたんだよ、急に。お前はここの合鍵を持っているんだろ」

「ゆうべ西野さんに返したわ。その時、西野さんに伝言を頼まれたの」

そういえば先月は西野さんのチェックはなかった。気になっていたがチェックに自信がついてきたことと、文化祭の準備で忙しかったせいでほったらかしにしていた。

「西野さんも水くさいなあ。直接ぼくに言ってくれればいいのに」

麻生夏美は大きな目でぼくをじっと見つめた。

「そんな気安い雰囲気じゃなかったわ。『このままだと次回チェックの時に大変なことになるぞと、坊やに忠告しておいてくれ』ですって」

すき焼きの余韻に浸っていたぼくは、いきなり冷や水をぶっかけられた気分になった。

「何だろう。何かポカでもやったのかな」

こうやって口に出してみると、いっそう不安が募る。人間にミスはつきもので、それは決してなくならない影だ。加えてここ一週間、文化祭の準備にかまけてメンテナンス業務がいい加減になっていたことを思い出した。ぼくが浮ついていたことは間違いない。

「単純ミスではなく、根源的な問題みたいだった。次回までに佐々木クンが気付かなければ、佐々木クンは西野さんには勝てなくなるだろう、ですって」

ぼくが西野さんに勝てなくなる？

何だ、それ？

だいたい、どうしてぼくが西野さんと勝負しなくちゃいけないんだろう。

伝言について考えれば考えるほど、謎は深まっていく。

麻生夏美は、西野さんからの伝言を伝え終えると、蜂谷と北原野麦に言う。

「牛肉もなくなったから、これで打ち上げはおしまいにしましょう。みんなのおかげで日野原さんに膝を屈せずに済んだわ。このご恩は、今月いっぱいは忘れません」

ウソでもいいから今夜くらい、ご恩は一生忘れません、くらい言えよ、と突っ込みたくなったが、期間限定の感謝というのも麻生夏美らしい、と思い直してやめにした。

麻生夏美が、北原野麦に後かたづけを、蜂谷には北原を手伝うようにと指令してくれたおかげで、たちまち部屋はパーティ前よりも綺麗に片付けられた。

すき焼き鍋は空っぽで、都合五万円分の和牛すき焼き肉が、牛肉の焼き係に徹底した北原野麦以外の三人の胃袋にすっぽりと収まったという事実は感慨深い。

満ち足りた三人の後ろ姿に手を振って見送ったぼくは、ひとり地下室に戻る。

銀の棺の中には、いつもと変わらずオンディーヌが眠っている。

脳裏には麻生夏美の言葉が渦巻いていた。

「もうここには来ない」という麻生夏美の宣言と「次のチェックでは大変なことになる」という西野さんの予言。ふたつの言葉が指先に刺さった棘のように気になった。

今夜は銀の棺の側で過ごそうと決めて、一週間分のデータを徹底的に解析してみた。すると些細な見落としを何点か発見して愕然としてしまった。

このていたらくを見たら何年かぶりの、お説教二時間コースになっただろう。

オンディーヌの目覚めまで一年を切った。ここで致命的なエラーをしたら、四年間の努力が水の泡だ。

ぼくは震えた。小さなミスだからといって、見過ごすわけにはいかない。大きなミスは、小さなミスが積み重ねられた最後に山津波のようにやってくるものだ、と西野さんからさんざん聞かされていた。

銀の棺に眠るオンディーヌは、少しやつれたように思えた。メディウムに溶かした栄養素濃度は調整済みだから、気のせいだろうけど。

西野さんの伝言はいつもと違い、ひりつくようなきな臭い匂いがした。麻生夏美に伝言するというスタイルも、いつもの西野さんらしくない。

それから西野さんの伝言について考え続けたぼくは、ようやく、〝目覚め〟のために必須で重要な情報が欠落している、ということに思い当たる。

そんなことにも気づかずに〝目覚め〟の準備を進めていたつもりになっていたなんて、我ながら情けなさすぎる。

その情報は、マザーの海には存在しない。だからたとえ、マザーを把握せよ、という西野さんの指令を忠実にこなしたとしても、西野さんの危惧した通り、このままではぼくが〝目覚め〟を完遂することは不可能になってしまっただろう。

その情報を手に入れるためには、西野さんを招喚するしかない。

でも、西野さんの課題が解けたように思えたので、少し安心した。それからそのことに気がついてしまったがゆえに、以前よりもずっと大きな不安を抱いて、西野さんに指定された日時を待つことになったのだった。

4部　まっしぐらの未来

2019年　秋・冬

15章　凍眠八則。　10月26日（土曜）

文化祭が終わって一週間が経った、土曜の午後。

二ヵ月ぶりに西野さんの訪問を受けた。チェック期間がこんなに空くなんて、着任以来、初めてだ。一通りチェックを終えた西野さんは言った。

「今回も問題はないな。坊やもひとり立ちしたね。でもやっと一人前になれたという頃になって、もうじき坊やの業務も終了してしまうなんて、人生の皮肉だな」

ぼくがうなずくと、西野さんは微笑して、ついでのようにつけ加えた。

「ところで〝目覚め〟の準備は万端整っているかな？」

西野さんはさりげない会話の中に、気づきのための手がかりをちりばめてくれている。こういうことって、ずっと先を見通した時にだけ気付くことができる優しさなのだろう。ぼくはこれまでずっと、そんな西野さんの優しさに気付かずに生きてきたのだ。

「チェックはほぼ終え、マザーの〝把握〟も一応は済んだと思います。でもひとつだけ、システム内に失われた情報があるので保留しています。データ復旧をお願いします」

「何かな、それは？」

「スリーパーへの告知ビデオで発生日は二〇一五年五月十日です。その一部は、ぼくがここの業務を受託する際に、見せてもらいました」

西野さんは、ひゅー、と口笛を吹き、小さく拍手する。その拍手が白々しく響いた。

「やっとたどりついたか。このまま気づかなかったらどうしようと心配してたんだよ。思ったより時間がかかったけど一応、さすが、と褒めておこうか。でもねえ……」

西野さんは言葉を切った。しばらく、ぼくを見つめていたが、やがて静かに言う。

「この状況の深刻さをわかっているのかなあ。坊やは今、生まれて初めて真の危険領域を前にして、素っ裸で立っているんだぜ」

「どういう意味ですか」

「意味？　そんなものは、ビデオを見ればわかる」

西野さんは鞄からＤＶＤを取り出し、コントロール席にぼくを座らせる。

駆動音と共にモニタいっぱいに女性の顔が広がった。その女性は、ぼくの脳裏で何万遍となく再生された微笑を浮かべていた。胸の芯が、ずきり、と痛む。

ビデオの中で、オンディーヌが話している。会話の相手は西野さんだ。

ぼくは息を呑んで、ふたりの会話に耳を澄ます。

――西野さんを代理人に指名するなんて、狼の前に丸裸で立つ羊みたいなものですもの。でも昔の私は死ぬのと一緒だから、後はどうなろうと関係ないんです。

『目覚めた君は僕の奴隷になっているかもしれないよ』

――西野さんはそんなことはしません。あなたはプライドが高い人ですから。

『そんな風に言われてしまうと信頼を裏切れなくなってしまうな。それにしても、モルフェウス・システムを存続させるためだけに、モルフェウス・システムを自ら選択するなんてめちゃくちゃなアイディア、どうやって思いついたのかな？』

――曾根崎教授から投げられた謎を解いたら、この結論にたどりついたんです。

高感度のマイクは、会話からこぼれ落ちる涼子さんの呟きにも似た声を拾い上げるが、雑音が強く、聞き取りにくい。おまけに会話も少し食い違っていてトンチンカンだ。

二人の会話は、以前聞いた時と違った風に聞こえた。それはこの四年間でのぼくの変化のせいだろう。だってビデオの中身は変わらないはずなのだから。

いや、だけど……。

画面が乱れた。四年前より画像と音声が劣化している気がする。

ちらりと西野さんを見たが、西野さんは涼しい顔だ。

『五年後、目覚めたらその時は、君は僕のものになるってこと？』

――ご存じのくせに。すべては西野さん次第だということを。

その言葉を聞いた瞬間、胸が引き裂かれそうになった。

四年前に初めてビデオを見た時、迂闊にもぼくはたくさんの事実を聞き漏らしていた。西野さんとオンディーヌは、やはりそういう関係だったのだ。

だけどぼくはすでにそのことを知っていたはずだ。西野さんがスリーパーにつけた呼称は〝ラ・メトレス〟つまり〝愛人〟だったのだから。

　ぼくがスリーパーになった時にされたのと同じ質問を、西野さんが涼子さんにする。

『これは儀式だから淡々と進めるよ。第一問。五年後に目覚めた時、日比野涼子さんは以前と連続した人格を継承しますか。それとも別人格として生きていきますか』

　画面の涼子さんはこちらを凝視める。原稿を棒読みしている西野さんの姿が瞳に映っているのだろう。やがて静かな声で答える。

――その判断は五年後の西野さんに委任します。

『五年後、僕が代理人をしてるとは限らないよ。ほら、僕って気まぐれだからさ』

――でしたらこうします。五年後、佐々木君の問題が解消していれば、私は別人格として生まれ変わります。でも、もしも解消していなければ、その時は……、
　涼子さんはそこで言葉を切った。息苦しいほどの長い沈黙。

　耐えかねた西野さんが鸚鵡返しに問いかける。

『解消してなければ？』

　涼子さんはまっすぐに、画面のこちら側のぼくを見つめて、答えた。

――そのときは日比野涼子としてこの世界に戻ります。モルフェウスは私が守る。

　きっぱりとした言葉。背筋に電流が走る。

　思い出した。この視線に撃ち抜かれたその瞬間、ぼくは涼子さんのサポーターになることを決心したのだ。あの時、西野さんは「これで君は神になる」と陽気に笑った。

スリーパーとサポーターを同時に経験する人物は、もう二度と現れないからだと。

でも、一番肝心なところを西野さんは間違えた。

ぼくは神になれなかった。以前見た時は、ここでビデオは終わった。でもまだ続きがあった。西野さんがコールドスリープ導入への移行を宣言し、涼子さんの姿が画面から消え、衣擦(きぬず)れの音だけがしている。ボディスーツに着替えているのだろう。

西野さんの陽気な声が響く。

『姿が見えず音ばかり、というのも、なかなかそそられるね』

変態ね、と媚(こび)を含んだ声と共に画面にボディスーツ姿の涼子さんが現れた。

跳ね上がった短髪をしきりに気にしている。ぴったりしたボディスーツ姿は身体の線が浮き上がるので、裸みたいで目のやり場に困ってしまう。

――五年後、モルフェウスが問題を抱え続けている可能性は低いわ。西野さんにお渡しした指示書通りにしてくれればケリはつきます。曾根崎教授も外部から援護射撃をしてくれるはずですから。

『涼子さんは、女にしておくのがもったいないね。凍眠なんてやめて、僕のビジネスパートナーになってほしいくらいだよ』

――それは無理です。これは私がコールドスリープを選択した時に成立するシナリオですもの。こうしないとアツシ君の問題は解消しない。日本ってそういう国なの。

涼子さんが画面から姿を消すと、しばらくして水が流れる音が聞こえてきた。

銀の棺にメディウムを注入しているのだ。咳き込む音。

自分の凍眠の時の記憶が交錯する。透明だけど比重が大きく、身体にまとわりついてくるメディウム。水飴みたいに粘稠なゲルが、涼子さんの小柄な身体を浸潤していく。

——海の底みたい……。

涼子さんのか細い声。その言葉に西野さんの声が割り込んできた。

『最後にとっておきの情報を伝えよう。僕は涼子さんのサポーター役を佐々木君にお願いしようと思っている』

過去の画面の中、突然名前を呼ばれてぎょっとする。

——どうして？　それだけは止めて。

叫び声に呼応するかのように画面が乱れた。その悲鳴がぼくのこころを引き裂く。

……忘れようと思ったのに。

オンディーヌの悲鳴に、ため息のようなすすり泣きがノイズのように紛れ込む。

終幕の主演男優の独白のように、西野さんの声が響く。

『君は忘れるかもしれない。でもモルフェウスは君を忘れない。……君たちふたりは断ち難い螺旋の中、永遠に輪廻を続けるだろう。……君が時を止め、青年となったモルフェウスは君の背丈をいつしか追い越す。僕はリバース・ヒポカンパスをデリートせず、モルフェウスの空白の記憶空間にひとつだけ、ある情報を刷り込んだ。それが何かわかるかな？……君の笑顔の写真さ』

西野さんの声が次第に大きくなり、カメラに歩み寄る足音を捉えた。画面が揺れ、顔のアップが映る。固定されたビデオカメラを外そうとしながら最後のセリフが語られる。

『その笑顔が、この先のふたりの未来にどんな影響を及ぼすか、僕にもわからない。でも僕は確信している。僕の選択は絶対に正しいってことを、ね』

ビデオは暗転した。画面の中を木枯らしの吹き抜ける音がする。

足元がぐらぐら揺れた。鏡を見たら、今のぼくの顔色は青ざめているに違いない。

無理に顔を上げ、西野さんに問いかける。

「『リバース・ヒポカンパス』って何ですか？」

「逆行性記憶消失ソフト。スリーパーの人格を破壊する恐れのあるソフトだ。彼女はそのソフトの削除を依頼した。そのオーダーに逆らって坊やに悪戯したのは僕の独断さ」

それで理解できた。ぼくの脳裏に焼き付けられた涼子さんの笑顔は、西野さんの気まぐれで、人工的に刻印されたものだった。オンディーヌに対するぼくの思慕は西野さんに誘導されていた。ぼくはその目論見通り、オンディーヌの想念に支配されたのだ。

質問は単純だ。答えもわかっていた。でも、たとえそうだとしても、このやり取りは避けて通れない。ぼくは答えを、西野さんから直接、聞かなければならない。

「西野さんはどうして、そんなソフトをぼくに使ったんですか？」

惚れ惚れするくらいにあっけらかんとした西野さんの答えは、想像を超えていた。

「その方が面白そうだったからさ」

面白そう？　たったそれだけの理由で、ぼくの記憶を勝手に改竄し、外部情報を注入したというの？

呆然と西野さんを見た。この人にはモラルというものはないのだろうか。

「それで、物語は面白くなりましたか？」

かろうじて冷静さを保って尋ねたぼくを見つめ、西野さんはゆっくり首を振る。

「正直言えば、ここまでは期待はずれで退屈だ。でもここから先は違うだろう。何しろ坊やは、これから本当の地獄に堕ちるんだから」

「業務を完遂し、涼子さんを甦らせる、そんなぼくがなぜ地獄に落ちるんですか？」

西野さんの目が冷たく光る。その目の光と同じくらい冷ややかな言葉が吐き出される。

「坊やが人生というヤツに体当たりせず、頭の中でこねくり回しているだけだからさ。本気で彼女を目覚めさせたいと願ったら、とっくに直面しなくてはならない問題なのに、ね。その間は地獄には気づかないのさ」

西野さんは唇の端を上げてシニカルな笑みを浮かべる。

「ここまで言ってもわからないならもう少しヒントをあげよう。最初に僕が告げた大原則を覚えているかい？　〝スリーパーの意思は最大限に尊重されなければならない〟という神聖にして侵されざる鉄則だ。その原則に忠実に従った時、坊やの心の中には地獄が現れるだろう」

西野さんは、すい、と立ち上がる。立ち去りながらひと言、言い残す。

「そうそう、これは覚悟しておいてもらいたいんだけど、来月のチェック日までに、今の言葉の、本当の意味がわからなければ、この仕事から降りてもらうからね」

　地下室に残されたぼくは途方に暮れた。その通告を暴挙と見なそうとした。でも横着者の西野さんは無駄なことは言わないし、やらずに済ませられることは絶対しない。今の状況ならなだめすかしてぼくにやらせようとするはずで、ぼくを途中解任するなんて西野流ではない。マザーのパスワードを手渡した時も、一度で済まそうと思えばできたのに、なぜか西野さんは、そうしなかった。

　今回も西野さんは告知に二段階の手順を踏んでいる。そこには何かしら理由がある。だけど、いくら考えても、西野さんの真意はどうしてもわからなかった。

　月曜。登校したぼくの頭の中は、西野さんとのやり取りでいっぱいになっていた。

　ふと、視線を感じて顔を上げると、透き通った目で麻生夏美がぼくを見つめていた。

　麻生夏美に歩み寄る。周囲から雑音が消える。

「相談したいことがあるんだ」

　麻生夏美は立ち上がると、軽やかに扉まで歩いて振り返る。

「どうしたの？　相談があるんでしょ？」

　ぼくは麻生夏美の後を追いかけた。彼女が向から先は屋上だと、すぐにわかった。

麻生夏美は屋上の金網に寄り掛かり、小首を傾げた。

「涼子さんがどうかしたの？」

「え？　なんでわかるんだよ」

「今の佐々木クンが気に病むことなんて、それくらいしか思い当たらないんだもの」

図星だけどほっとした。どうやって切り出そうか、悩んでいたからだ。

西野さんの通告を説明した。涼子さんが凍眠する前の録画ビデオのこと。伏せられていたやり取り。投げられた謎。期限付きの課題。謎を解けなかった場合の解任通告。

麻生夏美は、ぼくが語り終えたのを確認して口を開く。

「西野さんが何を言いたいのか、あたしにもわからない。でもひとつはっきりしていることがある。西野さんからの投げかけなら、問題には必ず正解があるということよ」

麻生夏美の明晰な言葉を耳にして、ぼくは半分ほっとし、半分は不安が募った。

「でも、西野さんは、ぼくは地獄を見るだろう、なんて言うんだぜ」

「西野さんがそう言うなら、きっとそうなんでしょう」

「お前、今日は何だかそっけないな」

「仕方ないでしょ。誰だって他人の地獄なんか、見たくないもの」

その言葉を聞いて黙り込んでしまったぼくに、麻生夏美は小さく頭を下げる。

「ごめんなさい、突き放した言い方して。これじゃあドロン同盟の意義がないわね」

腕を組んで考え込む。やがて、麻生夏美は顔を上げた。

「これでは西野さんの謎は解けないわ。たぶん、大切な何かを見過ごしているのよ」

麻生夏美は濡れた瞳でぼくをぼんやりと見つめて、ひと言、つけ加えた。

「……佐々木クン、あたしにもそのビデオ、見せてくれない？」


その日は日直だったので、約束の時間に少し遅れていくと、麻生夏美は正門の柱に寄り掛かって文庫本を読んでいた。道を通り掛かる男性が、ちらちらと視線を投げていく。並んで歩くと、吹き抜ける風に運ばれて、ほんのりと甘い香りが漂ってきた。

北原野麦が蜂谷の女房気取りなのが気に食わないと、麻生夏美は道々こぼしていた。

「秋の個人戦は北原さんのせいで、蜂谷クンは重量オーバーになりそうだったのよ」

文化祭の時、ライトヘビー級ぐらい太っていた十和田が一カ月でウエイトを絞りこんできたことに蜂谷は驚愕し、平常心を失ったのだろう。同時に麻生夏美が、今も時々ボクシング部に出入りしているんだ、と気づいて、ひとり取り残された気持ちになった。

「……きれいな声ね」

光塔の地下室でビデオを見終えた麻生夏美は、そう言ってＤＶＤをリスタートした。

二度目を見終えると鞄からノートを取り出す。

「一見複雑だけど、これは単純な謎のはずだわ。だからこそ一度見失うと、糸口を見つけ出すのが難しいの。凍眠八則の原文はわかる？」

ぼくは八則のコピーを手渡した。原案はステルス・シンイチロウだ。

◆凍眠八則
一、凍眠は本人の意志によってのみ決定される。
二、凍眠者の公民権、市民権に関しては、凍眠中はこれを停止する。
三、第二項に付随し、凍眠選択者の個人情報は国家の管理統制下に置く。
四、凍眠者は覚醒(かくせい)後、一ヵ月の猶予期間を経て、次のいずれかの属性を選択する。以前の自分と連続した生活。もしくは他者としての新たな生活。
五、凍眠者が別の属性を選択した場合、以前の属性は凍眠開始時に遡(さかのぼ)り死亡宣告される。
六、以前と連続性を持つ属性に復帰した場合、凍眠事実の社会への公開を要す。
七、凍眠者は凍眠中に起こった事象を中立的に知る権利を有する。
八、その際入手可能な情報はすべて提供される。この特権は猶予期間内に限定する。

文章を一通り読み上げると、麻生夏美はため息をついた。

「こんなに雁字搦(がんじがら)めにされながらも佐々木クンを守ってくれた涼子さんを尊敬するわ」

麻生夏美はノートに問題点を書き出しながら、快刀乱麻を断つように捌(さば)いていく。

「ひとつひとつ確認していきましょう。本人の意志による凍眠だから一項は問題なし。二項、三項も規定問題で関係ないわ。そうなるとやっぱり問題は第四項ね」

シンクタンク主任部長である父親譲りの分析スピードが、ぱたりと止まる。

「ビデオでは意思表示ははっきりしているから問題ないはずなんだけど、なんだかここだけぐにゃぐにゃしてる。そもそも第四項に対する涼子さんの回答が曖昧(あいまい)なせいよ」

「そうかなあ。涼子さんは断言しているけど」

「問題が解決していれば新しい人格を選ぶ、そうでなければ元の人格に戻りたいという答えは、前提条件によって変わってしまう。この場合、佐々木クンの諸問題という変数が曲者(くせもの)なの」

麻生夏美は紙に書かれた凍眠八則の条文をボールペンの先で指しながら、続ける。

「佐々木クン問題が解消されてなければ、そのまま覚醒させればいい。解消した場合は新しい人格で覚醒するから、五項に従い涼子さんは五年前に遡り死亡宣告され、六項の凍眠事実を公表する必要は消滅する。七項と八項は目覚め後に涼子さんが要求することだから佐々木クンには関係ない。するとやはり西野さんのヒントが重要ね。スリーパーの意思を最大限に尊重せよ、地獄は佐々木クンのこころの中に現れる、か……」

麻生夏美は、滑らかに分析しながら手にしたペンで書き込みを始めた。そしてぶつぶつと呟きながら繰り返し涼子さんの意思表示ビデオを再生する。

その度にビデオの中の涼子さんが上げる悲鳴が、ぼくのこころを疲弊させていく。

「麻生、頼むから終わりの部分だけは再生するのをやめてくれないか」

「……スキップしたいのね」

麻生夏美はそう言うと、「スキップ、か……」と繰り返してから、ぼくを見つめた。

「もう少しでわかりそうだけど、掴みきれないわ。家に帰って考え直してみる」

「シンクタンク主任部長のパパに相談してみるのかい？」

ぼくが口を滑らせると、麻生夏美はつかつかと歩み寄り、平手でぼくの頬を打った。

ぼくは頬を押さえ、呆然とする。

「な、何なんだよ、一体」

「失礼なことを言うからよ。あたしは大切なことは自分の力で解決してきたの」

「でも試験問題の解析はパパにお願いしたじゃないか」

「試験なんて、全然大切なことじゃないんだもの」

筋は通っている。ぼくは頭を下げた。

「ごめん。つい、はずみで」

麻生夏美は無彩色の表情になって「いいのよ」と言い残し、姿を消した。

無機質な地下室に、麻生夏美の残り香が漂う。

その晩、ぼくは麻生夏美の言葉を繰り返し思い出していた。長いこと、ぼくはひとりぼっちだと思いこんでいたけれど、とっくにそうではなくなっていたのかもしれない。

翌日、麻生夏美は声を掛けてこなかった。謎解きに苦労しているのかと思い、何も言わなかった。だが翌々日の夕方になっても声を掛けてくる気配はなかった。我慢できなくなって経過を聞きに行くと、麻生夏美はあっさり答えた。

「謎ならとっくに解けたわ」

「それならどうして声を掛けてくれなかったんだよ」

「佐々木クンが聞きにこなかっただけよ」

「謎が解けたら連絡すると言っただろ。そっちが声を掛けてくれればいいじゃないか」

「いやよ、そんなの。人に恨まれるのは、誰だってイヤに決まっているもの」

「ぼくがお前を恨む？　どうしてそうなる？　謎を解いてくれと頼んだ本人なのに」

麻生夏美の大声につられて、ぼくの口調も刺々しくなった。傍らで談笑していた女子が話を止め、ちらりとぼくたちを見た。麻生夏美は顔を伏せる。やがてぽつんと言った。

「人は惰眠を貪るのが好きなの。だから相手を覚醒させようとして、真実の鏡を突きつけるお節介を恨むものなのよ」

麻生夏美の言葉を不思議に思いながらも、ぼくは断言する。

「真実を教えてもらったら感謝するだけさ。絶対に恨んだりするもんか」

「しゃあないなあ。引き受けちゃったもんね。わかった。今日の放課後、佐々木クンのおうちに伺うわ。謎解きはその時に」

すい、と立ち上がると、麻生夏美は一瞬、泣き笑いのような表情になる。何か言いたげにぼくを見たけど、黙って教室を出て行った。

　残されたぼくは、麻生夏美の予感について考える。

　窓の外、見上げた空が青い。


　麻生夏美が、途中に寄りたいところがあるというので、ぼくは一足先に光塔に戻った。しばらくすると麻生夏美がスーパーの大きな袋を抱えてやってきた。

　夏休みの甘い記憶がよみがえる。

「また合宿するのかよ」と冗談混じりに言うと、麻生夏美は真顔で首を振る。

「あたしはしないけど、佐々木クンが籠もりたくなるかもしれないな、と思って」

　麻生夏美は、地下室を訪れるとまっさきに涼子さんに会いたがった。その横顔をじっと見つめていた麻生夏美は、ぼくに言った。

「西野さんの言う通り、佐々木クンは地獄に落ちるかもしれない。でも、それが地獄になるとしたら、それは……」

　言いかけて、麻生夏美はぼくを見つめた。そして静かに首を振る。

「ううん、それは本質じゃないわ。たとえ佐々木クンには大問題であっても、ね」

　麻生夏美の謎めいた言葉は最後のアラームだった。ここで怖じ気づいて引き返せば、まだほんのしばらく——それは次の西野さんのチェック日までという限られた短い日々にすぎないけれどそれでも——ほんのしばらくの間は、安逸な日々を貪れただろう。

でもそれは結局自分の首をしめ、涼子さんを危険に直面させることになるだけだ。麻生夏美の言葉に導かれた場所で、ぼくが荒涼とした風景を見せられたのは、ぼくが逃れられない運命の轍に嵌ってしまっただけであり、麻生夏美の罪ではない。

「西野さんがデリートしなかったソフト、リバース・ヒポカンパスがジョーカーなの。でもあたしによくはわからない。人の心の迷宮は他人には見えないものだから」

その呟きが、天井から溶け出したピアノのC音のように降り注ぐ。彼女が問題の核心に到達していることを直感した。ぼくはかつて耳にした呪詛を思わず口にしていた。

……オンディーヌの呪いは、深い。

麻生夏美はうなずく。

「そう、呪いは深いわ。想いが強いほど、佐々木クンはその檻に囚われてしまう」

「もったいつけないで、さっさと結論を教えてくれよ」

麻生夏美は顔を上げ、まっすぐぼくを見た。こんな風に直視されたのは初めてのような気がして、その視線の眩しさに顔を伏せる。

「その前に確かめておきたいの。佐々木クンは今、自分の願いは叶ったと思う？」

ぼくは虚を衝かれて黙り込む。

「この質問に答えてくれないと、先に進めないわ」

仕方なく「わからないよ、そんなこと」と本音を言う。

「それじゃあ失格よ。西野さんが佐々木クンを解任したくなる気持ちもわかるわ。それがわからなければ、佐々木クンは〝目覚め〟に対応できなくなってしまうもの」

「どういう意味だよ？」

「ビデオで涼子さんが、目覚めた後のことに言及している場面を思い出して。一ヵ所だけだけどはっきり意思表示しているわ」

涼子さんの言葉を想い浮かべる。シンクロするように地下室に残響が広がる。

——五年後、佐々木君の問題が解消していれば、私は別人格として生まれ変わります。でも、もしも解消していなければ……そのときは日比野涼子としてこの世界に戻ります。

部屋に響いた声は、微妙なイントネーションも、言葉の調子も違っていた。

驚いて顔を上げると、麻生夏美が涼子さんの言葉を暗誦していた。その声を聞いて初めて、その言葉の真意がわかった気がした。同時に、これまでぼくは、オンディーヌの言葉の〝中身〟を理解していなかったことに気付かされる。ぼくが耳にしていたのは、声の響きだけだ。美しい旋律でも聴くように、言葉の響きに囚われていたのだった。

麻生夏美がぼくの顔を凝視したまま、静かに言う。

「思い出した？　これが涼子さんの意志よ。ここからひとつひとつ砕いていけば、西野さんの謎は自ずと解ける。改めて尋ねるわ。ここで言われている〝佐々木アツシ問題〟は解消した？」

「それは……」

絶句するぼくに、麻生夏美は無表情な顔を向ける。

麻生夏美に導かれ、ようやくぼくは、問題の入口にたどり着いたことを知る。

そもそも佐々木アッシ問題とは何だろう。そのことがわからない。でもぼくの答えがイエスかノーかによって、涼子さんの未来は百八十度ひっくり返ってしまう。

そこに思い至って愕然とする。目覚めの時に涼子さんの記憶を残すかデリートするかを、ぼくが決定しなければならないのに、その前提条件をまったく考えていなかったのだから。これでは涼子さんを目覚めさせるなど、できっこない。

指摘されて初めて、自分があやふやなせいで涼子さんの未来まで曖昧なものにしてしまっていると気がついた。自分のことすらわからないガキには他人の面倒なんか見られない、という当たり前の事実がぼくを窒息させる。

麻生夏美の声が続いている。

「問題は、ひとつの方程式に未知数がふたつあるから未確定解になるの。どうしてこんなことになったのかといえば、西野さんの意地悪のせいよ。問題が解決しているかどうか、第三者が客観的に判断すれば簡単なのに、よりによって西野さんは、問題の特異点の佐々木クン自身に権限を委ねた。そのせいで単なる未確定解が、判定者の恣意によって変動してしまう事態を招くことになってしまったの。ほんと、性格が悪いわよね」

「今の話の、どこが意地悪なんだよ」

「涼子さんの未来を、佐々木クンの気分ひとつでどうにでもできるような状況にしておいて、放り出してしまったところよ。ゲームをやっている当事者にルール変更の権限を委ねたら、改変の誘惑から超然としていられるギャンブラーはいないわ。そしてフェアなゲーマーほど、深い葛藤に引きずり込まれてしまうのよ」

呆然とする。すべてが一瞬で理解できたような気がした。麻生夏美は続ける。

「佐々木クンの問題が解消すれば、という曖昧な前提は、本人の気分次第でどちらにも取れる。佐々木クンが問題解決していないと思えば、ううん、そう思わなくても外部に対し解決はしていないと言いふらしさえすれば、涼子さんは昔の涼子さんのまま戻ってくる。そして……」

麻生夏美の目が妖しく光る。

「……もし問題が解決していると宣言すれば、涼子さんを新しい人格にすることもできる。もし佐々木クンが涼子さんのことを……」

麻生夏美の言葉はそこで急停止する。彼女がせき止めた言葉の先が、その視線の先に見えた気がして、ぼくは呻いた。

自分の気持ち次第で、愛しい人の未来を、思うように変えられる？

麻生夏美から視線を銀の棺に移した。

涼子さんには、ぼくが目覚めた後に一度だけ、一緒に遊園地に連れて行ってもらったことがある。その時はそんな大切な人だとは思わなくて無愛想にしていた。後になってからいろいろなことがわかった時に、あの時の自分の振る舞いを思い、自分の頭を拳で何回も殴ったものだ。

ぼくを凝視する麻生夏美の視線にいたたまれなくなって、思わず口走った。

「悪いけど、今日は帰ってくれないか」

麻生夏美は息を呑んだ。ブレザーの左胸に光る金糸の刺繡のエンブレムに華奢な手を当て、目を細める。まるで、ぼくの言葉に射貫かれた心臓に手当てをするみたいに。

そう言われることが百万年前からわかっていたかのように、笑みを浮かべた。

――人に恨まれるのは、誰だってイヤに決まっているもの。

真実は人を傷つける。だから人は真実をつきつける無垢な鏡を砕こうとする。

こんなつもりじゃなかった、と髪をかきむしる。

でも、そんなぼくに、麻生夏美は優しかった。

「お節介ついでにもうひとつ言わせて。この程度でへこたれていたら、先が思いやられるわ。ここは地獄の入口にすぎないわ。ここから逆回りする海馬が、佐々木クンを本当の地獄に突き落とすの。だからその時のためにおまじないをあげるわ」

そう言うと、麻生夏美は深呼吸をしてから、涼しい声で高らかに告げた。

「シンク・イット・シンプル、迷った時は、一番大切なことだけを考えて」

麻生夏美は、呪詛のような予言とそれに対する一服の処方箋を、優しい手つきでぼくに手渡すと立ち上がる。

「それじゃあ、あたしは帰るわね」

軽やかな足取りで階段を、とんとんと駆け上ると振り返り、うずくまったぼくを見下ろす。麻生夏美の口がゆっくり動いた。彼女が口にした呟きは小さかったけれど、なぜかぼくの耳にはきちんと届いた。

——がんばって。

その声が反響しながら床に落ち、破片が宝石のように一瞬輝いてから砕け散り、光を失った。

傍らではオンディーヌが眠っている。

ぼくはずっと彼女のことだけを一途(いちず)に思い続けてきた、と思っていた。

でもそれは、ぼくの思い違いだった。ぼくは自分のことしか考えられない、ちっぽけなエゴイストだった。

銀の棺に歩み寄ると、小窓から涼子さんの横顔を凝視める。

その面影を抱き締め、泣いた。

16章　池のさかなは、池の形を知ることはできない。

10月31日（木曜）

くしゃみをして、ぽっかり目を開ける。気がつくとぼくは泣き濡れて眠っていた。

立ち上がり、二、三発、虚空にパンチを繰り出してみる。それから麻生夏美の思考をトレースする。途中の径路がどれほど複雑でも、一度ゴールが見えれば軌跡をたどるのは易しい。ましてこの話の骨格は単純だ。

〝シンク・イット・シンプル〟というおまじないは、麻生夏美がくれたお守りだ。

リバース・ヒポカンパスがジョーカーだと指摘されてすっきりした。〝目覚め〟の時の問題は、リバース・ヒポカンパスを使用するか否かで、判断は単純だ。ぼくの問題が解決していればリバース・ヒポカンパスを使用して別人格にする。解決していなければ使用せず、昔の涼子さんのままで目覚めさせる。

あとはぼくが、その問題が解決されているかどうかを決めればいい。そこまで突き詰めた時、ぼくは逡巡の理由を見つけてしまった。目覚めた涼子さんがぼくに無関心になってしまうのはイヤだった。でもそれならリバース・ヒポカンパスを使わず、涼子さんをそのまま覚醒させればいい。そう思ったその時、ひとつの言葉が蘇った。

――変態ね。

ビデオの中の短い言葉。そこには知らない涼子さんがいた。女性は、関係のない相手にあんな言葉は投げない。この言葉を向けた相手は西野さんだ。そもそも涼子さんは西野さんに凍眠サポートを委託した。西野さんがぼくに丸投げし、凍眠に入る寸前にそのことを通告された涼子さんは激しい拒否反応を示した。無防備な自分の保護を頼むのは信頼できる肉親か恋人だ。涼子さんが西野さんを信頼していたことは間違いないし、西野さんも涼子さんを憎からず思っていた。でなければ涼子さんを〝ラ・メトレス〟だなんて呼ばない。そこまで考えた時、涼子さんの言葉が閃光のように脳裏を走った。

――五年後、佐々木君の問題が解消していれば、私は別人格として生まれ変わります。

それならいっそ、涼子さんを別人格にしてしまえば……。

こうしてぼくは袋小路にはまり込んだ。ぼくの問題は解決しているのか、そうでないのか。それがわからないということはつまり、ぼくの問題は解決していない、としてもいいわけだ。あまりにも安易な解答に拍子抜けした。問題が解決したかどうか、判断するのはぼくなのだから、ぼくがどのように答えようとも、それが正解になるわけだ。

記憶を書き換える悪魔のソフトで古い記憶を削除して新しい記憶を上書きする。その時に涼子さんの心にただ一行、ぼくを好きだと上書きしさえすれば、西野さんへの想いは削除され、ぼくへの想いが残る。それは西野さんによって、ぼくの海馬に刷り込まれた涼子さんの笑顔に、ぼくが逆らえないのと同じような効果をもたらすだろう。

その時、西野さんは抗議できない。ぼくが西野さんにされたのと同じことを涼子さんにしただけなのだから。そうした行為が許されるには、ぼくの問題は解決しているとぼく自身が思い込めばいいだけ。それを決定できるのは、世界中でぼくだけだ。

そこまで考えてふと、ぼくは気がついた。西野さんは正しかった。

なるほど、ここは地獄だ。

時計は七時を指していた。今日は登校できそうだ。どうせ活動不能なら授業中に爆睡して出席日数を稼いだ方がいい。麻生夏美が差し入れてくれた食材は無駄になりそうだ。でも登校しようと思った理由はもうひとつあって、そちらの方が切実だった。

麻生夏美に謝りたかった。

彼女が危惧(きぐ)した通り、ぼくは依頼した謎を解いてくれた恩人に退場を命じるような、最低なヤツになった。麻生夏美が帰り際に見せた表情が気になって仕方がなかった。

登校すると、蜂谷が寄ってきた。

「今日は部活に顔を出せよ。みんな佐々木のシャドウを見たがっているんだ」

生返事をしたぼくの視界にどかどか勝手に侵入してきた北原野麦が、「はい、佐々木先輩」と言って、蜂谷の肩越しに弁当の包みをぼくに差し出す。

「何だ、これ?」

「もうお忘れになったんですか。佐々木先輩のためだけに誠心誠意、ありったけの真心をたっぷり込めて作らせていただいたお弁当です」

蓋(ふた)を開けた途端、胸焼けしそうになる。肉、肉、肉、肉。チキンとビーフとポークとラムという、〝四種混合焼肉つめ合わせ弁当〟なんて生まれて初めて見た。

これはさすがのぼくもギブアップだ。仕方なく、北原野麦に厳かに訓告する。

「ちょっと待て。これじゃあ北原は不幸になれないぞ」

「ええ？　どうしてですか？」

北原野麦は例によって過剰反応する。久しぶりだな、この暑苦しさ。

「北原はこの弁当を、ぼくに食べてもらうために丹誠込めて作ってくれたんだよな？　それをぼくが美味(おい)しくいただいたら北原の献身が実ってしまう。それでお前は不幸になれるのか？」

北原野麦ははっと目を見開いた。

「そうでした。それは困ります。私はどうすればいいのでしょうか、佐々木先輩」

「簡単さ。ぼくのために作った弁当をぼく以外の誰かに食べさせればいいんだよ」

「おっしゃる通りです。でも誰に食べさせればいいんですか？」

一瞬、日野原奈々の腰巾着(こしぎんちゃく)、副委員長の黒縁眼鏡の豊崎豊を推薦しようかと思ったけれど、さすがに悪趣味が過ぎるので止めた。そこでぼくは、妥当にしてかつ、意外性のある人選を告げた。

答えはお前の目の前にある、と顎(あご)で蜂谷を指すと、北原野麦は裏返った声で言う。

「今さらはーちゃんですかあ？　意外な展開に野麦びっくり。でもどうしてですか？」

「そうすればぼくたちは三方みな不幸になるからさ。ぼくは食べられるはずの弁当が食べられなくて哀しい。北原は一生懸命作った弁当を望む相手に食べてもらえなくて哀しい。蜂谷は高カロリーの弁当を食べ減量に失敗して哀しい。どうだ、この三すくみは」

「なるほど、さすがは佐々木先輩、素敵なほど冷酷な解決策です」

北原野麦は向きを変え、蜂谷に向かって三段重ねの重箱みたいな弁当箱を差し出す。

「というわけで、はーちゃん、私のお弁当を思う存分に召し上がってちょうだい」

「ふざけるな。俺は一カ月後に関東選抜があるんだぞ」

諍い中のカップルを横目で見ながら、ぼくは待ち人が来ないことに苛立っていた。

そんな中、始業のチャイムが鳴った。その日、ぼくの待ち人は欠席した。

放課後、蜂谷に引きずられ、ボクシング部に顔出しした。三年は引退して、五月の対抗戦で中堅を務めた二年生の徳永さんがキャプテンをしていた。
来年入る新入生をカウントすれば五人制のメンバーはかろうじて組めそうだが、ボクシング部の実力が地盤沈下してしまったという事実は否めない。
「悔しいけど東雲高の層が厚いことは認めざるを得ない。神倉さんや宮城さんの陰に隠れて目立たなかったけど、今の二年生だって実力者揃いだし、いつの間にか十和田のヤツも中心選手になっているし、焦るぜ。ああ、せめて佐々木がいてくれたらなあ」

実力では十和田を凌ぐ自信を持っている蜂谷も、二人を取り巻く環境の違いで差が付いていくのを見せつけられるのは辛いのだろう、珍しく愚痴をこぼす。

申し訳なく思いながら、ぼくは体育館の片隅でシャドウに励んだ。ぼくの中で、不協和音が鳴り響く。以前はリングの片隅でシャドウをするだけで満足できたのに、今ではリングの上の煌めきが気になって仕方がない。

視線を上げると、スポットライトが当たる眩いリングの上に神倉さんの幻が見えた。

これは重症だ。

リングに立てないことがこれほどの渇きになるなんて、思いもしなかった。

ぼくは部活の途中で退出した。それ以上、その場にいることが辛かったから。


街を歩いていると、麻生夏美の表情がよぎる。ぼくのため一生懸命謎を考え抜いてくれた彼女を、ぼくがどんな風に扱ったのかと思い返すと、いたたまれなくなる。

麻生夏美の家の場所は何となく知っていた。

桜宮学園から帰る途中の三叉路で右に折れ、山の手の方に少し上った中腹あたり。蜂谷とロードに出た時、そのでかい屋敷の場所を教えてもらったことがある。

三叉路に行き当たり、立ち止まる。右を選べば下り坂、海岸沿いの帰路につながる。左を選べば坂を上る。その先には……。

見上げると空は夕焼けで真っ赤だ。

明日、麻生夏美は登校するだろう。その時でいいじゃないかという声がした。

でも、それでは遅すぎる。

振り返ると、桜宮湾に夜の帳が下りつつあった。左折して目の前のなだらかな坂を駆け上ると中腹に突然、立派な門構えの豪邸が現れた。

深呼吸をして、呼び鈴を鳴らすと、お手伝いさんが応接間に通してくれた。

部屋にあるグランドピアノは、地下室にあるピアノと同じ種類のようだ。

窓に目を遣ると遠く桜宮湾が見え、その手前に未来医学探究センターが一望できた。

しばらくすると、パジャマの上にカーディガンを羽織った麻生夏美が姿を現した。

びっくりしたように見開かれた大きな目をくるくると回しながら、言う。

「佐々木クンがお見舞いに来てくれるなんて、どういう風の吹き回し？　ははあ、さてはあたいにホレたわね」

……そうかもしれない、と小声で答える。もちろん麻生夏美の耳には届かないように。

ぼくは臆病者だ。

麻生夏美はこほこほと咳き込む。

「せっかくお見舞いにきてくれたのに悪いけど、ほんとに具合が悪いから、風邪を移しちゃうかも。長居しない方がいいわ。それともひょっとして、また助けてもらいたいことでもあるのかな？」

昨日、あれほどひどい仕打ちをしたばかりだというのに、コイツはまだ、ぼくのために何かをしてくれようというのか。今から言おうとしていることを考えると、自分の身勝手さがほとほとイヤになってしまった。けれども背に腹は代えられない。

　今のぼくには時間も余裕も、そのどちらもなかった。

「ごめん。実はその通りなんだ」

　麻生夏美は目を細める。笑顔に見えるが、マスクに口元が覆われていてわからない。

「謝る必要はないわ。あたしたちはドロン同盟の同志なんだもの。それなら急いで話して。もうじきパパが帰ってくるわ。学校を休んだのに寝てないと叱られちゃう」

　ぼくはうなずく。

「昨日のお前のアドバイスのおかげで問題がはっきりした。ぼくは涼子さんの未来を託されたけど、涼子さんのためにどうするのが一番いいのかわからないんだ」

　麻生夏美の目は笑っていない。

「とうとう気がついてしまったのね。それで佐々木クンはどうしたいの？」

　ぼくは一瞬、息を呑む。だがすぐに意を決して、ためらわずに本音を言う。

「涼子さんのために一番いい選択をしたい」

　麻生夏美は目を細めたままぼくを見つめた。そして静かに言う。

「これまでの涼子さんの人格を継続させるか、新しい人格にするか、どっちがいい選択だと思っているの？　あるいは、佐々木クンはどっちにしたい？　直感で答えて」

「直感……？」

「そう、直感。どちらが正解か、今、頭の中に一瞬浮かんだはずよ」

「でも、それは……」

呻くように言ったぼくに、麻生夏美は首を振る。

「心配しないで。あたしは知りたいだけ。そうすべきだ、と言いたいわけじゃないの」

ぼくは吐息を吐いて、言う。

「ぼくは、以前の涼子さんに戻ってほしい」

「だったら、それが正解よ」

「でも、そうするということを考えると、苦しいんだ」

麻生夏美はうなずいた。

「涼子さんが、好きなのね」

その言葉が胸を貫いた。

長い時間が経った気がしたけれど、実際はほとんど時間が過ぎていない気もした。

ぼくはもう一度うなずいた。

麻生夏美は目を細めた。今度のは微笑だと、マスク越しでもはっきりわかる。

「シンプルに考えて。涼子さんがどちらを望んだかなんて、誰にもわからないことよ」

「でも涼子さんはぼくの問題が解決していたら、新しい人格になりたいと言っていた。

それって、本当は新しい人格になりたいってことだろ」

これでは堂々巡りだ。でもいずれその時がきたら、どちらかを選ばなくてはならない。

こうなってみると西野さんの言い分はよくわかる。

あれは意地悪ではなく、単にぼくの無能さを指摘しただけだった。

こほこほと咳き込みながら、麻生夏美は腕組みをして考え込む。

「答えの出ない結論を追い続けずに、いっそ全然別のルートをたどってみたらどうかな。ひょっとしたら案外簡単に、結論にたどりつけるかもしれないわ」

「別のルート？　そんなもの、あるのかな？」

「原点に返るの。涼子さんの言葉を思い出して。佐々木アツシ問題が解決しているかどうかによって結論は変わる。佐々木アツシ問題って一体、何なの？」

「実は、それがよくわからないんだ」

ゆうべから何百回となく自問自答したことだった。麻生夏美は言う。

「でも涼子さんが口にしたからには、その問題は実在しているはずよ。それなら涼子さんが認識していた〝佐々木アツシ問題〟を確定すればいいだけかもしれないわ」

それはゆうべから延々と堂々巡りを続けた答えに近い風景に思えたけど、全然違った場所にも見えた。どうしてだろうと考えたら、違いはすぐにわかった。

麻生夏美の言葉は現実に即している。ぼくの思考には現実の輪郭が見あたらない。

「池のさかなは、池の形を知ることはできないの。だから佐々木アツシ問題は、佐々木クンにはわからないのよ、きっと」

麻生夏美の涼しい声が、閃光のように脳裏を切り裂いた。

盲点だった。ぼくの問題だからぼく自身が一番把握しているはずだと思いこんでいたけれど、確かにぼくの問題の理解から一番遠いのはぼく自身なのかもしれない。

答えが見つからない状況は変わらないのに、霧が晴れたような気持ちになる。

「教えてくれ。それならぼくの問題が解決されているかどうか誰に聞けばいいんだ？」

「答えはわからないけど、これは断言できる。その判断をしてくれる人はきっとどこかにいる。でも、もしその人が見つからなかったらその時は、あたしが決めてあげる」

ドアの外でお手伝いさんが咳払いを繰り返している。面会時間超過のサインだ。

ぼくは、ありがとう、と礼を言い、立ち上がるとドアノブに手を掛けた。

「佐々木クン」

振り返ると、パジャマ姿の麻生夏美の目が、まっすぐぼくを見つめていた。

その視線を受け止めきれずに顔を伏せる。それでも麻生夏美はぼくを見つめ続けた。

長い長い凝視だった。やがて、ふう、と吐息をついて、目を細める。

「お見舞い、ありがと。明日は登校できると思う」

胸がうずく。麻生夏美を見舞ったのは、彼女を心配したからではない。

自分が抱えきれなくなった問いに対して相談に乗ってほしかっただけだ。

足早に部屋を出る。その背中に時刻を告げる鳩時計の音が響く。

すっかり暗くなってしまった坂道を一気に駆け下りる。

その時脳裏に甦(よみがえ)ったのは、文化祭の時に麻生夏美がくれたラテン語の詩の一節だった。

——蜂蜜(はちみつ)の夜に、二羽の白鳥の間で眠る。

その一節を、麻生夏美の澄んだ声が読み上げている。

なぜこんな時に、あの詩を思い出したのだろう。


部屋に戻り、マザーにコンタクトし、佐々木アッシ問題と入力して検索してみる。ヒットするかという不安は杞憂(きゆう)で、あっと言う間に多数のテキストが引っ掛かってきた。

ただしそれは、一般用語ではなく、マザーの中でだけ使用されていた特殊用語(スラング)だった。

抽象的問題と考えていた佐々木アッシ問題は、人権に関わる具体的な問題だった。

凍眠八則によりぼくの人格権は一時停止された。目覚めにあたりぼくが以前の人格を選択すると、選択を世に公開する義務が生じる。つまりぼくの人格権の停止が解除された瞬間、ぼくのプライバシーが守られなくなる、という基本的人権の問題だったのだ。おまけに人格権停止の間のぼくのデータは、個人情報の枠組みからはみ出てしまい、研究者が勝手に使い放題にしても文句もいえなくなってしまうらしい。

凍眠から目覚めたぼくが、そんなひどい状況にならずに済んだのは、涼子さんが法律の不備を衝(つ)いてくれたおかげだ。でも根本的な解決にはほど遠かった。善意の第三者である前任者の判断に関し、ぼくが意思を表明していない以上、その判断が適切であったかどうか、結論は出ないままになっているわけだから。

ここでスタート地点に引き戻される。

佐々木アッシ問題は解決しているのか？

答えはわからない。ひとつはっきりしたことは、凍眠適用第一号のぼくの周りでは何一つとしてはっきり決まっていることがないという事実だ。でもそうした思考によってわかった部分は、何もかもが不確かなぼくの現状にとって唯一の緩衝地帯に思えた。

育ての親で、ぼくを隅々まで知り尽くした強敵、西野さんとの全面戦争の前に、緊急避難できる場所を確保できた意味は大きい。それが実戦に役立つかどうかはわからない。

でも、そこが西野さんとの最終決戦場になるのは間違いない。

いつも親切なアドバイスをくれた西野さんが、ぼくの目の前に立ちふさがろうとしている。その光景を想像しただけで、膝の震えを抑えられなくなってしまう。

でも、そんなヤワなぼくの覚悟を決めてくれたのは、やっぱり麻生夏美だった。


翌日。ぼくは、学校に吸い込まれていく人の流れに逆らいながらひとり、川床に打ち込まれた棒杭のように正門の傍らに佇んで、ひとりの少女を待っていた。

登校してきた麻生夏美は、立ち止まる。一瞬、時の流れが止まった。

彼女は、ぼくの顔を見て言った。

「決めたのね」

うなずいたぼくを見て、麻生夏美は三日月のように目を細めた。

光塔に帰ると、玄関前には大型のランクルがぶっきらぼうに停まっていた。立ち止まると車のドアが開き、ひとりの女性がひらりと降り立った。ショコちゃんだった。

その表情はいつもと違って険しかった。ぼくの顔を見るなり言った。

「今から一緒に来なさい」

「どこへ？」

「いいから黙ってついてきなさい」

ショコちゃんが問答無用で命令する時には絶対に逆らえない。

ぼくは地下室に鞄を置くと階段を駆け上りランクルの助手席に乗り込んだ。ハンドルを握り締めたショコちゃんの目はまっすぐ、道の先の未来を見つめていた。エンジンを掛け、アクセルを踏み込むと、ランクルは弾丸のように飛び出した。助手席のぼくは、物言わぬショコちゃんの乱暴な運転に振り落とされないようにするので精一杯だった。

目的地は東城大学医学部付属病院だと、すぐにわかった。

坂道を一気に駆け登り、オレンジ新棟に到着すると、ショコちゃんは行き交う看護師に挨拶もせず、まっしぐらに廊下の突き当たりの部屋に向かう。

その部屋は……。

——ここにはもう来ないで。

悲しいリフレインが蘇る。

部屋の外の廊下には、見知らぬ大人たちが佇んでいた。初老の女の人が、泣きはらした目の縁をハンカチで押さえている。

心臓の鼓動が速まっていく。

ショコちゃんは顎で、部屋に入れと無言で指図する。首を横に振ると、ショコちゃんはぼくの肩を摑(つか)んで部屋に押し込んだ。

開け放たれた窓にはカーテンが風に揺れていて、そこから桜宮湾が一望できた。窓際には赤いベゴニアが咲き乱れている。佳菜ちゃんは赤い花が好きだった。

時が止まった部屋。

真ん中のベッドの上には、両手を胸の上で組んだ佳菜ちゃんが眠っていた。

目の前の佳菜ちゃんは、初めて出会った頃と同じように、可愛い少女の姿だった。

ぼくに寄り添ったショコちゃんが言う。

「亡くなったのは今朝よ。佳菜ちゃんは、アッシだけは絶対に呼ばないでって言ってた。お婆さんみたいな死に顔を見られたくないからって」

ショコちゃんは動かなくなった佳菜ちゃんの髪を、細い指で繰り返し撫(な)でる。

「だからアッシを呼ぶつもりはなかった。でも佳菜ちゃんは亡くなった後、時を巻き戻すようにして見る見るうちに本当の年齢の姿に戻っていったの。生きている間にはキツく巻きすぎていたネジが、亡くなった途端にほっとしてほどけたのかもしれないね」

佳菜ちゃんの寝顔。

ウチの夢はお嫁さん、と言った、その赤い唇は二度と開かない。

「でね、元の姿に戻った佳菜ちゃんを見てたら、アッシときちんとさよならしたいんじゃないかなと思えたの。だから約束を破って、アッシを連れてきたのよ」

ぼくは佳菜ちゃんの髪を撫でる。

――アッシ君って傲慢(ごうまん)でわがままでがさつで、鈍感で無神経で、残酷ね。

その通り。

おまけにぼくは嘘つきだから、平気で約束を破ってしまうサイテーなヤツだ。

佳菜ちゃんほど、ぼくをわかってくれた女の子はいなかった。

だから、たとえどんなに嫌われても、禁止されても、ぼくはもっと佳菜ちゃんに会いに来るべきだったのだ。

そう、もっともっと。

三角関数はわかったのかよ。天国に行っても宿題はなくならないんだぞ。

こんな時に、憎まれ口しか出てこない。

ぼくってヤツは、本当にろくでなしだ。

もう一度、佳菜ちゃんの髪を撫でる。

さよなら、佳菜ちゃん。

窓から一陣の風が吹き込んできた。

その晩、ショコちゃんは、ぼくを光塔に送ると地下室に居残って、棚に置かれた西野さんのブランデーをがばがば飲んだ。そしてぼくにカラみまくって酔い潰れた。

ショコちゃんはひとりになりたくなかったのだろう。

眠り込んだショコちゃんをソファに移し毛布を掛けると、通常の業務を始める。

どんなに辛くても哀しくても、メンテナンスは怠れない。因果な商売だ。

繰り返し『別れ』を再生した。佳菜ちゃんは二度とこの曲を聴けない。

でも本当にそうなのか。ぼくの中に生きている佳菜ちゃんは、今もぼくと一緒に、この曲に耳を傾けている。

部屋の片隅の銀の棺を眺める。オンディーヌもぼくの中で生きている。

だとしたら……。

何かが弾けた。一瞬の閃光が、答えへの道筋を照らし出した。でも、その道筋は入り組んでいて、一瞬のきらめきの中では把握し切れなかった。

ぼくは顔を上げ、PCの前に座ると、暗記しているアドレスにメールする。

✉西野さま。三日後の十一月四日、面談を希望します。時間は何時でも結構です。

未来医学探究センター　佐々木アツシ

メールが虚空に吸い込まれていく音が耳に残った。もう後戻りはできない。
脳裏に浮かんでくる面影を数え上げてみる。
西野さん。ショコちゃん。ステルス・シンイチロウ。佳菜ちゃん。蜂谷。
北原野麦。神倉さん。蜂蜜の海の中、二羽の白鳥の間で眠る麻生夏美。
そして……、マザーの海で眠る、ぼくだけのオンディーヌ。
目をつむると、深い吐息をついた。吐息の行き先は、ぼく自身にもわからなかった。

ぼくは謎を解いた。でもその果てには破滅しか見えなかった。
なのに、ぼくはメールを送った。そうすることが必要だったから。
立ち上がって台所に向かう。濃い珈琲（コーヒー）が欲しい。
最終決戦の前にぼくはマザーの海を今度こそ〝理解〟しなければならない。
道標を示しながら、対決を促す西野さんの気持ちを考える。
その時、ふと妙な考えが脳裏をよぎった。
西野さんは敗北したがっている？
まさか……。
なぜだかわからないけれど、ぼくの中ではその仮説はひとつの確信に変わった。

その晩ぼくは、自ら課した禁を破って曾根崎教授に業務絡みの件でメールした。

ステルス・シンイチロウは涼子さんとメールのやり取りをしていた。だから彼女を無事に覚醒させるため助言を仰ぐのは、準備万端整えるために必然だ、と自分に言い訳をしながら。

✉ご無沙汰しております。メンテナンスしているスリーパーの〝目覚め〟が近づいています。けれどもひとつ問題があります。スリーパーは凍眠前、ある問題が解決していれば別人格で覚醒したい、でもその問題が解決していなければかつての自分のまま覚醒したい、というメッセージを残しました。でも、前提問題が解決しているかどうかの判断が流動的で変数になっています。この場合、ぼくはどのような選択をすればいいか、普遍的な原則をご教示ください。

メールを送信し、返事を待った。いつもなら送信後、五分プラスマイナス六十秒の範囲内で必ず返信メールが届いていたけれど、今夜は違っていた。

五分経っても、十分経っても、そして三十分経っても返信はこなかった。

ステルス・シンイチロウが考えている？

一時間が経った時、ぼくは考え方を改めた。

ステルス・シンイチロウだって眠ることはあるのだろう。

吐息をつき、いつもの終了メールを打つ。

✉今夜はもう寝ます。おやすみなさい。

メールを送信し終えてからしばらくの間、虚ろな画面を眺めていたぼくは、ＰＣをシャットダウンしようとした。

その時、着信音が響いた。

大急ぎで開いたメールにはたった一行、こう記されていた。

──狭き門より入れ。

ぼくは呆然と、その一行を凝視し続けた。

17章　あなたがあなたであり続けるために。

11月4日（月曜）

三日後。十一月四日月曜日の夕方。

心臓の鼓動が聞こえてきそうなくらい静かな部屋で、西野さんを待っていた。

ぼくは西野さんの敗北願望について考え続けたけれど、結局わからなかった。その数倍の時間を掛けて、垣間見えた正解への道のりをたどり直そうとしたけれど、それも叶わなかった。部屋には時計の秒針が時を刻む音だけが残された。

かちゃり、と扉の開く音がして、顔を上げる。

螺旋階段の上に黒ずくめの男性が姿を現すと、軽やかな足取りで階段を下りてくる。約束の五分前に西野さんは登場した。ぼくは目を見開いた。ふだん締めないネクタイをしている。手を抜いても、肝心な場面は絶対外さない。西野さんはそういう人だ。

でも、ぼくが驚いたのは、西野さんの正装姿ではない。西野さんの後ろに、ひとりの女性が付き従っていたからだ。

白いロングドレス、アップにした髪。耳元に揺れるパールのイヤリング。

階段を下りるたびにフレアの裾がゆらめく。不安げにぼくを見つめる大きな瞳。

大人びた、純白のドレスに身を包んだ女性に目を凝らした瞬間、立ち上がる。

「なんでお前がここに……」

西野さんは陽気に笑う。

「立会人は公正中立じゃないとね」

「どういうことですか？　彼女は全然、中立じゃない」

スノー・ホワイトにドレスアップした女性は麻生夏美だった。

「僕が一番認めている知り合いに立会人になってほしいと声を掛けたが、彼の都合がどうしてもつかなくて代理を送ってきた。実力的には問題ないからOKしたけど、まさか坊やからクレームがつくとは思わなかったよ。確かにこのお嬢さんは中立的ではない。でもどちらかと言えば坊やサイドなんだから、クレームをつけるのは僕のはずさ」

おっしゃる通り、この人選はぼくには有利にこそなれ、不利になる条件は皆無だ。

それにしても。

今回の対決は、西野さんにとってほんの気晴らしではないかと思っていた。

でも、審判にアルケミストの主任部長を想定していたということは、西野さんは本気だった。ひょっとしたらぼくよりも遥かに重く見ているかもしれない。

こんなすごい人が本気になったら、ぼくなんかに太刀打ちができるのだろうか？

そんな風に考えたらダメだ、と首を振り、湧き上がる弱気の虫を追い出そうとする。

太刀打ちできるのか、ではない。太刀打ちしなければならないのだ。

そんなぼくを見て、麻生夏美は戸惑った表情で言う。

「佐々木クン。あたしなんかが立会人で、ほんとにいいの？」

震える声を耳にして思い知らされた。今回の差配はすべて西野さんの手の内だ。

西野さんはいつからこんな戦略を描いていたのだろう。それがここでぼくたちが合宿した時からだったとしたら、ぼくは西野さんの手のひらの上から出ることができない孫悟空だ。絶望感が膨れ上がる。そんなぼくの様子を見て、西野さんは微笑した。

「おやおや、情けない顔をして。いきなり上司をメールで呼び出すような、怖いもの知らずには見えないね。いいかい、目上の者にああいうメールをする際は、候補日を複数挙げてお伺いを立てるのが常識だ。これじゃあこれから先、社会に出ても爪弾きにされるぞ。突然ぶしつけなメールが送りつけられてきたせいで僕は不眠症がぶり返して、アルコールが増えた。この精神的ショック、どうしてくれるのかな」

大あくびを嚙み殺した西野さんからは、ぷん、とアルコールの匂いが漂ってくる。

西野さんは気怠げに周囲を見回し、グランドピアノに歩み寄ると蓋を開ける。

「少しは弾けるようになったのかな、ピアノは？」

ぼくは首を振る。そして素直に謝罪する。

「すみませんでした。ムダな出費をさせてしまって……」

西野さんはピアノの前に座るとぽーんと単音を放り投げる。

「謝ることはないけれど、可哀想なのはこのピアノだよ。その実力を思う存分発揮できないまま、薄暗い地下室で朽ち果てていくしかないんだから」

西野さんはぼくをちらりと見て咳払い(せきばら)をひとつすると、気取った姿勢で鍵盤(けんばん)に向かう。

黒鍵と白鍵のプロムナードを、西野さんのしなやかな指が走りぬけていく。もの悲しげな旋律。それは、夜の訪れを告げる時刻に、この部屋に降り注ぐ『別れ』だった。

音符のフラグメントを弾き散らしてから、西野さんの指の動きは、メロディの途中でぱたり、と止まる。そしてぱたんとピアノの蓋を閉じた。

「とまあ、これくらいはさりげなくやってみせてほしいものだ。でもまあ、坊やがピアノを弾きたいと思うような性格だなんてことを見抜けないから、こんなトホホなことになっちまうんだよ。これだから一途(いちず)でクソ真面目な女性は困り者なんだ」

そう言って西野さんは銀の棺(ひつぎ)を見遣(みや)る。涼子さんが凍眠学習システム（ＳＳＳ）でのピアノ演奏習得システムをぼくに適用しなかったことを暗に非難していた。

ぼくはかっとした。だが、麻生夏美の視線に我に返る。これは虚仮(こけ)おどしだ。この先の判断には、ピアノを演奏できるかどうかなんて全然関係ない。

西野さんはぼくを見て、微笑する。

「どうやら少しは立ち直ったようだね。それじゃあ始めよう。僕は時間のムダ遣いが一番嫌いでね。人のいのちは有限だから、大事なことを先に片づけないと、人生なんて何もできずに終わってしまう。まあ、人生の結末なんてわかり切っているんだけどさ」

決め台詞(ぜりふ)を口にした西野さんの前に、面と向かってぼくはソファに腰を下ろす。

白いドレス姿の麻生夏美が、ぼくと西野さんの間に佇んだ。

ぼくには、この場に麻生夏美を同席させるなんて発想すらなかった。

こんなんで、ぼくはこの人に勝てるのか？

ぼくの絶望を見抜いたかのように、西野さんは笑う。

「ここでギブアップしたっていいんだよ。命まで取りはしないから安心しなよ」

震える膝を押さえ込む。言われるまま全面降伏してしまえばラクになる。

その時、身体を衝撃が貫いた。顔を上げると、麻生夏美がぼくを見下していた。

それは「みおろす」ではなく「みくだす」というルビがぴったりの視線だった。

——意気地なし。

目が覚めた。そう、諦めるのは早い。勝機は常に激戦地の傍にある。

ぼくは顔を上げ、西野さんを見た。

「日比野涼子さんの目覚めの日を、半年後の四月十五日に設定します」

ぼくの表情の変化を見て取ると、西野さんはシニカルな笑顔になる。

「入り方としては悪くない。でもそんな枝葉はどうでもいい。それよりさっさと本題に入ってもらおうか。坊やはリバース・ヒポカンパスを使うつもりなのか？」

心拍数が跳ね上がる。さすが、まっしぐらに核心を突いてくる。

「西野さんは、ぼくがどっちを選択すると思いますか？」

時間稼ぎのぼくの質問に、ばしん、と手にしていた鞄を机に叩きつけた。

「坊やの戯言に付き合っているヒマはない。イエスかノーか、とっとと答えろ」

西野さんはごまかせない。唇を噛みしめる。西野さんの言う通りだ。

すがりつくような目で麻生夏美を見上げると、その視線が問いかけてくる。

――涼子さんに、どうなってほしい？

……そう、お前は正しいよ、麻生。お前は大切なことしか口にしないもんな。

「もったいつけずに、さっさと答えろ。リバース・ヒポカンパスを使用するや否や」

西野さんは乾いた声の刃を、首筋につきつける。

その時、ステルス・シンイチロウからの一言のアドバイスが脳裏をよぎった。

――狭き門より入れ。

ぼくは目の前に聳え立つ西野さんを凝視する。でももう迷わない。

「リバース・ヒポカンパスは使いません」

ぼくがきっぱりと言い放つと、西野さんは息を詰め、ぼくを見つめた。

ややあって、ふう、とため息をつく。

「結局、腰抜けの選択か。がっかりしたよ。坊やの選択は、スリーパーの要望に従っていない。これでは〝目覚め〟は坊やには任せられないな」

冷徹な通告に周囲の世界がぐにゃりと歪む。だけどぼくは震える声で言い返す。

「そんなこと、ないと思います」

生まれて初めて、西野さんに本気で逆らった。西野さんはうっすら笑う。

「ここまで追い詰められて、ようやく宣戦布告か。では遠慮なく叩き潰させてもらおう。坊やがリバース・ヒポカンパスを使わないということは、佐々木アッシ問題は解決していないと判断したわけだ。ならば聞くが、解決していない坊やの問題とは何だ？」

「ぼくの人格権の保護に関する諸問題です。でも日比野さんが凍眠したことにより人工凍眠法が延長されたために、そのことに対する判断は先送りされています」

「それでは零点だ。その程度で僕に歯向かえると思うとは、身の程しらずも甚だしい」

頭の中が真っ白になった。ぐらつく頭をかろうじて支え、西野さんの顔を凝視する。

ハッタリだ、と自分に言い聞かせ、絞り出すような声で言う。

「正解もなしに違うと断じるのはフェアじゃない、です」

「正解？　そんなもん、ちゃんとあるさ」

「それなら言ってください。本当にあるなら、今すぐ言えるはずでしょう？」

西野さんはうっすら笑う。

「僕のスタンスの模倣か。それはあまり優れた戦略ではない。イミテーションの戦術でオリジナルの戦略に闘いを挑むなんて愚の骨頂さ。でもまあ、今回に限って言えばまずまずだけどね。僕がごまかしていると思われるのも癪だから、質問に答えざるを得なくなってしまったからね」

唾を呑み込む。相手を追い詰めたようでいて、追い詰められているのはぼくの方だ。

「坊やの問題は解決している。坊やは目覚め以前の人格を選択したのに問題なく日常生活を送れているじゃないか。つまりその時点で人格権云々という〝佐々木アッシ問題〟は完全に消滅している。今ある問題は凍眠中の日比野さんの問題でしかないんだ」

西野さんがあっさり提示した、予想外の解答に呆然とする。

考え抜いた問題が、こんな単純な論理展開であっさりうち砕かれてしまうなんて。

ぼくは震える声で斬りかかる。

「でも凍眠中は人格権が停止状態だったため、ぼくの個人データは個人情報保護法の範疇外にされ、保護されていません。ですから研究者が勝手に研究に利用するのを止められません。これも〝佐々木アッシ問題〟ですからまだ解消されていないと思います」

ぼくは〝目覚め〟の直後に自分のデータで論文を書きたいと申し出た東城大の田口先生から聞かされた点を言い立てた。西野さんは鞄から紙を取り出し、放り投げた。

「坊やは勉強不足だ。そこにある通り、厚生労働省は通達で坊やのデータに関する無断使用は禁じている。立法化こそされていないが、通達を無視して研究を続けるような勇ましい研究者はいない。事実上、坊やの個人情報は完全に保護されているんだ」

渡された紙片を一読する。その通達には、凍眠中の被験者の個人データは本人の同意なしに研究には使用すべきではない、という趣旨の内容が書かれていた。

「新聞記事やネットにはこんな記事はありませんでした。どうして西野さんはこんなことを知っているんですか」

西野さんは、やれやれ、という顔をして肩をすくめる。

「ひどい話さ。問題を解決してあげた相手から逆恨みされているんだからね」

ぼくの頭の中では西野さんの言葉が堂々巡りし、思考が空転してしまっている。

そこに、麻生夏美の声が降り注いだ。

「つまり、この通達が出るように手配してくださったのは西野さんだったんですね」

西野さんは手を打って、麻生夏美を指さした。

「ご明察。さすがわがライバルの娘さんだ。涼子さんの元上司、八神所長から古巣に働きかけてもらったんだ。マザーの海で八神所長のメールを見れば、その程度の力くらいは持ち合わせている人だと、すぐわかりそうだけどなあ」

ぼくは呆然とする。確かにそう考えれば辻褄が合う。西野さんはマザーの海に漂っていた同じ情報から、ぼくとは次元の違う情報を引き出していた。その衝撃の事実に愕然としながらも、平静を装い、かろうじて言い返す。

「そんなことができるのなら、涼子さんは凍眠しなくて済んだのに。西野さんは、自分が作り上げたモルフェウス・システムを守りたくて、涼子さんが凍眠するのを黙って見過ごしたんですね」

西野さんは驚いた表情になる。次の瞬間、冷ややかに言った。

「まさか坊やがそこまで愚かだったとはね。そもそもこの戦略は涼子さんが考え出したことを、僕が手足となって遂行しただけだ。そんな提案が可能になったのも彼女が人工凍眠したおかげだ。そこに僕の挙措が関与する余地なんて、まったくないよ」

さみしそうに西野さんが言う。それから顔を上げ、激しい口調で続けた。

「ここまでくればリバース・ヒポカンパスを使うしか道がないことくらいわかるだろう。今から、この選択が必須(ひっす)だということを演繹(えんえき)法で証明してみせようか。仮に坊やの問題が解決されていないとしてリバース・ヒポカンパスを使わないと選択するとする。そうしたら彼女はこれからどうやって食べていけばいい？　彼女が目覚めたらスリーパーは存在しなくなるから、未来医学探究センターは存続できなくなり消滅する。つまり彼女が凍眠を選択した時点で、かつての自分に戻るという選択肢はなくなっているんだ」

　西野さんの容赦のない言葉が胸に突き刺さり、思わず呻(うめ)く。西野さんは続けた。

「そんな事態を見越した僕は、彼女の潜在意識下に凍眠学習システム（ＳＳＳ）の設定で高度な技術を身につけさせた。目覚めた彼女はこの先ひとりで食べていける特殊技術を複数身につけている。だから坊やに関する記憶なんてこの先、彼女が生きていく上で足手まといにしかならない。そう考えたらリバース・ヒポカンパスを使用しないという選択は、涼子さんの人生そのものを破壊しかねない暴挙かつ愚挙なのさ」

　そこで一息ついた西野さんは、次の言葉でぼくに最終宣告を突きつけた。

「つまり、目覚め後に坊やと関わると涼子さんは破滅する。坊やは疫病神さ」

　目の前が真っ暗になる。西野さんの言う通りだ。リバース・ヒポカンパスを使用し、オンディーヌが目覚める前に離れた方が涼子さんのためだ。

　いや、それしか涼子さんが生きていく道は残されていない。

うなだれたぼくを、西野さんは冷ややかに見下ろしていた。

その時だった。

「佐々木クン、ペテン師に騙されてはダメ」

麻生夏美は凛とした声で澱んだ空気を吹き飛ばすと、西野さんに向かって言い放つ。

「涼子さんは別人格で蘇生することなんか、望んでいません」

西野さんはうっすら笑う。

「これはこれは。今のはとても、中立的な立会人の発言とは思えないな。ひょっとしてお嬢さんは涼子さんのメッセージビデオを見ていないのかな？」

「いえ、何回も見ました。その上で申し上げているんです」

「それならわかるだろう。涼子さんは、坊やの問題が解決した時は別人格になりたい、と明言している。彼女の願いはシンプルだ」

「その言葉をそのまま受け止めたら、大切な何かが失われてしまいます。本当に大切なことは言葉にできないものなんです」

麻生夏美はぼくに視線を転じて言う。

「佐々木クン、あなたの願いは何？」

いきなり話を振られ、しばらく考える。そして答える。

「涼子さんが無事に目覚めること。それだけだ」

「涼子さんが目覚めた時、佐々木クンは自分のことを忘れてもらいたい？」

思わない、とぼくは、きっぱり首を振る。西野さんは、からかうような口調で言う。

「坊やは涼子のことをどのくらい知っているのかな。僕はよく知っているんだけどね」

名前を呼び捨てにすることで、西野さんは涼子さんとの、過去の深い関係を匂わせた。

やっぱりそうだったんだ……。

絶望感に囚(とら)われたぼくに向かって、西野さんは続けた。

「リバース・ヒポカンパスを使わずに、涼子がそのまま目覚めたら、僕の許(もと)に戻ってくるだけさ。彼女は僕をサポーターに指名したくらいなんだから、まあ当然だよね。それでもいいのかい？」

ぼくは唇を噛む。そんなぼくの気持ちを見透かしたかのように、西野さんは続ける。

「どっちにしても、昔の涼子が坊やの許に戻ってくる可能性はゼロだ。だから坊やは、リバース・ヒポカンパスを使った方がいい。そうすれば新たな涼子が坊やの許に戻ってくる設定にもできるんだし」

西野さんの悪魔のような言葉が侵食してくるのと反比例して、胸は虚ろになっていく。

ぼくは涼子さんのため、リバース・ヒポカンパスを使わない、と決めた。でも、恋心は自分勝手だ。相手のこころが自分にないとわかったら、相手を殺すことも厭(いと)わない狂気をはらんでいる。心の中に吹き荒れる嵐を、呆然と眺めているばかりのぼくに、麻生夏美の警告が響く。

「迷った時は大切なことだけ考えて。佐々木クンは涼子さんにどうあってほしい？」

唐突な方向転換に、ぼくはついていけない。麻生夏美は静かに続けた。

「それなら質問を変えるわ。佐々木クンは、涼子さんのことを忘れたい？」

「冗談じゃない。五年間、涼子さんがぼくの面倒を見てくれたことは絶対に忘れない」

麻生夏美は、強く首を振るぼくを見つめた。

「それじゃあ佐々木クンは、自分がリバース・ヒポカンパスを使われて、今までの人生と切り離され、以前の記憶のかけらもなかったら耐えられた？」

麻生夏美の言葉を考える。これほど深く考えたことはなかった。でも長い時間ではない。ぼくは深い海の底に一瞬で到達し、深く考え、そしてあっさり答えた。

「そんなことになったらぼくは怒り、悲しんで、死にたくなったかもしれない」

「そんなことないさ。失われてしまった記憶は残っていないんだから、それに対して怒ったり、悲しんだりすることはありえない。むしろそうなっていたらずっと男前の性格になって、今よりもずっとモテモテの人生を送れたかもしれないぞ」

西野さんはすかさず反駁する。その通りかもしれない。ぼくを悩ませるばかりの、過去の記憶と切り離された人生は、どれほど軽やかになることだろう。

部屋の片隅に安置された銀の棺を眺める。

過去を切り離しさえすれば、この女性は、もっと楽な人生を送れるかもしれない。

麻生夏美はパールのイヤリングを外して机の上に置くと、真っ白な視線でぼくを見た。

「佐々木クン、西野さんはさっきから何とかしてリバース・ヒポカンパスを使わせようとしているみたいに見えるわ。それってなぜなの？　理由を考えて」

麻生夏美の言葉は、眠りに誘い込まれそうになっていたぼくのこころを貫いた。

確かにリバース・ヒポカンパスを使いたいなら、ぼくからサポーター権限を取り上げて、自分でやればいい。そもそも涼子さん自身がサポーターに任命したのは西野さんなんだから、ひっくり返したところで問題ないはずだ。なぜそうしないのだろうか。

ぼくが見つめると、西野さんは顔を伏せた。

ビデオの中の、西野さんの言葉がよぎる。稲妻が走る。

――僕はこの権限をモルフェウスに委託する。

ひょっとして、あのひと言のせいで西野さんはぼくを排除できないのか。

だとしたらサポーター権限は、ぼくが思ったよりずっと強いのかもしれない。

その先はいくら考えてもわからなかったけれど、そんなことはどうでもよかった。

大切なのは涼子さんを大切に思うことだけで、涼子さんがぼくをどう思うかなんて関係ない。昔のままの涼子さんを目覚めさせたいという気持ちに不純物は混ざっていない。

人は、自分の記憶を手放してはならない。

それは、あなたがあなたであり続けるために、絶対に必要なことなんだ。

昏々と眠る涼子さんに向かってそう断言できるのは、世界中でぼくしかいない。かつて他人の手で勝手に記憶を書き換えられてしまいそうになった、このぼくしか。

そこに思い至ったぼくは、自分の気持ちを素直に、そして決然と口にした。

「リバース・ヒポカンパスは使いません。ぼくは他人の記憶を変えたくない」

西野さんは肩をすくめてへらりと笑う。

「坊やはいちいち大袈裟すぎる。これは生きるの死ぬのという問題じゃないんだ」

ぼくは西野さんを、キッと睨み付ける。

「この気持ちは被害者になってみなければわかりません。ちょっとだけいじられた記憶のせいで、ぼくはこんなに苦しめられているんですから」

「何のことだ?」

麻生夏美がぼくを凝視しているのを横顔に感じる。

ぼくは頬を熱くしながら、言う。

「西野さんがリバース・ヒポカンパスをぼくに使用したせいで、ぼくの心はこの女性に囚われてしまいました。それがなければ、こんな思いは……」

西野さんは首を振った。

「坊やはいろいろごっちゃにしているね。確かに記憶を改変できるソフトでは坊やが眠り姫をこころから愛しているという記憶を刷り込むこともできる。でも僕が坊やの記憶をいじったのはミニマムでたった一枚、美しい女性の笑顔の写真を刷り込んだだけだ。部屋に一枚のピンナップを貼ったようなもので、その笑顔に恋をしたのは他ならぬ坊や自身の意思であり、リバース・ヒポカンパスのせいではない」

ぼくが混乱した理由はふたつあった。ひとつは自分の恋心が、自分で選択したものだと突きつけられたこと。もうひとつは、その事実を麻生夏美に知られてしまったこと。

「本音を言ってみろよ、坊や。本当は涼子を僕に奪われたくないだけなんだろ？」

荒れ狂う自分のこころの行方を呆然と見守った。

どうしてぼくはこんなに混乱しているのか。

そしてようやく気がついた。自分の欲望が絡みついているせいだ。

隣の麻生夏美をちらりと見る。その目は、しんと静かで、非難の色はない。

まるで蜂蜜（はちみつ）の海で眠る白鳥のように。

麻生夏美は、ぼくにとって気付け薬だ。彼女の瞳に見つめられると、ぼくはいつでも原点に戻ることができる。ぼくは涼子さんの幸せを願っている。でも、そもそも、涼子さんの幸せとは何だろう。

そこまで考えた時、ぼくの中で、ひとつの疑問が立ち上った。

「西野さんは涼子さんのことを、本当に好きなんですか？」

当たり前の質問を耳にして、西野さんは一瞬、目を見開いた。そして答える。

「どうしてそんなことを知りたいんだい？」

「こんな面倒なことを考え抜いてあげるなんて、好きでなければできません。なのに西野さんは、ぼくと涼子さんが一緒になれる可能性を潰そうとしない。それってとても不思議です」

西野さんは微笑する。

「世の中には感情抜きで他人に奉仕できる人がいる。僕はそんな聖人ではないけれど、他人からは奉仕精神の塊だと勘違いされることもある。たぶん〝両極端は相通ず〟ということなんだろう。涼子も僕をそんな風に誤解したんだろうね」

正直な告白なのだろう。西野さんは奉仕精神からもっとも遠い人だ。でもその行為が奉仕精神に貫かれているように見え、それが矛盾せずに西野さんの中で同居しているのなら、その真意がどうであれ、西野さんは無私の奉仕者だ、と見なすことはできる。

そこまで考えて、ようやくぼくは自分が愚問をぶつけたことを理解した。

たぶん西野さんは、涼子さんのことを何とも思っていない。だから深い愛情で包んでいるようにも見える。あるいはその愛は、実体を伴わない蜃気楼のようなものなのかもしれない。でも、実はそれこそが真の愛なのかもしれない、とも思う。

「坊やは自分の感情に囚われすぎているんだ。リバース・ヒポカンパスの使用についてはもっと気楽に考えて……」

西野さんがぼそりと言ったその言葉は、西野さんの思念に引きずりこまれそうになっていたぼくを正気に戻した。

「大袈裟じゃありません。そんなことをされたら自分が殺されてしまうんですから」

自分の言葉を耳にして、はっとする。ぼくはこの選択が自分のエゴイスティックな願望だと思っていた。でも、そうじゃなかった。

傍らに凜と佇む麻生夏美の存在を全身に感じる。ぼくは西野さんに最終通告をする。

「リバース・ヒポカンパスは使いません。これはぼくの最終決定です。目覚めた後にどうするかは、涼子さん本人が決めることであって、ぼくが決めることではありません」

涼子さんは五年間、ぼくの面倒を見てくれた。それはぼくのためだったけれど、同時に涼子さん自身の人生でもある。それを白紙にする権利など、ぼくにはない。

西野さんの顔色は紙よりも白くなった。それから気を取り直したように首を振る。

「坊やは強力な武器を手にしているのに、使おうとは思わないのか？」

「それを使ったらぼくは一生後悔します。だからリバース・ヒポカンパスは封印します。それが意に沿わないのなら、ぼくを解任して西野さんが使えばいいでしょう」

沈黙が場を覆った。やがて西野さんは肩をすくめると、小さく拍手をした。

「お見事。さすが天才坊やだけのことはあるね」

唇の端に、弱々しい笑みを浮かべた。

「そこまで言い切れば坊やの勝ちだ。規約上、リバース・ヒポカンパス使用の可否判断はサポーターに限定された権限で、唯一、スーパーバイザー権限を凌駕（りょうが）する一点なんだ。たとえ坊やを解任しても解任前のサポーターの判断は覆せない。そこのお嬢さんは、そのことをわかってたんだろう？」

西野さんに問いかけられて、麻生夏美は曖昧に微笑する。西野さんはぽつんと尋ねた。

「どうして坊やにそのことを教えなかった？」

「佐々木クンを信じていたから、です」

麻生夏美は、ぼくに向かってうなずきながら、続けた。

「佐々木クンなら絶対に、涼子さんにとって一番いい選択をしてくれると信じていただけです。ただリバース・ヒポカンパスに対する決定権を行使する前に佐々木クンが解任を認めては困るので、そうならないよう、そこだけは注意していました」

麻生夏美は聖母のような微笑を浮かべた。西野さんが口を開く。

「そんな青臭いことを恥ずかしげもなく口にできるから、ガキってヤツが嫌いなんだ。坊やは自分の選択を、〝目覚め〟の後で後悔するがいいさ」

西野さんは呪いのような、そのクセ妙に軽やかな言葉を続けた。

「これで僕は、スーパーバイザーとしてはお役御免だ。ここから先は坊やが涼子を目覚めに導くんだな。もともと業務は丸投げしていたから大丈夫だろうけど、ひとつだけ忠告しておこうかな。このまま目覚めさせたとしても、そこには坊やが望む涼子はいない。坊やがリバース・ヒポカンパスを使うと決断すればすべてが丸く収まって、僕たちはこれから先もずっと一緒にいられたんだ」

ぼくのこころはもう、揺れなかった。

「でも、もしそうだとしたら、ぼくたちの世界を丸く収めるために涼子さんを殺さなければならなくなる。ぼくは、そんな世界の住人になりたくありません」

西野さんは一瞬、虚ろな表情になる。そしてソファに深々とその身を沈ませて呻いた。

「セ・ラ・ヴィ、これも運命か」

なぜだかぼくは、その言葉の響きを耳にした途端、不安になって尋ねる。

「どうして西野さんは、こうなる前にぼくを解任しなかったんですか？」

西野さんは肩をすくめて微笑する。

「僕と涼子が恋人だったというのは嘘だからさ。天涯孤独だった涼子は、凍眠する時に他に頼る人間がいなかったから僕に委託した。いや、本当はひとりだけ頼りたい相手はいた。でもソイツはその時には役立たずだったし、そもそも涼子自身そのことに気付いていなかった。涼子が助けてほしいと本気で願っていた相手、それはキミだったんだ」

あまりの衝撃に呆然とした。西野さんは淡々と続けた。

「長い間ここには涼子と坊やしかいなかった。だから涼子にとって坊やはかけがえのない存在だった。僕はそんな涼子の気を紛らわせる遊び相手、淋しさに耐えかねて一度だけ肌を合わせた旅人だった。だから坊やにリバース・ヒポカンパスを使わせれば坊やに対する涼子の想いもリセットされ、僕にもチャンスが生まれるはずだったのさ」

西野さんはソファから立ち上がる。麻生夏美の視線が、ぼくの横顔に痛く突き刺さる。

「さて、そろそろふられ男は退場するよ。何もしないでただ寝ているだけで、面倒ばかり掛けさせる相手には惚れるくせに、自分のためにあれこれ尽くしてくれた男を袖にするだなんて、女ってヤツはバカな生き物さ」

ちらりと銀の棺を見遣った西野さんは、階段を軽い足取りで駆け上り、踊り場で立ち止まる。

振り返ると右手を挙げ、投げキッスのような言葉を、ぼくに投げかけた。

「四年間楽しかったよ、坊や。……アデュウ」

西野さんが姿を消した空間を、ぼんやり眺めていたぼくの中では、〝アデュウ〟という言葉の響きだけがむなしく反響し続けていた。

それが永遠のさよならを告げる時に使われるフランス語だということを思い出したのは、麻生夏美の声がぼくの蝸牛に届いた瞬間だった。

「こんな風に西野さんとさよならしちゃって、本当にいいの？」

その言葉を耳にして、弾かれたように立ち上がる。

螺旋階段を一足飛びに駆け上り、両手で一階の重い扉を開け放つ。

夕闇の中、一陣の突風が暗い部屋に吹き込み、ぼくの髪を激しく乱した。

道路に飛び出し左右を見回したけれど、西野さんの姿は、もうどこにも見えなかった。

片手をかざし目を細める。指の間に、地平線の上の凍えた太陽がひやりと光っていた。

すごすごと地下室に戻ると、部屋の片隅に安置された銀の棺が微光を放ったような気がした。

その傍らに寄りそうように佇んでいる、麻生夏美の白いドレス姿が目にしみた。

ぼくはソファに崩れ落ちた。

ぼくの選択は正しかったのか。それならどうして西野さんはぼくの前から、そして涼子さんの前から姿を消さなければならなかったのか。

理由はわかっていた。ぼくがガキで、西野さんは大人だったからだ。

ひとりぽっちに戻ったぼくは、銀の棺の側にひとり佇み、声を殺して泣き始めた。

真っ白なドレスに身を包んだ麻生夏美は、そんなぼくをしばらく見つめていたけれど、気がつくと姿を消していた。


その日から西野さんへのメールが通じなくなった。

それから数日、ぼくは学校を休んだ。

冷え切った地下室の真ん中には西野さんの置き土産、グランドピアノが残されている。

時折、思い出したように蓋を開け、白鍵をそっと押さえる。のびやかに、Cの単音が凍えた天井にぶつかり、はね返り、床に落ちて砕け散る。

寒い冬がぼくの部屋に、そして桜宮の街に訪れようとしていた。

でも、ぼくはピアノが弾けないままだった。

18章　勇者になりたいのであります。

11月11日（月曜）

西野さんが姿を消して一週間。その朝、未来医学探究センターに来客があった。ツイン・ガーディアンの片割れ、ショコちゃんが「よ！」と片手を挙げながら、ずかずかと部屋に入ってきた時、ぼくは思わず泣きそうになった。

「西野さんがいなくなっちゃった」

「知ってるよ。クロスケが言い負かされた日、あたしのところに寄ったんだから」

びっくりした。ふたりは天敵同士、お互い相容れない存在だったはずなのに。

ショコちゃんは笑って、ぺろりと舌を出す。

「本当はあたしのところになんか絶対来たくなかったはずよ。しかもよりによって最後に会う関係者があたしになるなんて、天中殺すぎるわよね。ほんとお気の毒だこと」

ぼくはショコちゃんに尋ねる。

「どうして西野さんはショコちゃんに会いに行ったりしたの？」

ショコちゃんは、手にしたバッグから一通の封書を取りだし、ぼくに差し出した。

「この封筒を渡すためよ。秘密にしておいてほしいと言われたけど、ほら、あたしってお喋(しゃべ)りだし、第一、天敵でしょ。アイツに頼まれたことを守る義理なんてないわよね」

渡された手紙に目を通す。

別れのメッセージかと思ったら、意表を衝(つ)いてそれは、堅苦しい公文書だった。

飛び級での大学入学制度の一般導入開始にあたり、先行するモデル事業に応募する大学を選定する、という、文部科学省の通達だ。

最後まで西野さんが考えていることは、ぼくには読み切れなかった。

ショコちゃんは首を振りながら、言う。

「一週間、うんうんうなって考えたけど、結局わからなくて。でもアイツが出した謎を解けませんでした、なんて白状するのも悔しいじゃない。アイツは絶対にどこかで覗(のぞ)き見しながら、そんなあたしたちを見てにやにや笑っているに違いないんだから」

いや、あたしたちって、ぼくはまだ、肝心の〝なぞ〟を見せてもらったばかりだから、一緒にしてほしくないんですけど……。

言葉とは裏腹に、どこか楽しげな様子のショコちゃんは、突然口調を変えた。

「残念ながらタイムアップ。だから信頼できる人に相談しようと思ったけど、もともとアツシへのメッセージだから、まずはアツシに見せるのが筋ってもんかなと思ってね」

改めて文面を眺める。ふつうに読めばぼくに飛び級をしろというメッセージだ。でもそれなら天敵のショコちゃんに渡す必要はない。桜宮学園の学園長に託すとか東城大に直接持ちかけるとか、いろいろ手段があったはずだ。

でも西野さんに去られたからといって、引きこもり続けるわけにもいかない。そんなメソメソしたガキの時代はあの日、西野さんとお別れした時に終わった。西野さんはいつもぼくの背中を押してくれた。きっとこれが最後の一押しだ。

「ショコちゃんには何か、いい考えはあるの？」

「あたりきしゃりき、よ。この翔子さまが考えナシでくるわけがないでしょ。その前に確認しておくけど、アツシはあたしに対応を一任するってことでいいわよね？」

ショコちゃんの言葉にうなずくと、ショコちゃんは肩を押し、地下室から押し出した。

「出掛けるわよ。男の子がうす暗い部屋でいつまでもいじいじしていちゃいけないわ」

光塔から外に出ると、寒々とした陽射しが目に痛かった。

そう、世の中はタイミングがすべてだ。グッドタイミング・ガール、ショコちゃんが、ランクルを乱暴に走らせて連れて行ってくれたのは懐かしい場所だった。

かつての東城大医学部付属病院本館、今は旧館と呼ばれる建物の二階への階段を上り始めた時、ショコちゃんがどこへ向かおうとしているのかがわかった。

「田口先生に相談するんだね」

「一見頼りないけど、なんだかんだ言いながら、結局最後には何とかしてくれちゃう人なのよねえ、田口先生ってばさ」

ショコちゃんがうなずいて言った、その言葉に、ぼくも全面的に同意する。

これから向かう場所の正式名称は不定愁訴外来、通称は愚痴外来だ。

田口先生は小児科の頃からの主治医で、今は田口教授と呼ばなければならない。専門は神経内科だけど、今は医療安全推進本部のセンター長兼医療情報危機管理ユニットの特任教授だ。ぼくが肩書を口にしようとするたびに噛むので「無理に肩書をつけなくても、昔みたいに『田口先生であります』と呼んでくれればいいんです」と言う。

そんな時、幼稚園の頃の口癖をさりげなく引用されると照れてしまうけど、そんな些細な口癖まで覚えてくれているんだと思って感激もしてしまう。

目的地に向かいながら、ショコちゃんはぺらぺらとウワサ話に花を咲かせる。

「あれでも田口先生はアツシの凍眠前はAiセンターのセンター長だったのよね。でも建物は壊れちゃって、センターも潰れちゃった。ツイてない人だなあなんて思っていたけど、一度センター長になったらおいそれと降格できないのが大学病院という組織の特徴らしくて結局、医療安全推進本部なんてわけのわからない組織が出来たら、今度はその教授兼センター長に納まっちゃったワケ。ウワサでは以前一度、病院長にされかかったこともあったらしいの。こうなると、実はとてもラッキーな人なのかもしれないなって、最近は認識を改めちゃっているのよ」

こうしたウワサ話には、ろくに研究実績もないクセにとんとん拍子で出世していく田口先生へのやっかみも含まれているに違いない。なのでぼくは言った。

「でも、今は教授という肩書にふさわしい実績が伴っているから、そんな大昔のことなんて、もうどうでもいいんじゃないのかなあ」

すると、ショコちゃんはぼくの肩を叩いて、にっこり笑う。

「わかってるって。田口先生がちゃんとした教授になれたのもアッシのおかげだもんね。アッシの凍眠データを使って論文を書きまくったからめでたく昇進できたワケだし。とはいうものの本業の神経内科の教授にはなれず、横滑りで医療情報危機管理ユニットの特任教授なんだから、やっぱり大学病院というところはどこか歪んでいるわよね」

ショコちゃんの言葉を聞いていると、「どうでもいいんですよ、肩書なんて」という、田口先生の穏やかな口調には深い含蓄があるようにも思えてくる。

Aiセンターが崩壊した時の話も以前、聞かされたけど、ネットで検索しても情報は少なくてよくわからなかった。なのになぜぼくが、Aiセンターが壊れたことを知っているかと言えば、ぼくが今住んでいる光塔はその跡地に建てられたものだからだ。

階段を下り、一階の非常階段の扉を、ショコちゃんはノックもせずに、ばあん、と開ける。その瞬間、幼稚園児だった頃の、懐かしい空気が部屋から流れ出してきた。

不定愁訴外来、通称愚痴外来の一室で、ぼくは田口先生と久しぶりの再会をした。

田口先生はいつもと変わらず珈琲を飲んでいた。昔は、藤原さんというおばさん看護師さんが秘書代わりをしていたけど、とっくの昔に退職してしまって今は誰もいない。

田口先生はぼくとショコちゃんを見て、腰を上げた。

「これはこれは、懐かしいお客さんですね。せっかくですから珈琲でもいかがですか」

田口先生は奥の控え室から、両手にカップを二つ、持って戻ってきた。手渡されたカップからは馥郁とした珈琲の香りが漂う。カップを受け取ったぼくは、言われる前に患者席に座った。その傍にショコちゃんが佇む。

田口先生は椅子の背もたれに寄り掛かり、ぎしぎし、と椅子を鳴らす。

ここは田口先生のホームグラウンドだ。不定愁訴とは軽い症状だけど、患者に根強く居座り続け、検査しても原因が見つからない些細な症状を指す。その病気に医師が抱いているイメージは、「相手にしてたらキリがない」で、治療の処方箋は「放っておく」しかない。医師ができることは、患者の愚痴をひたすら聞くということになる。なので〝愚痴外来〟という通称はうまいネーミングだと思う。

だけど患者の愚痴を辛抱強く聞き遂げるという仕事は、口で言うほど簡単なことではなく、むしろ相当な苦行のはずだ。

ぼくがレティノで入院した五歳の時に小児愚痴外来が開設され、ぼくはその患者第一号だった。印象に残っているのは田口先生が人気特撮番組のハイパーマン・バッカスのことをあまりよく知らなかったことくらいだけど、不定愁訴外来で治療された記憶もない代わりに、眼球摘出手術の恐怖や辛さも全然覚えていないから、ここではそうしたこころの傷を癒してもらっていたのだろう。

そんな風にぼんやり昔のことを考えていたら、ぽかりと言葉が浮かび上がった。

――アツシは勇者になりたいのであります。

ぼくの五歳の決意宣言を、この椅子に座ったら思い出したのは、偶然ではない。

かつてぼくが口にした言葉が長い年月、この部屋を漂っていて、チューニングを合わせたラジオが電波を音声に変換するように、今のぼくの身体を通じて再生されたのだ。

そんな自分の言葉に巡り合えただけでも、部屋にきた甲斐があったというものだ。

そういえば四年前、凍眠から目覚めた直後も、田口先生にはお世話になった。おかげで順調に回復したぼくは、初めは毎週通ったけど、しばらくして一カ月に一度、二年目からは三カ月に一度になり、今はもう通院していない。

田口先生はひとしきり、ショコちゃんと院内情報交換会、つまりウワサ話に花を咲かせてから、改まった口調で言った。

「さて、今日のご用件は何でしょう」

「実は、このメッセージの謎を解いてほしいんです」

ショコちゃんは、西野さんからのラスト・メッセージが入った封筒を手渡す。

うわあ、単刀直入だなあ。まさか、まんま丸投げするとは。

田口先生は紙片に目を通し、顔を上げる。

「この情報を教えてくれた方は今、どこでどうしていらっしゃるんですか？」

「一週間前、アッシの後見人を降りると伝えに来ました。これはその時に手渡されたメモです。その後、行方をくらましてしまい、現在は消息不明です」

「なるほど……」

田口先生は腕組みをして考え込む。やがて椅子を四十五度回転させ、机の袖にあるパソコンを起動する。考え考えキーボードを叩く。出てきた画面を見て、また腕組みをして考え込む。

しばらくして身体の向きを戻して、ぼくとショコちゃんに向き合った。

「これは公募科学研究ではなく、研究班関連の研究のようです。送付日は一ヵ月前ですから、もう候補の学校を選定し終えている可能性が高そうですね」

田口先生は再び、かたりかたりとキーボードを打ち始める。西野さんのタイピングのスピードを見慣れたぼくには、その速さは、新幹線と在来線くらいに違って見える。

田口先生はタイプする手を止め、ちらりとぼくたちを一瞥（いちべつ）すると、また画面に視線を戻す。続いてメールの送信音が響いた。

田口先生はぼくたちと向き合うと、珈琲をすすりながら、のんびりした口調で言った。

「教授ネットのメーリングリストに問い合わせていますので、少々お待ちください」

「よ、さすが田口教授」

ショコちゃんのよいしょ言葉を聞いて、田口先生は顔をしかめた。

「その呼び方は止めてください、と以前お願いしましたよね。お返しに如月師長、と呼びますよ」

「あたしは全然構いません。みんなそう呼ぶし、肩書だから当たり前だし」

田口先生の反撃はあっさり空を切る。そんな他愛もないやり取りをしているうちに、メールの着信音が響いた。

「崇徳館大学の天童教授は相変わらずこうしたことではレスが早いですね。このモデル事業に関係している学校は帝華大、極北大、浪速大のようです」

田口先生はショコちゃんからぼくに視線を移した。

「話は変わるけど、佐々木君は大人になったら何になりたいのかな」

突然の質問に口ごもる。そんなこと、考えたこともなかった。

閉め切った部屋なのに、どこからかそよ風が生まれ、ぼくの頬に触れて消えていく。

そよ風が吸い込まれた虚空に、掛け時計の秒針が時を刻む音が降り積もる。その音はぼくがこの部屋に入った時から、いや、入る前からも、そしてぼくがこの後、この部屋を立ち去った後もずっと、部屋を満たし続けるに違いない。

ハメ殺しの窓から穏やかな陽射しが差し込んでくる。そんな優しい森羅万象に包まれながら目を閉じる。そうしていると、昔の部屋の心地よさが思い出される。

——黙っていてもいいのよ。

かつてここにいた看護師さんの言葉が浮かぶ。

そんな風にして、ぼくはいつも周りのみんなに優しくしてもらっていた。

ぼくは勇者ではなかった。なのにぼくを勇者にしようとして、いろいろな人が力を貸してくれた。同じ病気で苦しんでいたのに、ぼくを勇気づけてくれた本物の勇者もいた。

気がつくとぼくは、とっくにあの少年の年齢を超えてしまっている。

あんな素晴らしい少年が、暗闇に閉じこめられてしまったのはなぜだろう。

憎むべきレティノザウルスのせいだ。

さよならした佳菜ちゃんの寝顔がぽかりと浮かぶ。

佳菜ちゃんがあんなに早く、この世界とさよならしなくてはならなかったのはなぜか。

その時、ぼくには全部わかってしまった。ぼくが大切に思う人たちが悲しい思いをさせられるのは、みんな病気のせいだ。

鍵が鍵穴にかちりとはまり、忘れかけていた宝箱の蓋がゆっくりと開いていく。

顔を上げ、田口先生を見つめた。

「ぼくはレティノザウルスをやっつけたい。そのためにお医者さんになりたいです」

田口先生はうなずくと、目を細めて微笑した。

「そのひと言が聞きたかったんです。それならこの手紙の意味が見えてきます。では、善は急げ、というわけで思い立ったら直ちに行動です」

田口先生は立ち上がりかけ、椅子に座り直す。パソコンのキーボードを叩くとプリンターから紙が吐き出される。その紙を折り畳みポケットにしまい、今度こそ本当に立ち上がる。

「それじゃあ、行きましょうか」

「行くって、どこへ？」

「昔の借金を取り立てるために、学長室に行くんですよ」

不定愁訴外来から外に出て、外付けの非常階段を一階から三階へ上っていく。

田口先生は二階の踊り場で振り返り、言い訳のように言う。

「私の他に使う人がいないので、この階段を〝腹黒ホットロード〟なんて陰口を言う人が後をたちません。公共スペースだというのに、困ったものです」

それは仕方がないだろう。病院の玄関ホールのつきあたりが建物中央のエレベーターホールなのだから、建物の西の外れにある非常階段をわざわざ使おうとする物好きなんて、田口先生の他にはいるはずがない。

三階の非常口の扉を開けると、目の前に学長室があった。

ノックをすると、穏やかな声が応じた。扉を開けるとロマンスグレーの小柄な男性が、机に両肘(りょうひじ)をつき、顔の前で指を組んでソファに座っていた。

「珍しい人たちがお揃いですね。私なんぞ、とうにお見限りかと思っていましたが」

この人の顔には見覚えがある。確か、田口先生が頭が上がらない偉い人で名前は……。

「おたわむれを。今日は、高階(たかしな)学長にお願いがあって参りました」

そうそう、高階先生だ。昔は大学病院の院長先生だったことを同時に思い出す。今は学長らしいけど、病院長と学長って、どっちの方が偉いんだろう。

「田口先生からのお願いというのであれば、何としてもお聞きしなくてはなりませんね。一体どういったご用件でしょうか」

田口先生は、西野さんからのメッセージの入った封筒を手渡した。高階学長は、文面にざっと目を通すと言った。

「で、これを私にどうしろと？」

「東城大として、正式にプロジェクトへの参加表明をしていただきたいのです」

「書類の日付と文面から察するに、この件はおそらく、すでに内定していますね」

「ですからこうして、高階学長のお力添えをお願いに伺ったのです」

「この私に、横車を押せ、というのですか。それだけの価値がありますかね？」

「このプロジェクトは、帝華大が優秀な生徒を青田買いするため考え出されたものであることは、文面から明らかです。でも彼らはまず企画と予算ありきで、誰をどのように育てるかという具体的なビジョンはなさそうです。なのでその間隙（かんげき）を衝き、こちらは、プロジェクトで育成したい実在の人材を前面に押し立てて、ねじ込もうと思います」

田口先生の言葉を聞いて、高階学長はちらりとぼくを見た。

「なるほど、筋はよさそうです。で、具体的に私は何をすればいいんですか」

田口先生はぼくの肩を摑んで、そっと押し出す。

「この佐々木君を、東城大へ学長から推薦していただきたいのです。医師志望の動機付けも明快ですし、その上、とある特殊事情のために一般教養学習は履修済み。というわけですので飛び級システムの先駆者としては、まさにうってつけの人材です」

「確かにそれはトライする価値がありそうです。早速文部科学省に掛け合ってみます。なあに大丈夫。文面を見る限り、まだこれから細部を詰める段階のようですから」

高階学長がうなずくと、田口先生は、ポケットからもう一枚の紙を取り出す。

「僭越(せんえつ)ですが、目的達成のために有利になる極秘情報をお知らせします」

高階学長は紙を受け取ると、ざっと目を通す。

「この手紙は君自身にも深く関係しているようです。ご覧になりますか」

書類が手渡される。視線を走らせ、胸がいっぱいになる。

それは西野さんから田口先生に宛てられたメールだった。

日付は四年前。ちょうどぼくが目覚めた直後の頃だ。

✉ モルフェウス・システム（Mシステム）の設計者、ヒプノス社の西野昌孝です。
佐々木アツシ君のご研究をされるとの情報を耳にしました。採算割れ必至のMシステムが厚労省から文部科学省に移管された理由は、文科省の凍眠学習システム（SSS）の可能性に着目したからです。文科省関連の公募研究等に応募する際は、この事実を匂わせると有利に展開できるはずです。間もなく関連省庁から佐々木君の臨床データは本人の承諾なしでは研究に使えないという通達が出されるはずですので、そのことを踏まえて、今後の研究を有利に進めてください。人類におけるMシステムの唯一の経験者・佐々木君は日本の、いや、世界の宝です。今後もバックアップをよろしくお願いします。

「なにさ、カッコつけちゃって」

ぼくの肩越しにメールを読んだショコちゃんが言うと、高階学長は微笑する。

「これなら盤石ですね。この背景をちらつかせれば文部科学省は申し出を呑まざるをえないでしょう。田口先生にお願いがあるのですが、東城大学飛び級対応委員会を早急に立ち上げなければならないので、委員長をお引き受けくださいませんか。委員会の人選から何から、一切合財お任せします」

「わかりました。何なりと仰せのままに」

田口先生は諦め顔で、弱々しく肩をすくめる。高階学長が不思議そうに尋ねる。

「どこかお加減でも悪いのですか？　いつになく素直ですね。ここまで無茶振りすれば、そろそろ拒絶のお返事のひとつも飛び出してくる頃合いかな、と思いましたが」

「とんでもない。私は高階学長の依頼を断ったことなど一度もありませんよ」

「おや、そうでしたっけ？」

田口先生はため息をつく。ふたりのやり取りを聞いていたぼくは遠い昔、どこかで似たような会話を聞いたことがあるような気がした。

そういえば、この部屋に来る前の田口先生は、学長室に借金を取り立てに行くなどと威勢のいいことを言っていたけれど、今のやり取りは、まるで担任の先生に夏休みの飼育当番を割り当てられた小学生みたいだった。

うつむいた田口先生を、ショコちゃんがくすくす笑いながら気の毒そうに眺めている。

「ここから先は我々の領分ですので、お二人は戻っていただいて結構ですよ」

高階学長が朗らかに言う。田口先生と高階学長に見送られ、ぼくとショコちゃんは学長室を後にした。ショコちゃんは部屋を出ると、大きく伸びをした。

「ねえ、アッシ、お腹すいてない？」

ショコちゃんはぼくの返事も聞かずに、エレベーターボタンの上行きを押した。

思わずニヤついてしまう。

スカイレストラン『満天』に行くのも久しぶりだ。


旧病院のてっぺん、『満天』で時間外れの昼食を取った。

ぼくはキツネそばで、ショコちゃんはタヌキうどんだ。ふたりとも相手のどんぶりをちらちら見ながら麺をすする。

するとショコちゃんの箸が、ぼくのどんぶりに伸びてきた。

「アッシ、食べないなら油揚げをちょうだい」

返事を待たずに、ショコちゃんはぼくのどんぶりから油揚げをかっさらう。

あ、それは食べないんじゃなくて、最後に残しておいただけなのに。

こうしてぼくのキツネそばは無情にも、ただのかけそばになってしまった。

あんまりだ。

悲しげなぼくの表情を気にもとめず、ショコちゃんは汁を一気に飲み干すと、どんぶりをどん、とテーブルに置いた。そして改まった口調で尋ねた。

「さて、アッシ君、クロスケの最後の謎は解けたかな？」

ぼくはうなずいて、かけそばの汁をすする。ショコちゃんはぼくのお腹を肘でつつく。

「だったら、もったいつけずにとっとと教えなさいよ」

顔を上げると、窓の外には銀色に光る桜宮湾が見えた。

その手前にはきらきら光る光塔、未来医学探究センターが、空に突き刺さっている。

ぼくはショコちゃんに視線を戻すと、言った。

「西野さんは、ぐずぐずしないでとっとと医者になれって言いたかったのかな、と思ったんだ」

「たぶん正解ね。でもちょっと足りないかも」

ショコちゃんはにっこり笑うと、ぼくと並んで窓の外、遠い海原を眺めた。

「クロスケはこう言いたかったのよ。アッシはとっとと立派な医者になれ。だけどその前に、とっとと一人前の男になれってね」

ぼくはショコちゃんの瞳の奥に、西野さんのシニカルな笑顔を見た。

何なんだよ、あんたたち。天敵同士のくせにしっかりツルんじゃって。

でも、その通りだと思う。ショコちゃんの通訳のおかげで、ぼくは西野さんの最後の伝言をきちんと聞き遂げることができた。

「最後まで気障なヤツだったわね、クロスケってば」

ぼくとショコちゃんは、窓の外に銀色に光る水平線を、いつまでも見つめ続けていた。

オンディーヌの目覚めの日が近づいている。ある晩の真夜中、ぼくは久しぶりに銀の棺を見つめていた。ここのところ計測数値による数字合わせのメンテナンスばかりだったので、オンディーヌの横顔をあまり見ていなかったことに、ふと気がついたのだ。

ぼくは、アクリル越しにオンディーヌの横顔の輪郭を小指でなぞった。

眠りについた時に傍にいた彼女の恋人は姿を消してしまった。

それはぼくのせいだ。

西野さんは、涼子さんが好きだったのは本当はぼくだと言った。

でも、信じられなかった。ひょっとしたらその言葉は西野さんの、ぼくに対する最後の優しさだったのかもしれない、と思えてならなかった。

胸に小さな棘が刺さる。ぼくはオンディーヌに告げた。

あなたには昔の記憶と共に目覚めてもらうことにしました。この、ぼくの決断があなたのご希望に沿うものかどうか、わかりません。でも、ぼくの使命はあなたを安全に目覚めさせ、目覚め後は幸せな生活を送ってもらえるようにすることだけです。だからもう迷いません。

ぼくは銀の棺の中の眠り姫を見つめた。当然、返事はない。

ぼくは続けた。

もうひとつ報告があります。ぼくは東城大学医学部に飛び級します。そしてあなたを支える医療スタッフになり、目覚めた後のあなたを守り続けます。

ぼくの言葉は真夜中の地下室に反響した。

そしてもう一度、繰り返す。

「ずっとずっと、守り続けます」

その時。

天井からピアノの旋律が降り注いできた。

いつもなら、七時を告げるはずのメロディ、『別れ』。

顔を上げて、壁の掛け時計を見つめる。

時計の針は、閉ざされた部屋が日付変更線を越える時刻を指していた。

美しい旋律に包まれたぼくは呆然として、オンディーヌの横顔を見つめ続ける。

やがてメロディが途絶えると、地下室は再び眠りについた。

ぼくは息を詰め、時計の秒針が時を刻む音に耳を澄まし続けていた。

19章　卒業なんてするもんか。

12月2日（月曜）

十二月。木枯らしに吹かれながら登校したある日のこと。

授業が終わり、一日の最後のHR（ホームルーム）が終了しようとした時、クラス担任がぼくの名を呼んだ。ざわついていた教室が一瞬、静かになり、級友たちの視線が一斉に集中した。

ぼくが起立すると、担任が言う。

「佐々木君は、来年四月から東城大学医学部に飛び級することになりました。五年後、全国で一斉に開始される制度ですが、その先行モデルの一人に選ばれたのです。年が明けるとその準備期間が始まるそうですので、年内いっぱいでみなさんとはお別れです。佐々木君、ひと言ご挨拶（あいさつ）を」

ええ？　何だよそれ、と一斉に驚きの声が上がる。

担任に促され、教壇に立って振り返ると、好奇心に満ちた視線がぼくに集中する。

「来年一月から東城大の医学部に行くことになりました。中等部に中途編入して二年間、学園でみなさんと一緒に過ごせて楽しかったです。残り少ない日々ですがよろしく」

ぺこりと頭を下げると、盛大な拍手がぼくを包んだ。

教室の一番後ろの席から、強い視線が向けられていたけれど、ぼくは気づかないふりをした。HRが終わると、蜂谷が駆け寄ってきた。

「何だよ佐々木、受験もせずに医学生になれるだなんて、ずっこいヤツだなあ」

その言葉はクラス全体を代表した送辞だった。それをきっかけに、これまで一度も話したことのないクラスメイトまでぼくを取り巻き、質問攻めにした。進学校である桜宮学園の学生にとって、医学部進学は大きな目標なので、入試という最大の難関を経ずして突破したぼくが、嫉妬交じりの興味対象になるのは当然だった。

ぼくはクラスメイトの義務として、そうした質問に丁寧に答えた。

顔を上げると、教室の後ろの扉から部屋を出ていこうとした麻生夏美の姿が見えた。

一瞬、彼女は振り返る。ぼくと目が合うとすっと目を逸らし、姿を消した。

立ち上がろうとしたぼくは、人波に押し戻される。

周囲から、さらにたくさん質問が降り注ぐ。それにひとつひとつ答えていると、クラス委員長の日野原奈々が苛立った声で言った。

「下校の時間です。バカ騒ぎはこのあたりで終わりにしてください」

悪意の香り漂う適切な指示のおかげでようやく解放されたぼくは、教室の後ろ扉から外に出て、左右を見回す。

でもそこには、探し求めていたシルエットはなかった。

数日の間、ぼくは学年全体の注目の的になり、行く先々で質問攻めに遭った。でも一時の熱狂が収まるとその反動で、クラスメイトは距離を取り、無視するようになった。アイドルにして仲間はずれ。西野流に言えば〝ハブンチョ〟だ。そんな矛盾した地位に就いたぼくは、誇らしくもあり鬱陶しくもあり、そして淋しくもあった。

十二月のある日曜、割り切れない思いを抱きながら、すっかりさびれた桜宮の蓮っ葉通りのアーケードをそぞろ歩きしていると、背後から声をかけられた。

「そこにいるのは片目のライオン君じゃないか」

振り返ると長い髪をさらさらなびかせた細身の美青年がいた。天才、神倉さんだ。休日なので私服姿で手に紙袋を持っている。ざっくりと着込んだジャージにジーンズというラフでシンプルな格好なのに、ファッションセンスが光っている。

金髪には驚かされたけれど、それがまた憎らしいほど似合っていた。

お久しぶりです、と会釈を返すと、神倉さんは笑顔で言う。

「シケた顔をしてるね。さてはガールフレンドにでも振られたかな。そうそう、ガールフレンドと言えば、整理番号二十七番の北原野麦ちゃんに、あと三人だからそろそろスタンバってねと伝えてくれないかな」

文化祭で一瞬言葉を交わしただけなのに、北原野麦のフルネームを覚えているなんてびっくりだ。しかも相手に拒否されるなんて爪の先ほども考えていないようだ。

やはりモテる男はどこか違う。

「一応、伝えておきますけど、彼女には恋人がいるんです。この間の対抗戦で、ぼくの前に神倉さんと対戦した、カウンター遣いですよ」

神倉さんは眉間に皺を寄せ、考えこむ。

「ああ、あの、ぶんぶんうるさいパンチを繰り出すみつばちハッチ君のことかな？」

ハッチ君じゃなくて蜂谷なんですけど、と思いながら、ひょっとしたら蜂谷の名前をド忘れしてしまったのかな、と気がついた。念のため尋ねると、神倉さんはあっけらかんと、「うん、忘れちゃった」とお答えあそばした。

因縁深い対戦相手の蜂谷の名前は忘れても、路傍の雑草みたいな北原野麦の名前は覚えているなんてプレイボーイにもほどがある。あるいはひょっとしてド忘れではなく、蜂谷の名前なんか、そもそも覚える気がなかったのではないかと勘繰ってしまう。

そんな神倉さんの浮世離れした能天気さに触れているうちにふと、今、ぼくが抱えている悩みごとを相談してみようかな、なんていう気持ちになった。

「実はぼく、今年いっぱいで、桜宮学園を辞めることになりまして」

「へえ、片目のライオン君は不祥事でも起こしたの？　そんな風には見えないけど」

神倉さんの返答はカウンターのように鋭く、かつ意表を衝いていた。ぼくは首を振る。

「全然逆で、おめでたいことです。ぼくは飛び級して医学部に入るんです」

ふつうの凡人なら衝撃の告白に食いついてくるはずだが、神倉さんは平然と答える。

「ふうん、そいつはきっと、すごいことなんだろうねえ」

ぱちぱちと拍手をしながらあっさり言われて、急に肩が軽くなる。そうだよな、神倉さんから見たら、こんなことはどうだっていいことなんだよな。

気がつくとぼくは、クラスメイトから疎外されていることを、切々と打ち明けていた。神倉さんは長い髪を指先でくるくる回しながら話を聞いていたが、ぼくの打ち明け話が尽きたのを見届けると、手にした紙袋に向かって呟いた。

「そういうことだったのか。よかったな。これでお前の行き先が決まったよ」

そして紙袋をぼくに手渡した。

「ここでキミと出会ったのも運命だったんだ。コイツを受け取ってほしいな」

紙袋を見ると、きちんと畳まれた東雲高の学ランが入っていた。神倉さんは微笑した。

「僕の制服だよ。実は僕もキミと似たような立場で、二月にプロデビューするんだ。単位は取り終えたから卒業はするけど、もう高校には行かない。そうなると卒業式で外部の女子ファンたちの第二ボタン争奪戦が大変そうなんで、めんどくさいから制服ごと処分してしまおうとこの辺をぶらついてたんだ。でも話を聞いてわかった。この制服は片目のライオン君の手に渡る運命だったんだ」

「で、ぼくにどうしろと？」

神倉さんは、相変わらず長い髪を指先でくるくる回しながら、答える。

「明日からその学ランを着て登校しなよ」

へ？

思わず剝き出しの疑問符を頭上に浮かべたぼくに、神倉さんは淡々と言う。

「学園から離脱するキミは、仲間はずれにされて傷ついた。それなら僕の制服を着て登校すれば、もはやキミはただのうつけ者になって、完全によそ者になれる。そうすれば言行一致で、仲間外れ感なんてたちまち消えてしまうよ」

つまりぼくに〝尾張のおおうつけ〟になれと言うわけか。そんなことをしたらぼくの学園生活は尾張、じゃなくて終わりだ、なんて笑えないダジャレを心中で言いながら、どうせ学園生活も残りわずかだし、アドバイスに従えば確かに悩みはなくなりそうだな、と思う。学ランに腕を通すと、昔から自分の制服だったみたいにフィットした。

「よく似合うよ。僕の制服はキミに託すから大切にしてくれよな」

神倉さんはそう言うと、ぼくに向けてジャブを二、三発打ち出した。反射的にブロックすると、神倉さんは、ははは、と陽気な笑い声を上げる。

「片目のライオン君がプロになれなくてよかったよ。キミとは戦いたくないからね」

そう言い残し、軽やかな足取りで姿を消した。

その後ろ姿を呆然と見送ったぼくは、神倉さんが最後まで〝片目のライオン君〟と呼び続け、ぼくの本名を一度も呼ばなかったことに気がついた。

さては、ぼくの名前もド忘れしやがったな、と気づいた時は遅かった。

神倉さんの学ランを抱きしめて、一人残されたぼくは気がつくと大笑いしていた。道行く人が不思議そうな目でそんなぼくを眺めていたけれど、全然気にならなかった。

神倉さんは、ぼくの悩みなんてちっぽけなことだ、と教えてくれたのだ。
さすが天才。プラスのオーラを撒き散らし、周囲を幸せにしてくれる。

翌日からぼくは桜宮学園に東雲高の学ランを着て登校した。初めは周りから白い目で見られたが、それは以前のような冷ややかな無視とは違って、血が通った反応だった。おかげで呼吸がラクになった。神倉さんの処方箋は適切だったわけだ。

一週間も経つと、神倉さんの学ランはすっかり身体に馴染んで、初めからぼくの制服だったようにさえ思えてきた。ちなみに桜宮学園の同級生たちは、ぼくの奇矯な行動を無視し続けて、誰ひとり理由を尋ねようとはしなかった。

冬休み直前のその日、HRが終わるとクラスメイトたちは一斉に姿を消した。みんなで遊びに行くのだろう。蜂谷も北原と仲良く手をつないで教室から出て行った。

気がつくと、がらんとした教室には、ぼくと麻生夏美が残されていた。

これは望み続けた千載一遇の機会、ひょっとしたらラストチャンスかもしれない。

ぼくの大学進学が告知されて以来、麻生夏美とはひと言も口を利いていなかった。

深呼吸をして歩み寄る。麻生夏美の背中が射程圏内に入り、言葉を掛けようとしたその瞬間、不意打ちのように麻生夏美は振り返る。

「佐々木クン、ちょっと顔貸しな」

低い声でそう言うと、顎でくい、と教室の出口を指し示す。同じようなことを、もう少し上品に言おうと思っていたぼくは、思わず息を呑む。答えを待たずに、鞄を手にした麻生夏美はすたすた歩き出す。ぼくは黙ってその背中を追う。

麻生夏美は階段を一段抜かしで勢いよく上っていく。後からついていくぼくはプリーツスカートの裾が華やかに乱れるのを見上げて、どきどきしてしまう。

階段のてっぺんにたどりついた。

ぎい、と金属製の扉を押し開け、開けっ放しにして屋上に出た。冷たい風が頬を打つ。麻生夏美の長い黒髪が乱れ、その肩越しに銀色に光る水平線が見えた。

金網までまっしぐらに歩いて振り返ると、麻生夏美はぼくを見た。

「どういうことか、説明して」

ぼくは目を逸らし、制服の袖を撫でながら言う。

「実はこの間、蓮っ葉通りを歩いていたら偶然、神倉さんと再会しちゃってさ……」

神倉さんの論理跳躍を説明し切れる自信はなかったので、途中で口ごもる。

すると麻生夏美は呆れ顔で言う。

「バカねえ。そりゃ医学部に飛び級する佐々木クンが、偏差値の低い東雲高の、センスの悪い学ランを着て登校している理由が、気にならないわけじゃないけど、あたしが聞きたいことはそっちじゃないわ。それくらい、わかっているんでしょ？」

もちろん、麻生夏美の疑問なんてわかっている。どうやって切り出そうか、というのがとりあえずの悩みだった。だから麻生夏美にツッコまれてぼくはほっとした。

そう、ぼくは麻生夏美に対して説明義務がある。

そこで、ここまでの経緯をかいつまんで話し始める。対決の日以降、西野さんとの連絡が途絶えてしまったこと。ショコちゃんの訪問、東城大での会談、その後書かされたたくさんの応募書類や承諾書、霞が関の薄暗いビルの一室での圧迫面接。

そしてある日、ぼくの元に届けられた合格通知。

麻生夏美は瞬きもせず、ぼくの話に耳を傾けていた。

ぼくが話し終えると、彼女は視線を逸らさずに、言う。

「それじゃあ、自分で決めたのね、東城大学医学部へ飛び級するということは？」

「うん。西野さんはぼくに、一刻も早く医者になれ、と言いたかったんだと思う」

麻生夏美は目を細める。

「それならよかった」

ぽつんと呟いた声が、冷たい風に吹き散らされる。それから手にしていた鞄から一枚の紙片を取り出した。両手を広げて捧げ持ったクリーム色の厚紙には、ぼくの名前が毛筆で書かれていた。

「何だよ、それ」

「見ればわかるでしょ。卒業証書よ。パパに頼んで手に入れてもらったの」

ええ？　いくらシンクタンクでも、学校印が押された卒業証書なんて簡単には手に入るまいに。そう思ったら、麻生夏美は三日月みたいに目を細める。

「今、偽造だと思ったわね。残念でした、これは限りなく本物よ。いつの間にか、パパは学校法人桜宮学園の大口出資者で理事になっていたの。だからその権限を使ってこれを刷ってもらったの」

「なんでまた、シンクタンクの主任部長が、地方の弱小名門学園の理事なんかに……」

言いかけたぼくは、はたと気がつく。そうか、麻生夏美がゲタと対決した時だ。

あの時、裏ではこんな安全ネットを張っていたとは、さすが娘煩悩のパパだ。

「あたしが全身全霊で、いちかばちかの戦争をしかけた裏で、こんなセイフティ・ネットを素知らぬ顔で張っていたなんて、これじゃあゲタ先生に申し訳ないわ」

それはちょっと違うだろう。そもそも、教室で絶大な権力を有する教師と生徒の間には、フェアな闘争など成立しない。

そんな権威に敢然と立ち向かった麻生夏美の勇気は、パパの後ろ盾があろうがなかろうが、その価値が色褪(いろあ)せることは決してないだろう。

「パパってば、西野さんにそっくりでやんなっちゃう。だから佐々木クンの気持ちもよくわかるの。側にいると鬱陶しいけど、いなくなったら淋しいのよね」

何でも先回りして助けてくれるくせに大切な部分は何も言わず、ぼくたちが自由に動いて物事を解決したかのように思わせてくれる。

確かに西野さんと麻生夏美のパパはよく似ていた。

「所詮、ぼくもお前も孫悟空で、お釈迦さまの手のひらの上だったってわけか」

「でも孫悟空は、お釈迦さまの手のひらの上で思い切り暴れたから、お釈迦さまの大きさがわかったの。ふつうの人は手のひらの上で踊ることさえしようとしないのよ」

そうかもしれない。結果がどうであろうと、できることを精一杯やり遂げること。

それが一番大切なのかもしれない。いや、それだけが大切なのだ。

その卒業証書、くれるんだろ？　と言うと、麻生夏美は広げた両手で卒業証書を持ち、得意げに見せびらかす。ぼくは改めて、自分の名が毛筆で雄渾に書かれた卒業証書を覗き込んだ。

「なんだ、やっぱりニセものじゃないか。理事長の欄がお前の名前になってるぞ」

麻生夏美は三日月のように目を細める。

「いくら大口出資者の理事だといっても、さすがに学園の本物の卒業証書なんて刷れないわ。でも、それでもこれは本物よ。だってこれはドロン同盟の卒業証書なんだもの。だから盟主であるあたしの名前を書いてあるのよ。何か文句ある？」

「いや、ない。でも、ひとつ教えてくれよ。このハンコは何なんだ？」

校長印璽として押されていたのは、流行りの子猫のアニメの絵だった。

麻生夏美は真っ赤になってうつむいた。

「好きなのよ、ニャンコちゃんが。悪い？」

いや、悪くないさ、とぼくは首を振る。

そしてぼくは麻生夏美に両手を差し出した。

麻生夏美はよく通る、透き通った声で卒業証書を読み上げる。

佐々木アッシ殿。あなたはドロン同盟を卒業することをここに証します。
ドロン同盟盟主・麻生夏美　ニャンコちゃん玉璽

手渡された卒業証書を両手で受け取ったぼくは、「ありがとう」と素直に礼を言って、ぺこりと頭を下げると、麻生夏美は照れたようにうつむいた。

「ぼくは一足先に医学生になる。でもそれは仕方がないことだ。だってぼくは君たちより二こ年上なんだから」

するとは麻生夏美は、怒ったような口調で言った。

「一足先に医学生になるですって？　冗談いわないで。佐々木クンなら医学生どころか、今すぐにでも立派なお医者さんになれるわ。だってあなたは、このあたしが心の底から認めている、たったひとりのすごい人なんだから」

麻生夏美の綺麗な声が屋上に響いた。冬の陽射しが彼女の輪郭を照らし、目の中で白亜の彫像のように刻まれる。こみ上げてくる想いが、胸を満たす。

想いが命じるまま、ぼくは麻生夏美に向かって一歩踏み出した。

「なあ、麻生、ひとつ、頼みがあるんだけど」

なあに、と反則みたいに可愛らしい声をした麻生夏美に、思い切って言う。

「お前のこと、キュウしていいか？」

「え？　キュウって？」

答える代わりに一歩踏み出すと、華奢（きゃしゃ）な身体を両腕で抱き締めた。

え？　なに？　と小声で言って麻生夏美は、釣り上げられてしまった魚みたいに腕の中でもがいていたけれど、やがてくたりと力を抜いてしまった。

腕の中、柔らかい身体から甘い香りが漂ってくる。

時が止まり、ぼくたちはぎこちなく抱き合った。

すると、くすくすという笑い声が青空から降ってきた。

「な、キスしなかっただろ」

「佐々木先輩ってほんと、ヘタレですね」

屋上の給水塔のてっぺんから見下ろしていたのは、蜂谷と北原野麦のペアだった。

「覗き見なんて、サイテーよ」

麻生夏美は身体を離すと真っ赤になって言うが、声は震えている。蜂谷はするすると雨樋（あまどい）を伝い下り、その後を追い北原野麦が金属製の梯子（はしご）を一段一段下りてくる。

「そいつは言い掛かりってもんだぜ。そっちが後からやってきて、勝手にラブシーンをおっ始めたんだぜ。先客を罵（ののし）るなんて、そっちこそ失礼じゃないか」

ぼくの前に立った蜂谷は右腕を差し出し、握手を求めた。

「卒業おめでとう。麻生の独断だけど俺も認めるよ」

ぼくは蜂谷の手を握り返す。ようやく追いついた北原野麦が言う。

「おふたりの初めてのラブシーン、とっても新鮮でした。いつか、二人の淡い初恋をモチーフにした作品を書く時に、そのまま使わせてもらいますね」

麻生夏美は真っ赤になったまま、何も言い返せずにうつむいてしまう。

ぼくは北原野麦の妄想攻撃から麻生夏美を守るため、両手を広げて立ちはだかった。

北原野麦は、仁王立ちしているぼくを見て、蜂谷を振り返る。

「助けて、はーちゃん。今日の先輩、何だかとっても怖すぎる。野麦は滅茶苦茶にされてしまいそう」

虚脱した。コイツときたら初めて会った頃と全然変わらない。悲劇のヒロインぶった不幸志願兵め。ぼくは卒業証書をびりびりと破り、細切れすると空に放り投げた。

屋上から校庭に舞い散る紙吹雪の中、ぼくは言う。

「こんなもの必要ない。ぼくはドロン同盟を卒業しないぞ」

麻生夏美が首を傾げる。

「東城大学医学部の医学生さまになっても、あたしたちと一緒にいてくれるの？」

「当たり前だろ。こんな楽しい同盟、卒業なんてするもんか」

「そうこなくっちゃ。さすが佐々木、よっ、男前、シャドウ王子、大統領」

蜂谷がぱちん、と指を鳴らす。その時、下の方から怒鳴り声が聞こえてきた。

「こらあ、ゴミを撒き散らしているのは、どこのどいつだ」

おそるおそる下を覗き込んだ蜂谷がぎょっとした声で言う。

「とんでもないヤツに見つかっちまった。なんで高等部の校庭にゲタがいるんだよ」

「桜宮学園は中高一貫校だからだよ」

ぼくがひとごとのように説明している間にも、怒声が響き渡る。

「今から先生が屋上に行くから、そこから逃げるなよ」

逃げるなよ、と言われて逃げないバカはいない。

その言葉をきっかけに、一目散に走り出す。するといきなり北原野麦が転んだ。立ち止まり振り返ると、北原野麦は世にも哀れな表情で蜂谷を見上げている。

「私がここで転んだのも運命よ。ドジでノロマな私は見捨てて、はーちゃんだけでも逃げ延びて。そして野麦の分まで幸せになってね」

「そんなことできないよ、のんちゃん」

蜂谷が駆け戻り抱き上げようとするが、北原野麦は首を振って蜂谷を押しとどめる。

「ゲタ先生の毒牙に掛かるのは私ひとりで充分よ。でも心配しないで、いつか必ずこの悲劇的な体験を傑作に仕立てて海乃藻屑賞を受賞してみせるから」

ぼくと一緒に、戸口まで逃げた麻生夏美が、振り返る。

「その、世紀の大傑作のタイトルは？」

「『ゲタくずし』、副題は、横暴強権真四角教師との千日戦争」

　間髪をいれずに答えた北原野麦に、「エクセレント！」と親指を立てて一発ＯＫを出した麻生夏美は、ぼくに右手を差し出した。

「北原さんのために、あたしたちは逃げましょう」

「そりゃないぜ麻生、俺はどうなるんだよ」

　蜂谷の絶叫を無視して、ぼくは麻生夏美の右手を握り返す。

　ふたり一緒に階段を駆け下り、踊り場で一瞬立ち止まって振り返る。

　屋上への出口が四角い窓になって青空を切り取っている。

　それはこれから先、もう二度とぼくの前に現れない世界への入口に見えた。

　ぼくは、隣でぼくの手を引っ張っている麻生夏美の綺麗な横顔を盗み見る。その肩越し、眼下の窓には青々とした大海原が広がっている。

　その大海原に身を投げるように、未来に向かってまっしぐらに走り出す。

　こうしてひとつの季節が終わりを告げ、新しい物語が唐突に始まる。

解説

東海左由留

「ねえ、そういうことなら、あたしと同盟を結ばない？」

「同盟？　何だよ、それ」

「不可侵条約よ。そうすれば守備に割く兵力を減じ、攻撃に全力投入できるわ」

「なんでそんなことをする必要があるのかな。ぼくはお前と違って誰かを攻撃したいと思ったことなんて、全然ないんだけど」

　誰もが振り向く美少女の同級生、麻生夏美が、突然、佐々木アッシにこう声をかけた。二人は私立桜宮学園の中等部三年生。夏美はクラスでクーデターを起こし、担任の傀儡である前任者を倒して学級委員長になったばかり。そんな彼女が、お互いサボるのに都合がいい協力関係、「ドロン同盟」をアッシに持ちかけたのだ。いったいなぜ？

「佐々木アッシ」と聞いてピンときた人もいるのではないか。『ナイチンゲールの沈黙』『モルフェウスの領域』に登場した、幼くして難病を患ってしまった男の子だ。特撮ヒーロー番組「ハイパーマン・バッカス」のシトロン星人が大好きで、「お医者さんになって、レティノザウルスをやっつけるのであります」と宣言し、彼は9歳でコールドスリープ（人工凍眠）に入った。

そう、『アクアマリンの神殿』では、佐々木アツシはぎこちなくも学園生活を始めている。なぜ、ぎこちないかって？　アツシはコールドスリープ中の凍眠学習により、知識量は中学生にして大学生レベルをはるかに超えた人造神童。だが、幼少期のほとんどを病院で過ごして凍眠に入ったから、普通の生活を送った経験がほとんどない。つまり、同級生との人間関係の築き方もよくわからない、ものすごく頭でっかちでアンバランスなスーパー中学生、それがアツシなのだ。

まいど海堂さんの新作には驚かされるのがお約束。しかし『アクアマリンの神殿』は「さては新境地か!?」と、これまで以上に驚かされた。なんと前半は、アツシとその仲間たちの爆笑青春小説なのである。海堂作品を読んだことがなく、これまでの数々の事件や登場人物を知らなくても、あっという間に楽しい読書の時間に突入できるはずだ。

そもそも、本作では世界で唯一人のコールドスリーパーが、しれっと中学校のクラスにいるのだ。しかし、その事実は絶対に明かしてはならない。だからアツシは、クラスの中ではいるのかいないのかわからない存在でいようとする。それに、オンディーヌと呼んでいる女性を見守る、未来医学探究センターの職員であることも秘匿しなければならないからだ（しかもセンターの建っている場所は、『螺鈿迷宮』と『輝天炎上』でもいわくつきの桜宮（さくらのみや）岬）。だが、そう思惑通りにはいかない。美少女・麻生夏美にアツシの正体を見抜かれて「ドロン同盟」を結ぶはめになるわ、同じボクシング部の蜂谷一航（はちやいっこう）

は何かとからんでくるわ、高校入学早々に不幸願望過多な北原野麦に告白されてつきまとわれるわで、身を潜めたくても放っておいてはくれない。こうしてアッシはドロン同盟の仲間たちに気持ちも生活も引っかき回されながら、ボクシング部の対抗戦や文化祭で活躍し、夏美との見事な知略で「いるよね、こういうウザいヤツ」という同級生や担任の鼻を明かす。

受験のプレッシャーのない10代は、人生の中でもっとも自由でおバカな季節。キャラ立ちした主要登場人物とその配置、彼らが次々やってのける事件は痛快だ。高校を卒業して30年以上経つ私でさえも、アッシと夏美らのテンポのよいやりとりに何度吹き出したことか。『チーム・バチスタの栄光』以来のキレのいいユーモアは、主要人物が田口・白鳥のおっさんから10代の少年少女になっても冴えている。ちなみに、夏美命名のドロン同盟は「ドロンしてサボる」と、英語の「のらくらもの」の drone をかけている。こんなところにもネタを仕込んでくるから、読み手は油断できない。「わかるかな、わからなくてもいいけど。くくくっ」と、ほくそ笑んでいる海堂さんが目に浮かぶ。

しかし、本作の明るく愉快な青春小説の装いに、だまされてはいけない。なぜならデビュー以来、全作品に通底するテーマは一貫していてブレがないからだ。

海堂さんは死亡時画像診断（オートプシー・イメージング：Ａｉ）を軸に、多彩な医療ミステリーを発表し続けている。海堂作品がのべ１５００万部以上も売れているのは、医師、すなわち人間を相手にし、徹底して観察する科学者の目で小説を書いているからではないか。これもあくまで私の独断だが、多くの作品で謎解きの鍵になるA・iが象徴するように、「小説でも現実社会でも、やりっぱなしやご都合主義の帳尻合わせでなく、毎回ちゃんと答え合わせをしましょうよ」……そう、海堂さんは私たちに訴えかけているように思えるのだ。

「答え合わせはとても大事」。この考えは、謎解きが真骨頂であるミステリーと相性がいい。本作では殺人事件は起こらない代わりに、人工的に創られた天才少年アッシの成長を読者が同時に体験する、気持ちいい緊張感がある。前半の軽快なノリのまま進むのかと思いきや、読み終わったときのスカラー量はとてつもなく大きい。それを生み出しているのは、マニッシュ・リーパー（不眠症の死神）ことコールドスリープシステムの設計者の西野昌孝と、世界的なゲーム理論の若き権威である曾根崎伸一郎、この二人の存在だ。二人はアッシに大きな課題を与える。アッシは難題に直面し、頭脳をフル稼働させて二人と対峙し、彼らとの論理的な対話がアッシを大きく成長させていく。

確かに、アッシが背負っているものを考えると、彼がまともに成長するのは非常に難しいだろう。本作と対になる『モルフェウスの領域』から継承される『凍眠八則』によって、凍眠中のアッシは公民権、市民権を法律で停止させられていた。要は人間と見なされていなかったわけだ。しかも、両親はアッシの親権を放棄している。そして覚醒後は、世界唯一のコールドスリーパー。何から何まで特別で孤独なスーパーボーイのアッシは、ひとつ道を間違えば、とてつもない怪物になってしまう危険性をはらんでいる。

しかし、どうやらそうはならずにすみそうだ。孤独という穴蔵からアッシを引きずり出してくれたのは、夏美らドロン同盟の仲間だった。そして、西野と曾根崎、思い切って言ってしまえば父に代わるこの二人と、静かに眠るオンディーヌと担当看護師だった如月翔子という母に代わる二人が、アッシを支え、自分の目で確かめ、自ら考え抜くことを教えてくれた。アッシは彼ら・彼女らから、人の尊厳と自由を守ることがいかに大切であり、それを脅かすものと戦うことを学んでいく。それも、無駄な負け戦にならないように。たとえば、西野が真っ先にアッシに教えたのはこんなことだった。

「そう、世の中は言った者勝ち。だから規則は大切だ。ただしルールは必要最小限がいい。でないとソイツは怪鳥に化け、僕たちをたちまち食い殺してしまうからね」

こうした西野のアッシへの言葉や先を見据えたサポートに、個人的には「こんな上司がいたならば……」と溜め息を漏らし、あるいは「こういう上司にならんといかん！」と奮起させられた。そういう意味では、迷える社会人にとっても得るところが多い作品だろう。

私はこれまでに何度か海堂さんにインタビューをする機会があった。どんな質問にも淡々と答えてくれるのだが、結局は海堂さんの術策にまんまとはまって煙に巻かれ、「小説は読者が面白ければいいんですよ、面白ければ。くくくっ」とかわされ、ニヤリとされて終わる。特に本作のインタビューでの海堂さんの「ニヤリ」は、いつにも増して意味深に思えたのは気のせいだろうか……。

とはいえ、近未来ＳＦである『アクアマリンの神殿』も、対となる『モルフェウスの領域』も、広い意味での医療小説であり、海堂さんはこれからも医療小説にこだわって書き続けるのではないか。なぜなら、人は日常生活に埋没し、世間のしがらみにとらわれていると、人間の尊厳と自由を奪う危機に鈍感になりがちだからだ。そして、最大の危機が生命を奪われることだろう。そう考えると、多くの場合、生命の危機を題材にする医療小説は読んで面白く、そして人間の尊厳と自由を深く考えるにはうってつけの表現手法なのは間違いない。ああ、今回もまた、まんまと海堂さんの術策にはまってしまったような気がする……。

本書は、二〇一四年六月に小社より刊行した単行本を
加筆・修正の上、文庫化したものです。

アクアマリンの神殿

海堂 尊

平成28年 6月25日　初版発行

発行者●郡司 聡

発行●株式会社KADOKAWA
〒102-8177　東京都千代田区富士見2-13-3
電話 0570-002-301（カスタマーサポート・ナビダイヤル）
受付時間 9:00〜17:00（土日 祝日 年末年始を除く）
http://www.kadokawa.co.jp/

角川文庫 19797

印刷所●旭印刷株式会社　製本所●株式会社ビルディング・ブックセンター

表紙画●和田三造

ISBN978-4-04-104022-5　C0193

角川文庫発刊に際して

角川源義

第二次世界大戦の敗北は、軍事力の敗北であった以上に、私たちの若い文化力の敗退であった。私たちの文化が戦争に対して如何に無力であり、単なるあだ花に過ぎなかったかを、私たちは身を以て体験し痛感した。西洋近代文化の摂取にとって、明治以後八十年の歳月は決して短かすぎたとは言えない。にもかかわらず、近代文化の伝統を確立し、自由な批判と柔軟な良識に富む文化層として自らを形成することに私たちは失敗して来た。そしてこれは、各層への文化の普及滲透を任務とする出版人の責任でもあった。

一九四五年以来、私たちは再び振出しに戻り、第一歩から踏み出すことを余儀なくされた。これは大きな不幸ではあるが、反面、これまでの混沌・未熟・歪曲の中にあった我が国の文化に秩序と確たる基礎を齎らすためには絶好の機会でもある。角川書店は、このような祖国の文化的危機にあたり、微力をも顧みず再建の礎石たるべき抱負と決意とをもって出発したが、ここに創立以来の念願を果すべく角川文庫を発刊する。これまで刊行されたあらゆる全集叢書文庫類の長所と短所とを検討し、古今東西の不朽の典籍を、良心的編集のもとに、廉価に、そして書架にふさわしい美本として、多くのひとびとに提供しようとする。しかし私たちは徒らに百科全書的な知識のジレッタントを作ることを目的とせず、あくまで祖国の文化に秩序と再建への道を示し、この文庫を角川書店の栄ある事業として、今後永久に継続発展せしめ、学芸と教養との殿堂として大成せんことを期したい。多くの読書子の愛情ある忠言と支持とによって、この希望と抱負とを完遂せしめられんことを願う。

一九四九年五月三日